Diogenes Taschenbuch 22598

de
te
be

Guy Cullingford

My Unfair Lady

und andere Geschichten

Aus dem Englischen von Irene Holicki

Diogenes

Umschlagzeichnung von
Hans Traxler

Originalausgabe

80/93/43/1
ISBN 3 257 22598 9

Inhalt

Partnertausch

Es gibt nur einen Ausweg«, begann Walter, in Regenmantel und Filzhut rittlings auf einem der kleinen Klappstühle im Hyde Park sitzend. Hier, inmitten des grünen Rasens, weit weg von der übrigen Welt, hatte er sich mit Hilary verabredet.

Hilary betrachtete ihn verstohlen von der Seite. Er wirkte mürrisch und geistesabwesend und kaute am Zeigefingerknöchel seiner rechten Hand, eine Marotte von ihm, wenn er unter nervlichem Druck stand.

»Du meinst, wir sollten sie verlassen?« fragte sie schüchtern. »Gar nicht erst um eine Scheidung bitten... sondern einfach gemeinsam weggehen und sie allein zurücklassen.«

»Nein!« kam es bemerkenswert heftig von Walter. Seine Hände umklammerten krampfhaft die Stuhllehne, bis der angenagte Knöchel ebenso weiß hervortrat wie die anderen. »Ganz im Gegenteil, ich meine, sie sollten *uns* verlassen!«

Hilary sah ihn ebenso überrascht an wie der Spatz, der beim Klang seiner Stimme erschrocken aufgeflattert war. Aber sie gab sich nicht den Anschein, als habe sie ihn mißverstanden.

Sie flüsterte nur: »Aber das wäre Mord.«

»Siehst du denn eine andere Lösung? Sollen wir etwa dazu verdammt sein, uns für den Rest unseres Lebens heimlich in zugigen Parks zu treffen, um ein wenig beieinandersitzen zu können? Du liebst mich doch, oder?«

»Natürlich liebe ich dich. Würde ich sonst diese Verabredungen riskieren?«

»Dann ist alles klar. Wir sind es uns schuldig. Ist es etwa unser Fehler, daß wir uns erst kennengelernt haben, nachdem wir bereits an sie gebunden waren?«

»Ich... ich glaube nicht. Nach Mutters Tod hätte ich einfach jeden geheiratet, so einsam war ich. Charles war noch dazu recht wohlhabend, und er hatte ein hübsches Haus. Daß er älter war als ich, wußte ich zwar, aber ich dachte, gerade deshalb würde er besonders gütig und verständnisvoll sein. Nie im Leben hätte ich erwartet, daß er sich in einen unausstehlichen T-tyrannen verwandeln würde.«

»Selbstverständlich nicht. Und ich wußte, daß Kate genug Geld für uns beide hatte und daß sie verrückt nach mir war. Sie blieb mir auf den Fersen, bis ich nachgab. Wie konnte ich ahnen, daß sie, kaum daß der Ring an ihrem Finger steckte, ihren wahren Charakter zeigen und mir jeden Penny mißgönnen würde? Dabei wußte sie schon vorher, daß ich nicht dazu geeignet war, einer geregelten Arbeit nachzugehen. Es ist schließlich nicht meine Schuld, daß ich nicht sehr robust bin.«

»Natürlich nicht. Trotzdem, Walter, wir... du kannst doch nicht... Aber aufgeben werde ich dich niemals, glaube das ja nicht. Ich bin bereit, jederzeit mit dir fortzugehen, du brauchst nur ein Wort zu sagen.«

»Das werde ich niemals tun. Es hätte ja doch keinen Sinn. Glaubst du, Kate würde mich je aus ihren Klauen lassen? Sie würde mich bis in die letzten Winkel der Erde verfolgen. Ich sage dir doch, sie muß immer jemanden haben, den sie herumkommandieren und bemuttern kann. Sie braucht eigentlich keinen Mann, sie braucht ein Kind.«

»Das einzig richtige wäre es, mit der Wahrheit herauszurücken, Schluß zu machen mit diesem unwürdigen Versteckspiel, ihnen zu sagen, daß wir uns lieben und daß wir uns von ihnen scheiden lassen wollen.«

»Und wovon sollten wir dann leben?«

»Du könntest irgendwo als Angestellter arbeiten, auf einem nicht zu aufreibenden Posten, und ich könnte mir wieder eine Stelle als Stenotypistin suchen, so sehr ich das damals auch gehaßt habe.«

»Meine liebe Hilary, was glaubst du, wie lange wir in solch elenden Verhältnissen wohl miteinander glücklich wären? Dazu sind wir beide nicht der Typ. Menschen wie wir müssen unbelastet sein von finanziellen Sorgen. Wir sind zu zart für die Härten des Alltags. Für uns muß das Leben erfüllt sein von Schönheit... Eleganz... Muße. Dann und nur dann kann unsere Persönlichkeit sich zu voller Blüte entfalten, und wir entwickeln uns zu wahrhaft wertvollen Menschen. Wir sind nicht dazu geschaffen, unser tägliches Brot im Schweiße unseres Angesichtes zu verdienen, wir brauchen jemanden, der für uns sorgt. Nun ist dein Mann einigermaßen gut situiert, und Kate verfügt über stattliche Einkünfte. Wenn man das Vermögen der beiden zusammennähme, wäre alles in schönster Ordnung. Du könntest so viele hübsche Kleider haben, wie du nur wolltest, und bräuchtest dir niemals die Finger mit Hausarbeit schmutzig zu machen, und ich könnte mir Bücher kaufen, Theater und Konzerte besuchen, eben alles tun, was ich liebe ... einiges natürlich auch zusammen mit dir. Oh, Liebling, es wäre herrlich! Meinst du nicht auch?«

»Es klingt wunderbar. Aber wir könnten uns das niemals verzeihen. Unser Gewissen würde uns keinen Augenblick ruhen lassen.«

»Pah! Gewissen! Das klingt nach kleinbürgerlichem Mief. Außerdem, sieh die Sache doch einmal im richtigen Verhältnis. Du brauchst nur an die Doppelspalten mit Todesanzeigen in der *Times* und im *Telegraph* zu denken ... was bedeuten da zwei Sterbefälle mehr oder weniger? Und warte nur, bis die Wasserstoffbombe zum Einsatz kommt, dann hat man wirklich Grund, sich über das Massensterben zu entsetzen. Dagegen ist das, was wir vorhaben, doch nur eine Kleinigkeit.«

»Ich weiß, daß ich nicht so klug bin wie du, Walter. Aber ... Aber immerhin weiß ich auch, daß Leute, die andere Leute erm-morden, im allgemeinen erwischt und b-bestraft werden.«

»Ja, ja, sicher, wenn sie es nicht überlegt angehen. Andererseits gibt es Hunderte, die damit durchkommen. Es muß ein ganz einfacher Plan sein – ja nichts Kompliziertes – dann kann gar nichts schiefgehen.«

»Aber Walter, die Polizei verdächtigt immer als erstes die Ehefrau oder den Ehemann.«

»Natürlich, weil sie das stärkste Motiv haben. Aber sie verdächtigen nicht den Ehemann oder die Ehefrau von jemand anderem, vorausgesetzt, niemand weiß, daß eine

Beziehung zum Opfer besteht. Das ist so einfach wie das kleine Einmaleins. Wir tauschen einfach die Partner.«

»Du meinst, du ermordest Charles? Und ich soll Kate erm-morden?«

»Richtig.«

»Aber dazu wäre ich niemals fähig. Ich kenne sie ja nicht einmal.«

»Das ist ja das Schöne daran. Genau das sage ich doch die ganze Zeit. Warum in aller Welt solltest du jemanden umbringen, den du gar nicht kennst, es sei denn, du wärst eine mordlüsterne Irre? Das ist das perfekte Verbrechen.«

»Du verstehst mich nicht. Ich könnte unmöglich jemanden umbringen, den ich nicht einmal kenne. Ich habe doch gar nichts gegen Kate.«

»Was! Du hast nichts gegen Kate, obwohl ich dir erzählt habe, wie diese Frau mit mir umspringt... daß sie mich zwingt, wie ein kleines Kind an ihrem Schürzenband zu hängen, und mir nicht einmal ein Taschengeld zugesteht? Obwohl sie so geizig ist, daß ich es mir nicht einmal leisten kann, dir ein paar Blumen zu kaufen oder dich anständig zum Essen einzuladen?«

»Natürlich finde ich es unerträglich, wenn sie dich unglücklich macht.«

»Für mich wird es ein Vergnügen sein, Charles zu beseitigen. Wenn ich daran denke, wie er sich dir gegenüber benimmt... dieser brutale Grobian... dieser kleinliche Tyrann! Ganz ehrlich, Hilary, ich kann es gar nicht erwarten, ihn in die Finger zu bekommen.«

»Soll das etwa heißen, du willst ihn erdrosseln?«

»Nein, dazu bin ich nicht kräftig genug, was ich zutiefst

bedauere. Aber hier in meiner Tasche habe ich ein wunderschönes, scharfes Messer. Sieh es dir an, aber berühre es nicht. Es ist so scharf wie ein Rasiermesser, und ich möchte nicht, daß du dir deine reizenden Fingerchen damit zerschneidest.«

Hilary überlief ein Schauder, und sie kniff fest die Augen zu.

»Ich ... ich will es nicht sehen.«

»Schön, dann eben nicht. Ich stecke es weg.«

»Das meine ich nicht. Ich meine, ich darf nicht zusehen, w-wie du das mit Charles machst.«

»Nein, nein, natürlich nicht. Damit wäre alles ruiniert. Du wirst meilenweit entfernt sein und dir ein Alibi verschaffen. Du wirst in High End sein.«

»Aber dort wohnst doch du.«

»Genau. Weißt du nicht mehr? Du wirst dich um Kate kümmern.«

»Das kann ich nicht, Walter. Ich kann es nicht!«

»Kleines Dummchen! Natürlich kannst du es, wenn du dir Mühe gibst.«

»Ich kann es nicht.«

»Wenn du es nicht kannst, dann werde ich dich verlassen müssen. Und zwar endgültig. Wir werden uns niemals wiedersehen.«

»Oh, Walter, das darfst du nicht tun. Darüber käme ich nicht hinweg. Ich brauche jemanden, der mich liebt und dessen Liebe ich erwidern kann. Ich würde mich umbringen. Wirklich, ich käme nicht darüber hinweg.«

»Dann sei vernünftig. Wenn du alles so machst, wie ich es dir sage, besteht überhaupt keine Gefahr. Aber wir müssen gemeinsam vorgehen. Das ist nur gerecht. Wir müssen einen Pakt schließen.«

»Aber ich würde Kate doch gar nicht erkennen.«

»Dann hör mir jetzt genau zu, ich werde sie dir beschreiben. Sie ist einen Kopf größer als du – eins fünfundsiebzig – und sehr mager. Ihr Haar wird allmählich grau, und sie trägt es straff nach hinten gekämmt. Sie hat ein ziemlich blasses Gesicht, eine scharf vorspringende Hakennase, schmale Lippen, recht gute Zähne und graue Augen. Sie wird einen langen, pflaumenblauen Mantel und darunter ein beigefarbenes Kleid tragen, einen eng anliegenden beigen Filzhut, schwarze Handschuhe und schwarze Schuhe.«

»Sehr – sehr reizvoll klingt das aber nicht.«

»Wie recht du hast. Ach ja, das hätte ich beinahe vergessen, am Revers ihres Mantels steckt ein Pferdekopf aus Metall. Sie hat Tiere sehr gern.«

»Woher willst du so genau wissen, was sie anhaben wird?«

»Weil ich dafür sorgen werde, daß sie sich an diesem Tag so anzieht. Das ist ganz einfach, dazu braucht man kein Hellseher zu sein. Jetzt werde ich dir erzählen, wie Charles aussieht, und du sagst mir dann, wie genau meine Darstellung zutrifft.«

Damit begann er, Charles bis in die kleinsten Einzelheiten zu schildern.

»Aber du hast ihn doch nie gesehen!« rief Hilary. »Woher weißt du das alles?«

»Da täuschst du dich, meine Liebe. Ich beschatte Charles seit vierzehn Tagen. Ich habe ihn sehr genau beobachtet und seine Gewohnheiten in Erfahrung gebracht. Ich werde ihn töten, wenn er vom Büro nach Hause geht, genau um sechs Uhr, während er den Park durchquert.«

»Aber er ist ein großer, starker Mann, Walter... sehr viel kräftiger als du.«

»Das glaube ich gern. Aber ich will doch hoffen, daß ich kein Feigling bin. Außerdem ist er zu dick und nicht in Form. Er wird beim ersten Stich in sich zusammenfallen. Bei weitem das schwierigste an der ganzen Sache wird sein, ihn ins Gebüsch zu ziehen, um ihn vor neugierigen Blicken zu verbergen. Aber ich habe es mit einem Sack Kartoffeln ausprobiert, und ich glaube, ich werde es schaffen.«

»Und wenn nun noch andere Leute im Park sind?«

»Das ist höchst unwahrscheinlich. Bisher bin ich zu dieser Zeit nie jemandem begegnet. Und Charles gewöhnt sich allmählich daran, daß ihm jemand folgt.«

»Und was wirst du danach tun?«

»Ich gehe einfach weiter und durch das Tor hinaus. Dann schlendere ich ganz ruhig bis ans Ende der Straße, fahre mit dem Bus in die Innenstadt und nehme dort entweder meinen Tee oder esse zu Abend. Ich glaube, ich werde mir Fisch bestellen, jedenfalls etwas leicht Verdauliches. Und ich werde ausgesprochen freundlich zu der Kellnerin sein, damit sie sich an mich erinnert, falls man sie jemals fragen sollte.«

»Und was muß ich tun?«

»Du bist in High End. Bis nachmittags um vier Uhr kannst du dich beim Einkaufen amüsieren. Besuche möglichst viele Geschäfte, je mehr, desto besser. Um vier Uhr trinkst du eine Tasse Tee, das wird deinen Nerven guttun, und dann gehst du langsam zur Heide. Dort angekommen, wirst du zwangsläufig Kate begegnen, die zu dieser Zeit ihren Spaziergang macht. Ich werde dir auf einer topographischen Karte genau die Stelle einzeichnen, wo du mit ihr zusammentreffen sollst.«

»Du kannst aber nicht von mir erwarten, daß ich Kate ersteche!«

»Mein liebes Kind, natürlich nicht. Das wäre nun ganz und gar nicht deine Art. Es würde mir nicht im Traum einfallen, dich einer solchen Nervenbelastung auszusetzen. Nein, ich habe mir eine Methode überlegt, wie du deinen Teil erledigen kannst, ohne dir die Hände schmutzig zu machen. Alles, was du in bezug auf Kate zu tun hast, ist erstens, mit ihr zusammenzustoßen, und zweitens, ganze fünf Worte zu sagen: ›Jetzt kann nichts mehr passieren.‹«

»Ich v-verstehe nicht, inwiefern eines von diesen beiden Dingen zu ihrem Tod führen könnte.«

»Allein sicher nicht, aber in Verbindung miteinander durchaus. Warte nur, ich werde es dir gleich erklären. Kate läßt sich nicht davon abbringen, ihre ausgeleierte Brille zu tragen, die ihr trotz ihrer Hakennase beim kleinsten Anlaß herunterfällt. Sie ist zu geizig, um Geld für ein neues Gestell auszugeben. Und ohne ihre Brille ist sie so blind wie eine Fledermaus.«

»Es wird aber gar nicht so einfach sein, einen Zusammenstoß zu inszenieren.«

»Oh, an der Stelle, die ich dafür ausgesucht habe, nämlich auf einem von Bäumen überschatteten Weg, kurz bevor man auf die offene Heide hinaustritt, ist das ein Kinderspiel.«

»Du meinst, die Brille muß zerbrechen?«

»Zerbrechen muß sie sicher, aber nicht unbedingt durch den Aufprall. Wenn sie ganz bleibt, was wahrscheinlich der Fall sein wird, dann trittst du eben darauf. Kate wird durch den Verlust so außer sich und außerdem so blind sein, daß du dir Zeit lassen kannst. Dann mußt du deinen Charme einsetzen, mein Liebling, und ihr anbieten, sie nach Hause zu begleiten. Sie wird mit Freuden annehmen.«

»Aber warum in aller Welt sollte sie?«

»Weil sich kurz vor unserem Haus ein großer, nicht eingezäunter Weiher befindet ... äußerst gefährlich ... unbegreiflich, daß die Stadtverwaltung dagegen nichts unternimmt. Kate hat eine Todesangst vor Wasser und wird sicher fürchten, ohne ihre Brille hineinzufallen. Deshalb wird sie nur zu dankbar sein, wenn du sie daran vorbeiführst.«

»Und?«

»Ist es denn wirklich so schwierig, mir zu folgen? Du schiebst deinen reizenden, kleinen Arm unter den ihren und gehst ein Stück weit mit ihr, während du höflich mit ihr plauderst. Dann sagst du – was habe ich vorhin gesagt?«

»Jetzt kann nichts mehr passieren.«

»Ausgezeichnet. Und so wird es auch sein. Du drehst dich um, läßt sie stehen und läufst, so schnell du kannst, zu den Bäumen zurück. Sie wird wie ein Soldat weitermarschieren, schnurstracks in den Weiher hinein, und damit haben wir Mylady samt ihrer Brille vom Hals.«

»Walter!«

»Ist das nicht wunderbar einfach?«

»Es ... es ist furchtbar. Und vielleicht ertrinkt sie ja gar nicht!«

»Ach, komm, Hilary, nun sei doch vernünftig. Sie kann nichts sehen, und sie kann nicht schwimmen.«

»Sie könnte aber schreien, und vielleicht hört sie jemand.«

»Unter der Woche ist dort zu dieser Tageszeit weit und breit kein Mensch unterwegs, die Stelle ist ebenso verlassen wie der Park, wo ich mir Charles vornehmen werde. Es besteht überhaupt keine Gefahr, mein Schatz. Würde ich dich denn sonst darum bitten? Du weißt, wie sehr ich dich vergöttere. Ich würde dir niemals raten, etwas zu tun, was nicht hundertprozentig sicher ist. Überlege doch nur, du brauchst sie nicht einmal selbst ins Wasser zu stoßen!«

»Das kann nicht dein Ernst sein, Walter.«

»Aber sicher ist das mein Ernst, Hilary. Mein tödlicher Ernst.«

Noch zwei Rendezvous waren nötig, bis Walter Hilary überzeugt hatte, daß es ihm mit dem Plan wirklich todernst war.

In dieser Zeit benahm sich Charles ganz unerträglich. Er gab sich herrisch wie ein Sklaventreiber und, was noch schlimmer war als alles andere, er forderte seine ehelichen Rechte ein. Hilary konnte kein Mitleid mit ihm empfinden, so sehr sie sich auch bemühte. Endlich kam sie zu dem Schluß, er habe sich jedwedes Schicksal, das ihn erwarten mochte, redlich verdient.

Walter war ihre einzige Hoffnung. Wenn sie sich weigerte, mit ihm zusammenzuarbeiten, würde er sie gewiß verlassen, und von wem hatte sie dann noch Hilfe zu erwarten?

Als sie den ersten Schritt getan, als sie sich zu der Ansicht durchgerungen hatte, eine verzweifelte Lage rechtfertige in der Tat einen verzweifelten Ausweg, da wurde sie zu Walters freudiger Überraschung plötzlich fügsam und zeigte sich bereit, von ihm zu lernen. Sie war von Natur aus leicht lenkbar und eine willige Schülerin, und er war ein höchst gewissenhafter Lehrer, der sich keine Nachlässigkeit zuschulden kommen ließ. Wieder und wieder ging er ihre Rolle mit ihr durch, bis er endlich überzeugt war, nun sei sie genügend vorbereitet und würde ihr Bestes tun.

»Achte darauf, daß du nicht zu früh nach Hause kommst«, warnte er. »Wir wollen schließlich nicht, daß uns zum Schluß noch irgendein Quacksalber von einem Arzt alles verdirbt, weil er nicht fähig ist, die richtige Todeszeit festzustellen. Ich kann nicht genau vorhersagen, wann man Charles entdecken wird, aber ich nehme an, der Parkwächter wird ihn finden, wenn er abends kommt, um die Tore abzuschließen. Im Anschluß an deinen Spaziergang mit Kate würde ich an deiner Stelle ins Kino gehen. Du mußt dafür sorgen, daß jemand sich an dich erinnert und dein Alibi bestätigen kann. Das ist wichtig, Hilary. Du mußt auf dich achten, mein Liebes. Es wäre mir unerträglich, wenn man dich verdächtigen würde, Charles getötet zu haben. Von jetzt an liegt alles bei dir. Wir werden uns erst wiedersehen, wenn alles vorbei und vergessen ist.

Ich wünsche uns beiden Glück und eine strahlende Zukunft!«

Die Heide war in der Tat menschenleer. Welch ein unglaubliches Pech, daß die beiden Damen, eine groß, die andere klein, mit voller Wucht zusammenprallen mußten, obwohl sie so viel Platz zur Verfügung hatten! Natürlich war die eine kurzsichtig, trotz ihrer Brille, und ohne sie...

Ein adrett beschuhter Fuß zermalmte das Gestell so unerbittlich wie ein Schraubstock, während seine Besitzerin ausrief: »Oh, das tut mir aber schrecklich leid! Und ich habe Ihnen auch noch die Brille heruntergeschlagen. Wie ungeschickt von mir!«

Es klang so bestürzt, daß die ältere Frau freundlicher sagte, als sie eigentlich beabsichtigt hatte: »Nun lassen Sie schon, es gibt Schlimmeres. Und was die Brille angeht, das ist wirklich meine eigene Schuld. Mein Mann liegt mir ständig in den Ohren, ich soll mir eine neue kaufen. Sie sitzt schon lange nicht mehr richtig, aber ich wollte mich einfach nicht davon trennen. Sehen Sie die Brille vielleicht irgendwo liegen? Ohne sie bin ich nämlich völlig blind.«

»Sie kann eigentlich nicht weit weg sein. Ach du meine Güte, sie ist ja völlig in Scherben! Sie muß auf einen Stein gefallen sein. Da ist sie – fühlen Sie nur. Oder lieber nicht, Sie könnten sich schneiden. Du lieber Himmel, das werde ich mir niemals verzeihen.«

»Unsinn. Neue Gläser bekomme ich kostenlos vom Staatlichen Gesundheitsdienst. Falls man etwas als kostenlos bezeichnen kann, für das man schon dreifach bezahlt hat. Und zu Hause habe ich noch einen alten Kneifer, damit kann ich mich vorübergehend behelfen. Die Schwierigkeit ist nur, erst einmal heil dorthin zu kommen.«

»Ich bringe Sie natürlich nach Hause, das heißt, wenn Sie erlauben. Soll ich die Reste der Brille in Ihre Tasche stecken?«

»Das wäre vielleicht keine schlechte Idee. Wickeln Sie sie doch bitte zuerst in dieses saubere Taschentuch hier, sonst fallen die Splitter überall herum. Und ich würde mich freuen, wenn Sie mich begleiten könnten. Das ist wirklich nett von Ihnen. Normalerweise wäre es ja kein Problem, aber ich muß an einem tiefen Weiher vorbei, der nicht eingezäunt ist, und da hineinzufallen... Ertrinken ist für mich nämlich das Schrecklichste. Schon fast eine Phobie... richtiggehend albern. Sobald wir an dem Weiher vorbei sind, besteht keinerlei Gefahr mehr. Dann sind es nur noch ein paar Meter bis zum Haus, und der Weg verläuft schnurgerade.«

»Würden Sie dann vielleicht meinen Arm nehmen? So kann ich Sie besser führen.«

»Ja, Sie haben völlig recht. Eigenartig, wie sehr mich das beruhigt. Blind zu sein ist wirklich ein erbärmliches Gefühl, aber seit ich mich auf Sie stützen kann, habe ich gar keine Angst mehr. Was für ein Glück, daß ich an eine so mitfühlende junge Person geraten bin. Ich selbst bin eher schüchtern, fürchte ich. Wenn Sie sich nicht angeboten hätten, ich hätte nie den Mut gefunden, Sie um diesen Gefallen zu bitten. Oh, Sie zittern ja. Das kleine Mißgeschick hat Sie doch wohl nicht aus der Fassung gebracht? Ich bitte Sie, glauben Sie mir, es war ebenso meine Schuld wie die Ihre.«

»Es ist m-mir sehr unangenehm«, stammelte Hilary mit zitternder Stimme.

»Kopf hoch. Zur Aufregung besteht überhaupt kein Grund. Und jetzt kommen Sie. Wahrscheinlich haben Sie ja noch etwas anderes vor. Ich kann durchaus ein wenig schneller gehen, meine Beine funktionieren noch ganz gut.«

Walters Frau redete mehr, als es sonst ihre Art war, um das Unbehagen ihrer Begleiterin zu zerstreuen, und dachte dabei, wie angenehm es doch sei, dieses warmherzige junge Ding an ihrer Seite zu haben. Sie war so ganz anders als Walter, den es niemals kümmerte, wenn ein anderer Pech hatte, solange er nicht selbst davon betroffen war.

Als das Mädchen unvermittelt stehenblieb, war sie ganz erstaunt, daß sie ihr Ziel so schnell erreicht hatten. Ein Jammer, sich jetzt zu trennen, wo man sich so gut verstand! Aber sie konnte die Zeit der jungen Frau wohl nicht noch länger in Anspruch nehmen. Für manche Leute war die Zeit kostbar, auch wenn sie selbst nicht zu diesen Glücklichen zählte.

»Da wären wir also«, sagte sie munter. »Ich habe gar nicht gemerkt, daß wir am Weiher vorbeigekommen sind, so sehr habe ich unseren kleinen Plausch genossen.«

»Ja«, sagte Hilary heiser. »Wir sind da. Jetzt kann nichts – nichts... nein, ich kann es nicht sagen, ich kann es einfach nicht!«

Sie brach in Tränen aus und schluchzte laut und herzzerreißend. Der Druck um ihren Arm wurde fester.

»Aber mein liebes Kind, was in aller Welt ist denn los mit Ihnen?«

»Es ... es ist nur, daß Sie ganz anders sind, als ich Sie mir ausgemalt habe. Sie sind freundlich und nett, gar nicht so, wie Walter sagte ... und ich darf einfach gar nicht daran denken, wie Sie in diesem kalten Wasser zappeln und ertrinken!«

Walters Frau stand da wie vom Donner gerührt. Sie spürte das kalte Wasser um sich herum ansteigen, eisig, erstickend. Einen Augenblick lang glaubte sie tatsächlich, blind und hilflos darin zu zappeln und zu ertrinken.

Dann gewann ihr starker Wille die Oberhand, und sie sagte entschlossen, aber ohne Groll: »Vermutlich gibt es keine Zeugen, aber für Tränen ist die offene Heide nicht der rechte Ort. Sie brauchen jetzt eine schöne Tasse starken Tee. Nehmen Sie sich zusammen, meine Liebe. Führen Sie mich am Weiher vorbei, gleich dahinter ist dann das Gartentor. Kommen Sie – marsch, marsch!«

»Sie v-vertrauen mir noch immer?«

»Aber natürlich, Sie kleines Dummerchen.«

Immer noch leise vor sich hin schluchzend geleitete Hilary Walters Frau an dem nassen Grab vorbei und bis vor ihre Haustür, wo sie ihr half, den Schlüssel zu suchen.

Sobald die ältere Dame ihre Ersatzbrille auf der Nase hatte, gewann sie ihr Selbstvertrauen und ihre Tüchtigkeit zurück. Sie setzte Hilary in einen Sessel, kochte schnell eine Kanne Tee und gab in jede Tasse einen Löffel Brandy.

»Das trinken Sie jetzt, dann geht es Ihnen gleich besser.«

Hilary blinzelte sie aus tränennassen Augen an.

»Ich k-kann nicht. Ich habe kein Recht ...«

»Machen Sie sich nicht lächerlich. Es wird uns beiden guttun.«

Es dauerte nicht lange, bis sie die ganze traurige Geschichte zu hören bekam. Seltsam war nur, daß sie keinen Funken Haß verspürte, jedenfalls nicht auf das Mädchen. Vielleicht waren die ungewöhnlichen Umstände dafür verantwortlich, daß die beiden sich so eigenartig nahegekommen waren.

»Ihr Charles scheint mir ein sehr unangenehmer Zeitgenosse zu sein«, sagte Kate schließlich nachdenklich.

»O ja, das ist wahr«, stimmte Hilary eifrig zu. »Ich habe schreckliche Angst vor ihm.«

»Aber selbst angenommen, er würde Ihnen vom Hals geschafft, glauben Sie wirklich, mit Walter würde es Ihnen besser ergehen? Sie kennen Walter nicht so gut wie ich. Er ist der Inbegriff des Egoisten. Zugegeben, ich habe mich selbst täuschen lassen, er hat ein einnehmendes Wesen, wenn er es darauf anlegt. Ja, Walter war mein großer Fehler. Er sieht gut aus, aber ansonsten taugt er überhaupt nichts. Ich habe nie mehr als Kameradschaft von ihm erwartet, aber nicht einmal dazu war er bereit. Er hatte es nur auf mein Geld abgesehen. Oh, glauben Sie mir, meine Liebe, er hätte mich schon vor Jahren beiseite geschafft, wenn er es hätte tun können, ohne sich selbst in Gefahr zu bringen. Ich wußte, daß er etwas im Schilde führte – deshalb habe ich ihn immer knapp gehalten. Aber ich hätte ihm nicht zugetraut, daß er tatsächlich einen Weg finden würde, sein Vermögen zu verdoppeln und sich obendrein noch eine so reizende Komplizin zu angeln.«

»Ich begreife nicht, wie ich so niederträchtig sein konnte«, sagte Hilary kleinlaut. »Aber ich hatte sonst keinen Freund auf der Welt.«

»Nun, damit hat es jetzt ein Ende«, erklärte Walters Frau energisch. »Jetzt haben Sie mich. Ich glaube, wir beide kämen großartig miteinander aus. Ich habe Geld genug zum Leben, aber niemanden, den ich gern haben könnte – oder der mich ein wenig mag. Sie brauchen hübsche Kleider und ein wirklich glückliches Zuhause, hin und wieder auch einmal eine Reise ins Ausland. Ich habe keine Hintergedanken, verstehen Sie? An Sex war ich nie übermäßig interessiert, und ich bin sicher, daß es Ihnen nicht anders ergeht. Sie wären ja auch finanziell nicht nur auf mich angewiesen. Ich glaube, wir könnten ein sehr angenehmes Leben führen. Was meinen Sie dazu?«

»Aber was ist mit Charles und W-walter?«

»Nun, das Problem dürfte sich von selbst erledigen, nicht wahr? Mal sehen, wann hatte Walter das Treffen mit Charles geplant? Sie sagten doch, sechs Uhr? Ich glaube, ich lasse ihnen noch eine Viertelstunde Zeit, dann rufe ich die Polizei an. Wir wollen nichts überstürzen, schließlich könnte Charles' Zug ja auch ein paar Minuten Verspätung haben. Trinken Sie doch einstweilen noch eine Tasse Tee.«

Ein Fall für die Ortspolizei

In den frühen Morgenstunden lag das kleine Krankenhaus bei weitem nicht so stumm und reglos da wie sein Starpatient, der kleine Junge mit dem Schädelbruch. Mit seinen gedämpften Lichtern wirkte es wie ein ziemlich altmodisches Passagierschiff, das mit herabgesetzter Geschwindigkeit und halber Besatzung immer noch auf Kurs lief, während die Fahrgäste schliefen, freilich nicht alle tief und fest.

In einem Zimmer am Ende eines dieser nur nach Krankenhaus riechenden Korridore waltete die Schwesternschülerin Pamela Scott mit einer fachmännischen Routine ihres Amtes, die über ihre wahren Gefühle hinwegtäuschte. Die Anwesenheit der beiden Männer machte sie zunehmend nervös, obwohl diese weit weg an der gegenüberliegenden Wand saßen. Sie befand sich bereits im zweiten Ausbildungsjahr, aber wenn sie auf sich allein gestellt war, und besonders bei Nacht, empfand sie die Verantwortung doch als bedrückend.

In einer Situation wie dieser – der Junge schwebte in Lebensgefahr, und die Stationsschwester konnte jeden Augenblick hereinplatzen – wurde sie das Gefühl nicht los, das Schicksal lege es mit Gewalt darauf an, sie zu einem Fehler zu verführen. Schließlich war sie erst neunzehn, ein zartes Alter, um der Realität eines erhöhten Schädelinnendrucks zu begegnen, auch wenn sie durchaus in der Lage war, mit jedem, der ihr zuhören wollte und auf medizinischem Gebiet weniger beschlagen war als sie selbst, wortgewandt über dieses Phänomen zu plaudern.

Sie drehte den Jungen vom Rücken auf die Seite, vermied es dabei aber ängstlich, seinen Kopf zu bewegen, der ohne ein Kissen auf der Matratze ruhte. Die Schädelwunde unter dem hellen, karottenroten Haar war versorgt, jedoch nicht verbunden worden, das Gesicht wirkte eingefallen, aber friedlich.

Sie betrachtete angestrengt die wächsernen, geschlossenen Lider, bis sie fast glaubte, die Wimpern würden sich bewegen. In ihrer Angst, irgendeine Veränderung zu übersehen, war sie einer Täuschung erlegen. Dann überprüfte sie die Handfesseln, fühlte den Puls und trug das Ergebnis in das neurologische Kurvenblatt am Kopfende des Bettes ein. Die intravenöse Nadel und die Infusionsleitung funktionierten einwandfrei, es gab nichts zu regulieren.

So weit, so gut.

Pamela stieß unhörbar einen Seufzer der Erleichterung aus und setzte sich für die kostbaren fünf Minuten, die ihr allein gehörten und nach deren Ablauf das ganze Verfahren wieder von vorne beginnen würde sittsam auf ihren Stuhl. Fast wie von selbst wanderte ihr Blick zu den beiden Männern, die mit ihr Wache hielten – der Vater des Jungen und ein Polizeibeamter. Sie wußte, daß jede vernünftige Krankenschwester lernen mußte, die ihr anvertrauten Patienten nach besten Kräften zu pflegen, ohne darüber nachzugrübeln, ob sie wohl sterben oder was aus ihnen werden würde, nachdem sie genesen waren.

Aber Pam war noch jung, und Pam war eine Einheimische. Es war ihr unmöglich zu vergessen, daß dieses kleine, ihr anvertraute Häufchen Elend zugesehen hatte, wie seine Mutter zu Tode geprügelt wurde, um dann selbst dem gleichen Schicksal nur um Haaresbreite zu entgehen. Schließlich wohnten Pams Eltern in derselben Straße wie der alte Mr. Fox und seine Frau, die Eltern von Meg. Für sie mußte das alles ein furchtbarer Schock gewesen sein, auch wenn sie immer über ihre Tochter geschimpft hatten. Meg hatte sich nur selten bei ihren Eltern blicken lassen, soweit Pam sich erinnerte, hatte sie sie nur ein einziges Mal dort in der Straße getroffen. Es war um Weihnachten herum gewesen, und Meg hatte sich für die Fahrt in die Stadt aufgetakelt und auf etwas liederliche Weise recht hübsch ausgesehen.

Was den Polizeibeamten anging, so nannte sie ihn im Privatleben Onkel Dick, einfach deshalb, weil er schon so lange im Haus ihrer Familie verkehrte, ohne aber mit ihnen verwandt zu sein. Jetzt freilich war er ganz offiziell im Dienst und hatte sie nicht einmal begrüßt, von der Andeutung eines Augenzwinkerns einmal abgesehen. Aber wenn in diesem Zimmer schon ein Polizist sitzen mußte, dann war sie froh, daß er es war. Er wirkte gediegen und zuverlässig und sah so aus, als könne ihn nichts aus der Ruhe bringen. Immerhin konnte niemand mit Sicherheit ausschließen, daß David Broome, der Vater des Jungen, seine Frau in einem Wutausbruch selbst ermordet hatte. Ein Mörder? Unglaublich, daß so einer hier im gleichen Zimmer mit ihr sitzen sollte, daß sie nur die Hand auszustrecken brauchte, um ihn zu berühren!

Schwester Scott unterdrückte das völlig unprofessionelle Frösteln, das sie plötzlich überfiel, und rief sich energisch ins Gedächtnis, daß Broome einzig und allein als Vater des Jungen anwesend war und in keiner anderen Eigenschaft. Oder etwa doch nicht?

Wie stellte man es an, von einem eben aus dem Koma erwachten Kind zu erfahren, wer es angegriffen hatte und warum? Vielleicht wußte der Junge es gar nicht, vielleicht lag auch ein Hirnschaden vor. Und wenn man ihm alles ins Gedächtnis zurückrief, würde man damit nicht einen Rückfall in die Bewußtlosigkeit provozieren? Und würde sie selbst genau im richtigen Moment das Richtige tun, falls es dazu kam?

Onkel Dick war nicht zum erstenmal hier im Krankenhaus, um an einem Bett zu warten, bis jemand das Bewußtsein wiedererlangte. Sie hatte so etwas schon einmal erlebt, beim Opfer eines Unfalls mit Fahrerflucht, aber damals hatte sich das Ganze in einem großen Krankensaal hinter Wandschirmen abgespielt. Warum hatte die Oberschwester den kleinen Jamie Broome wohl in ein Privatzimmer zu 30 Guineen gelegt, wenn es nur um ein gewöhnliches Verhör ging? Wer würde das wohl bezahlen?

Bestimmt nicht der Vater mit seinem kleinen Gehalt. Darüber hatte Meg schon immer geklagt, wenn man Mrs. Fox glauben wollte. Ständig waren sie so knapp bei Kasse. Das Häuschen war mietfrei, aber der Colonel war ein alter Geizhals und bezahlte seinem Wildhüter nur den Minimallohn – kaum mehr als einem gewöhnlichen Landarbeiter. Und dabei war David Broome ein erstklassiger Mann, in seinem Beruf konnte ihm niemand das Wasser reichen –

das betonte Onkel Dick immer wieder, und er kannte ihn seit Jahren.

Übrigens sah Broome nicht schlecht aus. Ziemlich ernst und traurig – aber das war schließlich kein Wunder, nachdem seine Frau tot war und sein einziger Sohn in Lebensgefahr schwebte! Und was für einen komischen, altmodischen Anzug er anhatte – zu ihm paßte sicher nur das derbe Zeug, das er gewöhnlich trug. In Cordhosen und Gamaschen konnte sie sich ihn gut vorstellen, hager, irgendwie geschmeidig, genau der Typ, auf den sie fliegen könnte, immer vorausgesetzt, er war kein Mörder. Und sie hätte auch nichts dagegen, den kleinen Jungen aufzunehmen – sie liebte Kinder.

Schuldbewußt fuhr Schwester Scott hoch und nahm sich zusammen. Allein im Dienst und nur halb bei der Sache! Sie wußte, daß das tragbare Röntgengerät nur eine simple Fraktur gezeigt hatte, sonst hätte man den Jungen sofort in den Operationssaal und danach auf die Intensivstation gebracht. Aber wer konnte bei Kindern, die unter Schock standen, schon sicher sein? Sie hegte die starke, wenn auch irrationale Überzeugung, todkranke Menschen würden nur durch ständige Bewachung auf der Erde festgehalten, und deshalb hatte sie das Gefühl, nur knapp der Katastrophe entronnen zu sein, ihren Schützling ganz zu verlieren, während ihre Gedanken abgewandert waren und sich mit seinem Vater beschäftigt hatten.

Sie warf einen hastigen Blick auf die elektrische Uhr an der weißen Wand, die lautlos die Minuten heruntersäbelte, dann stand sie auf und strich sich ihre Schürze glatt...

Die junge Pamela mochte aus David Broomes Zügen Ernst und Traurigkeit herausgelesen haben, aber das war nur sein gewohnter Ausdruck – beziehungsweise ein Mangel an Ausdruck –, der Kummer hatte seine Züge nicht gezeichnet. Broomes Gesicht wirkte stets verschlossen und in sich gekehrt und verriet nichts. Das reglose Sitzen auf dem harten Stuhl fiel ihm nicht weiter schwer: lange Wartezeiten in unbequemer Stellung waren ihm von seinem Beruf her vertraut. »Beruf« war nicht ganz das richtige Wort dafür, nichts anderes als eine Berufung hätte ihn bewegen können, ausgerechnet Wildhüter zu werden, obwohl die Bezahlung so gering war und die Arbeit nie ein Ende nahm.

Im Freien hätte er jetzt nicht dieses Gefühl von Atemnot. Die Zentralheizung störte ihn – er war an die kühle, feuchte Waldluft gewöhnt oder höchstens noch an das Holzfeuer in seinem Häuschen. Und die Krankenhausgeräusche, so gedämpft sie auch waren, klangen seinem scharfen Ohr völlig fremd. Er konnte kein einziges davon benennen, und dieses Fehlen jeglicher Orientierung war irritierend für einen Mann, der in seiner eigenen Umgebung jeden einzelnen Laut zu deuten vermochte.

Obwohl der kleine Junge als ständige Erinnerung hier vor ihm lag, kämpfte Broome mit aller Kraft gegen den Strom von Gedächtnisbildern an, der ihn schließlich überwältigen würde; statt dessen zwang er sich, seine Gedanken auf die unmittelbaren Probleme am Rand dieser Tragödie zu konzentrieren. Wer würde zum Beispiel die Fasanenküken füttern, die noch auf dem Aufzuchtfeld waren? Er hatte keinen Gehilfen, und im Dorf gab es niemanden, der über Fasanen mehr gewußt hätte, als wie man sie wilderte, wenn sie ausgewachsen waren.

Er hatte Sergeant Gregg gebeten, den Colonel anzurufen und ihm zu erklären, wie die Dinge standen. Laut Gregg hatte der Colonel einen Tobsuchtsanfall bekommen, aber was nützte das schon? Was gebraucht wurde, war ein Ersatzmann, der sofort übernehmen konnte. Und wo sollte man den finden, wenn jeder Wildhüter in der Gegend in seinem eigenen Revier jetzt, zur arbeitsreichsten Zeit des Jahres, vollauf damit beschäftigt war, die Wildvogelnester im Auge zu behalten und gleichzeitig seine Jungfasanen zu hegen? Wenn nicht etwas geschah, und zwar schnell, dann war die ganze schwere, unermüdliche Arbeit im Winter und Frühling umsonst, und in der kommenden Saison würde es keine nennenswerte Wildstrecke geben.

Der diensthabende Arzt kam herein, die Stationsschwester im Schlepptau, und riß ihn aus seinen Überlegungen. Der Arzt trat ans Bett, um sich das Kurvenblatt anzusehen, während die Stationsschwester ein paar Worte mit der Pflegerin wechselte. Broome bekam nur ein paar Bruchstücke mit, eine Frage, die als Antwort wiederholt wurde.

»Keine Veränderung?«

»Keine Veränderung.«

Mit einem neugierigen Seitenblick auf die beiden wartenden Männer verließ der Arzt den Raum. Ehe die Stationsschwester hinter ihm hereilte, blieb sie bei Gregg stehen und fragte, ob sie irgendeinen Wunsch hätten – eine Tasse Tee vielleicht?

Gregg wollte schon ja sagen, als Broome ihm mit einem entschiedenen »Nein, danke« zuvorkam. Die Stationsschwester verschwand, und Gregg verfluchte ihn innerlich. Vor seinen müden Augen entstand die Vision einer dampfenden Teetasse; starker, schwarzer Tee mit vier gehäuften Löffeln Zucker darin. Schwester Scott sah die Vision ebenfalls und fuhr sich mit der Zunge über die trockenen Lippen.

Broome dagegen sah nichts als das Chaos in seinem Häuschen. Jetzt konnte er das Grauen des vergangenen Tages nicht länger zurückhalten: Als wolle die Erinnerung nun für die ihr auferlegte Verzögerung Rache nehmen, indem sie ihm keine einzige Episode ersparte, setzte sie just mit seinem ersten Gedanken beim Aufwachen ein.

Jamies Geburtstag! Sechs wurde er heute. Ein großer Junge. Und neben ihm auf dem Kissen Megs Kopf. Das gefärbte, zerzauste Haar sah aus, als könne es eine gründliche Wäsche mit dem weichen Wasser aus der Regentonne vertragen. Sie hatte sich gestern nicht einmal abgeschminkt. Um ihren Mund und in den Falten ihrer Haut hafteten noch Spuren von Make-up.

Er konnte sie ganz nüchtern betrachten, weil es schon lange her war, seit er sie zum letztenmal begehrt hatte. Solche Dinge stießen ihn ab. Aber Geoff Martin hielt sich ja für einen Künstler, und deshalb sah er das möglicherweise anders. Wenn man bedachte, wie es bei Martin zu Hause zuging, empfand er es vielleicht als echte Erleichterung, wenn er mit jemandem wie Meg zusammensein konnte, die so vollkommen anders war als seine eigenen Frauenzimmer. Aber glaubten die beiden denn wirklich, einem geborenen Waldläufer würden die Spuren der regelmäßigen Besuche von – von Raubzeug entgehen?

Allein an Megs besserer Laune und an ihren albernen Lügen hätte Broome erkannt, was vor sich ging. Und dann mußte der alberne Tropf, wie um nur ja keinen Zweifel daran zu lassen, wer er war, auch noch ein Skizzenbuch vergessen, in dem in einer Ecke sein Name stand. Ein reines Versehen? Oder wurde er allmählich dreister? Nun, wie dem auch sei. Sollte sie doch gehen, wenn es das war, was sie wollte. Ihr endloses Gejammer über das Häuschen und das einsame Leben dort fiel ihm ohnehin auf die Nerven.

Ja, sollte sie doch gehen, er und Jamie würden gemeinsam weitermachen und gar nicht merken, daß ihnen etwas fehlte. Seit Jamie den ganzen Tag über in der Schule war, konnten sie gut allein zurechtkommen. Und in den Ferien würde er den Jungen mit in den Wald nehmen und ihm nach und nach alles beibringen, was er selbst wußte, bis Jamie sich ebenso gut auskannte wie er selbst und ebenso verrückt danach war. So hatte er sich das auch einmal mit Meg vorgestellt, als sie noch im *The Wild Duck* hinter der Theke gestanden hatte, aber es hatte einfach nicht geklappt. Schon gut, er hatte Jamie, und Jamie mochte aussehen wie seine Mutter, aber er benahm sich nicht wie sie. Er mochte sie nicht einmal besonders gern. Sie war mit ihren Ohrfeigen zu schnell bei der Hand.

Ja, Jamie war wie Meg. Und nie hatte er ihr so ähnlich gesehen wie in diesem Augenblick, als er mit großen Augen und vor Aufregung zitterndem Mund an der Schlafzimmertür stand.

»Heute ist mein Geburtstag. Mein Geburtstag ist endlich da. Heute werde ich sechs. Wo ist es?«

»Psst. Mama schläft noch. Du hast doch wohl nicht wirklich erwartet, daß du ein Dreirad bekommst? Das ist nur etwas für reiche Kinder.«

»Du hast gesagt... du hast gesagt...«

»Na schön, wir gehen runter und sehen nach. Aber jetzt sei leise.«

Er war aus dem Bett geschlüpft, und dann waren er und Jamie, so wie sie waren, im Nachtzeug die steile Treppe hinunter und ins Wohnzimmer geschlichen. Und da stand es, ausgepackt, fahrbereit, ein brandneues, rot emailliertes, chromblitzendes Dreirad.

»Wie kann man nur das Geld so zum Fenster hinaus werfen«, hatte Meg gemurrt, »und dabei fehlt es mir an allen Ecken und Enden.« Aber es hatte sich gelohnt, nur um Jamies Gesicht zu sehen. Er strahlte, als habe er eben das Gelobte Land betreten. Ohne ein Wort war der Junge auf das Dreirad gestiegen, hatte sich auf den Sattel gesetzt und die Lenkstange fest umfaßt. Sein Gesichtsausdruck war Dank genug. Fast ein Wochenlohn war für das Geschenk draufgegangen, aber es hatte sich ausgezahlt.

»Wo kann ich damit fahren?«

»Zuerst im Hof und später auf der Lichtung.«

»Jetzt gleich?«

»Nein, zieh dich erst an.«

»Dad, komm doch zum Mittagessen nach Hause. Bis dahin kann ich richtig fahren. Du wirst schon sehen. Mum macht Fleischpastete mit Nieren. Was für ein Glück, daß mein Geburtstag auf einen Samstag fällt!«

»Jamie, du weißt, daß ich ganz tief im Wald bin. Zur Zeit kann ich unmöglich zu Mittag zurückkommen. Für mich gibt's heute nur Brot und Käse. Wir sehen uns dann am Abend.«

»Och, Mist! Nimmst du Scamp mit?«

Scamp war der Labrador, den er für den Colonel abrichtete.

»Nein. Bei den vielen Jungvögeln macht er nur Schwierigkeiten.«

»Gut. Dann kümmere ich mich um ihn. Mum will ihn nicht im Haus haben. Sie sagt, er stinkt.«

Er hätte Jamie gerne erklärt, ehrlicher Hundegeruch sei immer noch besser als abgestandenes Parfum, aber er hielt sich zurück. Er hetzte Jamie nie gegen Meg auf, schließlich war sie seine Mutter.

Nach dem Frühstück hatte Broome seinem Jamie, der rittlings auf dem Dreirad saß, von der Tür aus noch einmal zugewinkt und war dann den Reitweg entlanggegangen. In der Jagdtasche hatte er sein Vesperbrot, und er fühlte sich, als gehöre der Wald ihm und nicht dem Colonel. Die Arbeit im Freien erschien ihm weniger als Arbeit denn als tiefe Befriedigung, so mühsam sie auch sein mochte. Im Frühling hatte es viel geregnet, und das Buschwerk drohte überhandzunehmen. Er bahnte sich einen Weg durch das Gestrüpp und verbreiterte die Pfade. Für den Herbst und die Jagdeinladungen mußte alles tipptopp in Ordnung sein.

Noch während er Dornenranken abriß und die allzu üppigen Schößlinge zurückschnitt, dachte er, daß das junge Grün noch nie so schön gewesen sei. Er hielt scharf

Ausschau nach irgendwelchen Spuren von Raubzeug auf dem Boden oder in der Luft. Die Schmarotzer vermehrten sich schneller als die jagdbaren Vögel und mußten aufgestöbert und beseitigt werden, mitleidlos, aber auch ohne Bosheit. Heute verleitete ihn sein eigenes Glücksgefühl zu der merkwürdigen Überlegung, daß vielleicht auch ein Marder oder ein Wiesel an den eigenen Jungen Freude haben könnte. Am liebsten aber beobachtete er eine Kette von Rebhühnern; *das* waren wirklich gute Eltern. Ganz anders als die Fasanen...

Als er auf die Uhr sah, war es fast zwölf, und plötzlich entschloß er sich, doch zu seinem Häuschen zurückzukehren. Nur dieses eine Mal. Für Jamie. Er wischte sich den Schweiß vom Gesicht und machte sich in seinem gewohnt gemächlichen Laufschritt auf den Rückweg. Der Boden unter seinen Stiefeln fühlte sich weich und elastisch an.

Die Tür stand offen, aber kein Jamie war zu sehen. Er trat ein. Da war Jamie, am Tisch.

Wenn Jamie starb – wenn sein Gehirn geschädigt war...

Sergeant Gregg rutschte unbehaglich auf seinem Stuhl herum. Ihm schliefen allmählich die Beine ein, und er wollte sicher sein, daß er sich in einem eventuellen Notfall schnell bewegen konnte. Ich bin zu alt für solche Geschichten, dachte er wehmütig und wünschte sich, in Pension gegangen zu sein, ehe diese gräßliche Sache passiert war, und jetzt in aller Ruhe in seinem Garten zu werkeln. Was für einen Notfall erwartete er eigentlich? Seinen Kopf würde er gebrauchen müssen, nicht seine Beine, wenn – falls – das Kind wieder zu sich kam.

Sergeant Gregg schalt sich selbst, er benehme sich wie ein altes Weib. Warum nahm er sich nicht ein Beispiel an der jungen Pam? Sie saß in aller Seelenruhe auf ihrem Stuhl, wenn sie nicht mit der Krankenpflege beschäftigt war, und, bei Gott, er hätte nie gedacht, daß es für ein Kind, das völlig weggetreten war, so viel zu tun geben könnte. Freilich hatte Pam auch nicht gesehen, was er gesehen hatte, noch dazu kurz nach dem Essen. Ob Gregg nun dienstfrei hatte oder nicht, Broome hatte sich natürlich an den Gesetzeshüter gewandt, der ihm am nächsten stand. Sie waren schließlich Freunde – nein, Broome hatte keine richtigen Freunde, dazu war er zu zurückhaltend und schüchtern, obwohl man ihn nicht mehr bremsen konnte, wenn er einmal anfing, von seinem Jungen und seiner Arbeit – in dieser Reihenfolge – zu erzählen.

»Wie geht's dem kleinen Jamie?« hatte Gregg ihn gefragt, als sie sich vor dieser schrecklichen Sache zum letztenmal getroffen hatten.

»Gut. Diesen Samstag wird er sechs. Ich habe ihm ein Dreirad gekauft. Er ist ganz verrückt danach.«

»Du bist verrückt, wenn du dein sauer verdientes Geld für so was rauswirfst. Weißt du was, von mir kriegt er ein Buch. Das ist eher meine Preisklasse.«

»Hat keinen Sinn. Er kann noch nicht lesen und schreiben.«

»Das macht nichts. Das Buch hält sich so lange, bis er's kann.«

Und wie lange würde es sich jetzt wohl halten müssen?

Broome hatte völlig den Kopf verloren, und Gregg selbst war kaum weniger erschüttert gewesen. Sie hatten beide einen Schluck aus dem Wasserhahn gebraucht, ehe er seine fünf Sinne soweit wieder beisammenhatte, daß er Broome zur Telefonzelle schickte, während er selbst zurückblieb und auf den Jungen – und die Leiche – aufpaßte. Im Hof winselte der Hund, er lag an der Kette, und die Vorstellung, der Mörder könnte noch irgendwo in der Nähe sein, war nicht sehr beruhigend. Zu diesem Zeitpunkt war Gregg noch gar nicht auf die Idee gekommen, daß Broome selbst in die Sache verwickelt sein könnte. Hätte er ihn sonst wohl aus den Augen gelassen?

Er machte keinen Versuch, Jamie zu bewegen – soviel Erfahrung hatte er immerhin. Trotzdem schienen Stunden zu vergehen, bis Doktor Jessup und der Krankenwagen eintrafen, und dann mußten sie noch warten, bis der Polizeichef kam und den Abtransport genehmigte. Armer kleiner Kerl, da lag er nun, man tat alles für ihn, was menschenmöglich war, und so Gott wollte, würde er ohne bleibenden Schaden durchkommen. Andererseits, bei allem, was er mit angesehen haben mußte ... und ohne Mum ... vielleicht auch noch ohne Dad ...

Nein, verdammt, es konnte nicht so gewesen sein, denn wie immer man die Sache betrachtete, es war einfach wider alle Vernunft zu glauben, daß Broome seinen eigenen Sohn so mißhandelt haben sollte. Wider alle Vernunft, wiederholte der Sergeant bei sich, aber er hatte ein ungutes Gefühl dabei und fragte sich gleichzeitig, ob er da wohl auf etwas gestoßen sei. Nein, Broome war ein völlig normaler Mensch. Seine einzige Macke war die Art, wie er den Jungen vergötterte, und das paßte wohl kaum dazu, daß er ihm den Schädel eingeschlagen haben sollte. Außerdem war Broome ein sanftmütiger Bursche, der keiner Fliege etwas zuleide tun konnte.

Wie um dieser Behauptung sofort zu widersprechen, erschien vor dem geistigen Auge des Sergeants eine Schnur voll kleiner, toter Lebewesen, die in der Nähe des Wildhüterhäuschens aufgehängt waren, entweder als Beweis für Broomes Jagdglück oder als Warnung für die anderen. Aber das war nicht das gleiche, das gehörte zum Beruf dieses Mannes. Außerdem war das Raubzeug entweder geschossen oder in Fallen gefangen worden, man hatte ihm nicht mit einem Schürhaken den Schädel eingeschlagen.

Dann mußte es ein Landstreicher oder ein Einbrecher gewesen sein. Aber der Hund war im Hinterhof angebunden gewesen, und Landstreicher wagen sich gewöhnlich nicht in ein Haus, wenn sie einen Hund hören. Und was könnte ein Einbrecher in einem solchen Häuschen gesucht haben, wo es offensichtlich keinerlei Wertgegenstände gab, nicht einmal ein Fernsehgerät, nur ein altes Radio, das noch aus der Arche Noah hätte stammen können?

Der Sergeant hob seine großen, gefalteten Hände ein wenig in die Höhe. Allmählich drückten sie auf seinen Bauch. Da saß er nun so dicht neben Broome, daß er mit seinem Ärmel dessen Arm streifte, und wenn der Wildhüter für dieses – dieses Massaker verantwortlich gewesen wäre, müßte Gregg es dann aus dieser Nähe nicht irgendwie spüren? Raserei, das war es gewesen, schlichte Raserei, zuschlagen und noch mal zuschlagen, und wenn Jamie dabei nur diesen einen Hieb abbekommen hatte, mußte er ausgewichen sein oder ungewöhnliches Glück gehabt haben.

Und wenn nun der Angriff nur Meg allein gegolten hätte... Meg war eine Schlampe, war es immer gewesen, und überall wurde darüber getuschelt, daß Geoff Martin ihr Gesellschaft leistete, während Broome weit weg im tiefen Wald beschäftigt war. Jeder wußte es, einschließlich des Ehemannes, wie manche behaupteten. Geoff war ein Neurotiker, dachte der Sergeant und freute sich über das Wort. Und es war auch kein Wunder, wenn man sah, wie seine Mutter und seine Frau in ständiger Eifersucht um ihn buhlten – in aller Unschuld übrigens, denn die beiden waren so geschlechtslos wie zwei Maultiere.

Geoff bezeichnete sich selbst als Künstler, und die beiden ließen seine Werke immer einrahmen. Sonst wollte sie weiß Gott niemand haben. Geoff wäre der ideale Verdächtige gewesen, hätte Doktor Jessup ihn nicht besucht, unmittelbar bevor er zum Häuschen kam. Zur Zeit des Verbrechens lag der Held mit hohem Fieber darnieder, und seine beiden Hausdrachen hielten zu beiden Seiten seines Bettes Wache.

Na, mein Problem ist es nicht, entschied der Sergeant. Und der Chef braucht es auch nicht zu lösen.

»Ich ziehe Scotland Yard zu«, hatte der Alte gesagt. »Wir haben weder die erforderlichen Leute, noch die Ausrüstung.« Aber das war es nicht allein. »Colonel Mayne hat mich angerufen«, fuhr er fort. »Er sagt, Broome sei der beste Wildhüter im ganzen Bezirk, und wir müßten verrückt sein, wenn wir glaubten, er hätte was damit zu tun. Als ob das etwas zu bedeuten hätte. Sollen doch die Leute aus London damit klarkommen. Inzwischen hängen Sie sich an Broome dran, als wären Sie sein Bruder. Mir ist es egal, ob der Chief Constable bei Mayne auf die Jagd geht. Hörte sich fast so an, als erwarte er, daß ich einen von meinen Leuten dazu abstelle, sich um seine verflixten Vögel zu kümmern.«

In der Erinnerung zuckten die Lippen des Sergeants; selbst dieser Fall hatte seine komischen Seiten. Die Burschen aus London waren wahrscheinlich bereits unterwegs, rasten über die Autobahn heran, und alles auf Spesen. Überlassen wir's ihnen. Und doch ... und doch ...

Die Ortspolizei müßte sich in ihrem eigenen Bezirk eigentlich am besten auskennen, selbst wenn es um ein so blutiges Verbrechen ging. Jemand hatte Meg angegriffen, und der Junge war Zeuge gewesen. Broome würde seinem Sohn niemals ein Haar krümmen, nicht einmal, um seine eigene Haut zu retten. Folglich konnte Broome Meg nicht angegriffen haben. Klare Sache, sollte man meinen. Broome behauptete, er habe sich spontan entschlossen, nach Hause zu kommen (und das Käsebrot, das noch in der Papiertüte steckte, bestätigte das), einfach, um dem Jungen an seinem Geburtstag eine Freude zu machen. Und dann hatte er die beiden entdeckt, Meg war tot und der Junge bewußtlos.

Andererseits war da der Zeitfaktor. Der Postbote hatte Meg und Jamie lebend gesehen, als er um zwölf Uhr die Pakete abgeliefert hatte, die ebenfalls für Jamies Geburtstag bestimmt waren. Er hatte seinen Wagen am Straßenrand abstellen und zu Fuß zu dem Häuschen auf der Lichtung gehen müssen, und weder auf dem Hin- noch auf dem Rückweg hatte er irgend etwas von einem Eindringling bemerkt. Nur Meg und der Junge waren dagewesen, und der Kleine war aufgeregt herumgehüpft und hatte es gar nicht erwarten können, seine Geburtstagsgeschenke auszupacken.

Und plötzlich war Gregg wieder selbst im Häuschen, wie durch Zauberei dorthin versetzt. Wieder mußte er die endlose Wartezeit hinter sich bringen, bis Verstärkung kam, und wieder suchte er, angewidert von der Betrachtung der Blutspritzer und der beiden reglosen Körper, nach Ablenkung. Berühren durfte er nichts, um eventuelle Fingerabdrücke nicht zu verwischen, aber würden überhaupt welche da sein?

Erneut fiel ihm auf, wie ärmlich der Raum war. Nur ein paar schäbige Möbelstücke, Broomes Schrotflinten an der Wand waren offenbar das einzige, was sorgsam instandgehalten wurde. Was in aller Welt hatte Meg überhaupt bewogen, hierher zu kommen? Sie mußte gewußt haben, daß Broome nie in die Stadt ziehen würde. Er war von seinem Beruf besessen. Liebe? Ein Ring am Finger?

Ein scheußlicher, widerlich süßer Geruch stieg ihm in die Nase, und Gregg glaubte, er habe etwas mit dem Verbrechen zu tun, bis er ihn an seinen Ursprung zurückverfolgte und die Fleischpastete fand, die noch im Rohr stand. Dann kehrte er ins Wohnzimmer zurück, sein Blick wanderte über das billige Geschirr auf der verschrammten Anrichte und blieb schließlich, wie nicht anders zu erwarten, an dem Körper hängen, der mit dem Gesicht nach unten, Arme und Beine weit von sich gestreckt, vor dem offenen Kamin lag, wo ein paar halb verkohlte Scheiter im fahlen Frühlingssonnenschein träge vor sich hin flackerten. Arme, haltlose Meg!

Nachdem Gregg seine morbide Neugier befriedigt hatte, wandte er sich dem Jungen zu, der neben dem hintersten Tischbein zu Boden gefallen war, als habe er versucht, sich dahinter zu verstecken. Er überlegte, ob er dem Kleinen wohl noch einmal den Puls fühlen sollte, entschied sich aber dagegen. Er konnte nichts tun, um dem Jungen zu helfen, und er wollte sich die Hoffnung bewahren, daß er noch am Leben war. Jamies Wange ruhte auf dem rauhen Teppich, und sein zartes Profil sowie die blasse, sommersprossige Haut, die sooft zusammen mit rötlichem Haar auftritt, erinnerten Gregg an Meg, als sie noch ein Kind war.

Zur Abwechslung wandte er sich dem Tisch zu – Jamies kreuz und quer zwischen dem braunen Packpapier und den bereits zum Mittagessen aufgelegten Messern und Gabeln verstreuten Geburtstagsgeschenken. Beim Anblick dieser herrenlosen kleinen Sammlung schnürte sich dem Sergeant die Kehle zu. Gott im Himmel, wer würde denn ein Kind angreifen, während es dabei war, seine Geschenke auszupacken?

Eine Mundharmonika in einer gestreiften Schachtel, ein grellbunter Brummkreisel, ein Malkasten – wahrscheinlich von den Großeltern. Billiger Kram, nicht zu vergleichen mit dem teuren Dreirad, das in der Mitte des Raumes stand, vor des Sergeants Füßen, und das alles andere verblassen ließ. Ein schmaler, weißer Papierstreifen lag daneben, und Gregg, der weitsichtig war, konnte von seinem Platz aus lesen, was darauf stand. MIT LIEBEN GRÜSSEN VON DEINEM DAD – in Druckschrift.

Plötzlich fuhr der Sergeant, der neben Broome in einem

Krankenzimmer saß und mit ihm darauf wartete, daß das Kind das Bewußtsein wiedererlangte, heftig zusammen. Angenommen, der Papierstreifen hatte gar nichts mit dem Dreirad zu tun? Angenommen, er war aus, sagen wir, dem Malkasten gefallen und, leicht wie er war, zu Boden geflattert, als ... Was dann? Dadurch veränderte sich das ganze Bild. Falls das Kind sprach ... wenn es sprach ... würde es immer noch in Gefahr schweben und nicht etwa über dem Berg sein.

Greggs innere Unruhe, alle seine Zweifel drängten schlagartig an die Oberfläche. Aber ehe er noch Zeit hatte, sich auf die neue Situation einzustellen, geschah das, worauf sie alle gewartet hatten und was sie dennoch überraschte. Die geschlossenen Lider hoben sich, zwei Augen starrten blicklos zur Decke. Schnell wie ein Pfeil war Broome auf den Beinen, und Gregg mit ihm.

Mit zwei Schritten erreichte Broome das Bett und schaute mit einer Eindringlichkeit auf das verkniffene Gesichtchen hinab, die alle anderen außer ihm und dem Jungen ausschloß.

Gregg hatte Broomes Arm so fest im Griff wie der beste Polizeihund, doch als der Mann die ersten Worte sprach, lockerten sich seine Finger. Die aufrichtige, unverhohlene Liebe in der Stimme des Wildhüters war nicht zu überhören.

»Jamie! Jamie, mein Junge. Es ist alles in Ordnung. Ich bin bei dir.«

Zuerst füllten sich die Augen mit freudigem Erkennen, doch dann wechselte jäh der Ausdruck, und nun stand nacktes Grauen darin. Jamie regte sich nicht, aber die

Worte sprudelten aus ihm heraus, zuerst schrill, dann immer leiser, bis er nur noch flüsterte.

»Nein, Daddy. Nein, nein, nein, *nein*!«

Nach dem letzten Nein verstummte der Junge, und seine Lider sanken kraftlos herab.

Schwester Scott drückte auf den Klingelknopf, um die Stationsschwester herbeizurufen. Sie drückte und drückte so heftig, daß sie hinterher wohl einiges zu hören bekommen würde. Die Stationsschwester kam ins Zimmer gestürmt, gefolgt vom Arzt, die beiden übernahmen das Kommando, und Gregg und Broome schlüpften wie in stillschweigender Übereinkunft hinaus, ohne daß sie jemand aufgehalten hätte.

»Das war's dann wohl«, sagte Broome draußen auf dem leeren Korridor, vor dessen gardinenlosen Fenstern das erste Morgengrauen sichtbar wurde. »Er ist über den Berg, und du hast deinen Zeugen, Gott sei Lob und Dank.«

»Es tut mir leid, Mann – für ihn bin ich froh, aber um dich tut's mir leid.«

»Du hast es erraten, nicht wahr?«

»Ich bin eben erst dahintergekommen. Ich habe den Papierstreifen bemerkt, aber es hat bis jetzt gedauert, bis ich ihn einordnen konnte. Er war ganz schmal, erinnerst du dich? Und ich wußte, daß Jamie nicht lesen konnte – das hattest du mir ja selbst gesagt. Es war ein gemeiner Streich, ein verdammt gemeiner Streich. Und ausgerechnet an diesem Tag. Ich dürfte das vielleicht nicht sagen, aber ich finde, es hat genügt, um einen Mann um den Verstand zu bringen.«

»Es war kein Streich, Gregg. Das Ding war gar nicht für

mich bestimmt. Wenn ich nicht zurückgekommen wäre, wenn ich nicht dabeigewesen wäre, um beim Auspacken zu helfen ... Die Botschaft war an Meg gerichtet, so was wie ein Scherz, aber gedacht war das Ganze für Jamie. Weißt du, man kann gar nicht anders, wenn ... na ja, es ist ganz natürlich, eine Art von Stolz. Man möchte, daß ein Junge sich für das interessiert, was man selbst mag, daß er tut, was man selbst tut. Aber er muß mich für einen Dummkopf gehalten haben. Ich war davon ausgegangen, daß es eine neue Affäre war, keine aufgefrischte Beziehung. Ich hätte Jamie niemals schlagen dürfen. Mir ist einfach die Hand ... Gregg, das ist mir noch nie – es war nicht seine Schuld.«

»Nein, es war nicht seine Schuld«, stimmte der Sergeant zu.

»Das Warten da drinnen – es war die Hölle.«

Der Sergeant schwieg und dachte, genau so wird es von nun an für Broome immer sein. Warten auf den Prozeß, warten, bis er erfährt, in welches Gefängnis er kommt ... warten auf die Entlassung. Wie wird er es ertragen – ein Mann, der für das Leben in der freien Natur geboren ist? Am liebsten hätte der Sergeant den Wildhüter allein in sein Häuschen und zu seinen Schrotflinten zurückgeschickt, aber er hatte Angst um seine Pension.

»Wir gehen jetzt besser zur Polizeiwache«, sagte er verlegen.

»Behalte die Sache für dich, Gregg, sprich mit niemandem darüber. Ich werde aussagen, Meg und ich hätten einen Streit gehabt und ich hätte die Beherrschung verloren. Ich will nicht, daß alles ans Licht kommt. Aber

Jamie soll nicht in ein Waisenhaus gesteckt werden. Du mußt Geoff sagen, daß er sich von jetzt an um ihn kümmern soll.«

»Ich werd's ihm bestellen.«

»Und sag' ihm auch, Vater zu sein bedeutet mehr, als seinem Sohn alle sechs Jahre einmal einen Malkasten zu schicken.«

Sarah

Es geschah nicht oft, daß ein Mann zweimal am Tag seiner Gesundheit zuliebe an einem Meeresstrand auf und ab spazierte und dabei ein so finsteres Gesicht machte wie Mr. Clissold. Aber er verstand eben nur zu gut, was die wild rauschenden Wellen zu seiner Situation zu sagen wußten: »Wenn du glaubst, du könntest dich nach dreißig Jahren als Geschäftsführer in einem regen Betrieb so einfach in einem solchen Dreckskaff zur Ruhe setzen, mußt du verrückt sein. Selbst wir suchen zweimal am Tag das Weite.«

Während er weiterpromenierte, heftete sich etwas Kaltes, Klebriges an seine Hand. Er schüttelte es ab wie eine Krabbe, aber es kam wieder, und als er nach unten blickte, stellte er fest, daß ein kleines Mädchen von schätzungsweise sechs Jahren an ihm hing. Ein ausgesprochen unansehnliches kleines Mädchen mit einer Kapuze auf dem Kopf, einer Brille auf der Nase und einem ziemlich belemmerten Gesichtsausdruck.

»Wo ist deine Mutter?« fragte Mr. Clissold einigermaßen verstört und schaute sich hilfesuchend um.

»Welche?«

Sie hatte also tatsächlich nicht alle Tassen im Schrank. Während er noch überlegte, was er als nächstes sagen sollte, äußerte sie sich etwas ausführlicher zu diesem Thema.

»Die eine ist tot, und die andere ist Mrs. Gresham in der High Street. Und wo ist deine?«

Als ob das nicht etwas ganz anderes gewesen wäre. Während er, ohne stehenzubleiben, nachdachte und gleichzeitig hoffte, keinem seiner Bekannten zu begegnen, nahm die Vertrautheit zwischen ihnen weiter zu, ob er wollte oder nicht.

»Ich weiß, wer du bist.«

Gewöhnlich war es Mr. Clissold ganz angenehm, wenn die Leute wußten, wer er war – aber nicht heute.

»Du bist mein Adoptivvater.«

Mr. Clissold konnte bezeugen, daß sich ihm buchstäblich die Haare auf dem Kopf aufstellten; bisher hatte er das lediglich für eine Redewendung gehalten. Eine Bemerkung entschlüpfte ihm, deren er sich sofort schämte. »Du mußt verrückt sein!«

»Nein, das stimmt nicht. Als meine Mummy und mein Daddy mir erklärt haben, daß ich adoptiert bin, sagten sie, ich soll mich darüber freuen, weil das heißt, daß sie mich eigens ausgesucht haben. Wenn sie aussuchen dürfen, dann darf ich auch. Und ich habe dich ausgesucht.«

Mr. Clissold hatte nie eigene Kinder gehabt, und er hätte auch nicht gewußt, was er mit ihnen hätte anfangen sollen. Aber er mußte zugeben, daß diese Schlußfolgerung einer gewissen Logik nicht entbehrte und auf eine Intelligenz schließen ließ, mit der die Adoptiveltern offenkundig nicht mithalten konnten.

»Warum bist du nicht in der Schule?« fragte er scharf, denn er hegte den Verdacht, die Kleine habe geschwänzt.

»Ich habe eine starke Erkältung.« Tatsächlich klang ihre

Stimme verschnupft, und sie hatte eine rote Nase. »Man hat mich rausgeschickt, damit ich an die frische Luft komme. Dumme, alte Schule. Die anderen sind hingegangen. Denen macht das auch nichts aus. Ihnen gefällt's da.«

»Welche anderen?«

»Meine zwei Brüder und meine zwei Schwestern. Sie sind nicht adoptiert, sie sind ganz normal.«

»Dann bist du wohl eifersüchtig auf sie?«

»Quatsch, wer sollte auf die schon eifersüchtig sein. Macht es dir eigentlich Spaß, hier auf und ab zu laufen?«

»Es stört mich nicht weiter«, erklärte Mr. Clissold nach einer kurzen Pause.

»Siehst du, genauso geht's mir mit meinen Geschwistern. Bist du noch nicht weit genug gelaufen? Sonst könnten wir nämlich umkehren.«

»Eine sehr gute Idee«, stellte Mr. Clissold grimmig fest.

»Ich weiß auch, wo du wohnst. Ich habe dich reingehen sehen.«

Wieder spürte er ein Kribbeln auf seiner Kopfhaut.

»Ist die Dame, bei der du wohnst, deine Frau? Sie sieht so aus.«

»Natürlich ist sie meine Frau«, gab Mr. Clissold in begreiflicher Entrüstung zurück.

»Kann ich mit dir nach Hause kommen?«

»Nein, das kommt gar nicht in Frage«, wehrte er ab, aufs äußerste gereizt. »Und tu mir bitte den Gefallen und laß meine Hand los.«

Das Erlebnis hatte ihn aus der Fassung gebracht, diese eine Begegnung genügte ihm vollauf, aber sie wiederholte sich mit einigen Abwandlungen am nächsten und auch am übernächsten Tag. Wie lange sie draußen herumstand und auf ihn wartete, konnte er nicht genau sagen. Er war eigentlich ein Mann von festen Gewohnheiten, aber am ersten Tag war er eine Viertelstunde und am zweiten eine halbe Stunde später aufgebrochen als sonst. Und doch war es unmöglich, ihr zu entrinnen, es sei denn, er suchte sich eine andere Route für seinen Spaziergang, und außer dem Strand wäre dazu nur die Stadt in Frage gekommen. Nachdem er am dritten Tag seinen Morgenkaffee getrunken hatte – irgendwie schmeckte er nicht mehr so gut wie früher, als ihn noch seine Sekretärin servierte –, drückte er sich so lange im Haus herum, daß seine Frau sich genötigt fühlte, ihn darauf anzusprechen. Sie wollte mit den Vorbereitungen für das Mittagessen anfangen – *sie* war ja schließlich nicht im Ruhestand.

»Ich fürchte, ich habe mir etwas eingefangen«, erklärte er verlegen.

»Du meine Güte, ich dachte mir schon, daß du um die Augen herum ein bißchen verquollen aussiehst. Ist es der Magen?«

Mrs. Clissold hatte, auch ohne eigene Kinder, im Laufe der Zeit mütterliche Gefühle entwickelt.

»In diesem Sinne meine ich es nicht. Ein Kind hat mich in seinen Klauen.«

Ziemlich verlegen beschrieb er ihr in allen Einzelheiten seine Begegnungen. Mrs. Clissold fand die Geschichte eher erheiternd, wagte jedoch nicht, sich das anmerken zu lassen. Gleichzeitig war ihr klar, daß man diese vollkommen harmlose und einseitige Beziehung auch falsch interpretieren konnte und daß ihr Gatte, ein absolut biederer Mensch, dadurch möglicherweise ohne eigenes Verschulden in eine peinliche Situation geriet.

»Wie heißt sie noch, mein Lieber?«

»Sarah. Sarah Gresham, sie wurde adoptiert. Sie ist einfach ein kleiner Außenseiter, das ist alles. Aber du verstehst sicher, daß die Sache verdammt unangenehm für mich ist.«

»Ich würde vorschlagen, du gehst auf einen Sprung in die Stadt und sprichst einmal mit ihrem Vater. Das ist dieser Immobilienmakler, du weißt schon. Sie wohnen in dem großen, efeuüberwachsenen Haus, und eines der vorderen Zimmer ist sein Büro. Ich nehme an, alle Kinder kommen manchmal auf solche Ideen, besonders wenn sie unter Liebesentzug leiden.«

»Von wegen Liebesentzug; ich glaube eher, sie ist völlig verzogen.«

»Unsinn, mein Lieber. Und jetzt zieh deinen Mantel an und bringe es hinter dich.«

»Ich werde mir wie ein Narr vorkommen.«

»Immer noch besser, man kommt sich vor wie ein Narr, als man ist einer«, verkündete Mrs. Clissold, die immer eine schlichte Lebensweisheit parat hatte.

»Sie sind das also«, grinste Bill Gresham, als Mr. Clissold sich vorgestellt hatte. »Kommen Sie doch mit nach hinten. Sie halten bitte die Stellung, Miss Jones? Ich gehe voran. Haben Sie schon Kaffee getrunken? Ach, haben Sie schon? Dann kommt ein Glas Sherry vielleicht nicht ungelegen. Madge! Madge! Ich habe Mr. Clissold mitgebracht. Ich dachte, du möchtest vielleicht ein paar Worte mit ihm reden.«

Madge erschien, eine gutmütige, muntere Person, die sich wortreich entschuldigte.

»Oh, Mr. Clissold, was müssen Sie nur von uns denken! Es tut mir so leid. Sarah muß Ihnen ja schrecklich lästig gefallen sein. Sie hat sich diese absurde Idee nun einmal in den Kopf gesetzt. Ich habe mir wirklich alle Mühe gegeben, sie wieder zur Vernunft zu bringen, aber sie ist entsetzlich hartnäckig.«

»Ich möchte nicht unfreundlich sein«, sagte Mr. Clissold, »und ich möchte auch nicht...«

Er sah sich verstohlen um, als erwarte er, Sarahs unheimliche kleine Visage in stummem Vorwurf auf sich gerichtet zu sehen.

»Keine Sorge, sie ist nicht da«, beruhigte ihn Bill Gresham und reichte ihm ein Glas. Dann fügte er, neuerlich grinsend, hinzu: »Sie ist weggegangen, um nach Ihnen zu suchen.«

»Es ist einfach anders als mit einem eigenen Kind«, versuchte seine Frau zu erklären. »Man hat alles nicht so recht im Griff. Außerdem ist Sarah...«

Sie brach ab und überließ damit zu vieles der Phantasie.

»Sie wundern sich wahrscheinlich, warum wir uns mit vier eigenen Kindern auch noch ein Adoptivkind aufgeladen haben«, schaltete sich Bill Gresham ein. »Nun, die Wahrheit ist, daß wir Kinder mögen. Man hat Madge gesagt, sie könne keine mehr bekommen, und das Haus ist groß genug für eine ganze Armee, tja, damit war für uns alles klar. Wir dachten, es wäre eine gute Tat, so einem armen, kleinen Wurm ein warmes Plätzchen zu geben. Ganz so hat es allerdings nicht funktioniert, was, mein Liebes?«

»Unseren Rangen kann man nichts vorwerfen. Die waren bereit, sie mit offenen Armen aufzunehmen. Aber Sarah ...«

»Sie ist eben jemand, der sich nicht leicht anschließt. Drücken wir es einmal so aus.«

»Nun, Liebling, in der Schule kommt sie auch nicht zurecht. Sie schafft die Aufgaben nicht, und sie findet keine Freunde.«

»Vielleicht ist sie zu spät zu Ihnen gekommen«, wagte Mr. Clissold anzudeuten.

»Aber wir haben sie gleich nach der Geburt aufgenommen«, protestierte Madge. »Oder jedenfalls mit zwei Monaten.«

»Dann hätten Sie ihr vielleicht nicht sagen sollen, daß sie adoptiert wurde.«

»Sie war schon immer so. Ich glaube, wenn überhaupt, dann ist es eher besser geworden, seit sie Bescheid weiß. Nur scheint das zu dieser ... nun ... man könnte es wohl eine fixe Idee nennen.«

Alle schwiegen angesichts des sonderbaren Problems, dem sie sich gegenübersahen.

»Die Frage ist nun«, erklärte Mr. Clissold so gewichtig, als habe er bei einer geplanten Fusion über die Strategie seiner Firma zu entscheiden, »was wir dagegen unternehmen wollen.«

»Nun, wie ist es gelaufen?« wollte seine Frau wissen, als er nach Hause kam.

»Ich sollte wohl mal meinen Verstand überprüfen lassen«, brummte er finster. »Die verdammte Göre kommt hierher zum Tee.«

Überreizt, wie er war, hatte Mr. Clissold den Eindruck, als begutachte Sarah seine Wohnung mit der Absicht, hier einzuziehen. Sie sprach weniger als sonst, würdigte Mrs. Clissold kaum eines Blicks und aß so maßvoll, als sei sie mit ihren Gedanken ganz anderswo. Während seine Frau den Abwasch erledigte, führte er seinen Gast durchs Haus, was hätte er sonst auch tun sollen? Da die Clissolds kinderlos waren, verfügten sie nicht einmal über ein Depot sentimental gehorteter Spielsachen, auf das man hätte zurückgreifen können. Das Heim, das sie sich für ihren Lebensabend gewählt hatten, war sehr klein und zweckmäßig, ganz anders als die großräumige Scheune, in der die Greshams lebten. Außerdem ging es hier sehr viel ordentlicher zu. Schließlich blieb Sarah vor den Bücherregalen im Wohnzimmer stehen und starrte darauf. Sie wirkte noch einfältiger als sonst.

»Bücher«, bemerkte sie wortkarg. Mr. Clissold fiel ein, daß er bei seinem Besuch im Haus ihrer Pflegeeltern keine gesehen hatte.

»Kannst du lesen, Sarah?«

»Nein.«

»Oh.«

Sie gingen nach oben, wo Mr. Clissold sich so etwas wie ein Arbeitszimmer eingerichtet hatte. Das schien Sarah mehr zu interessieren. Sie wanderte von einem Möbelstück zum anderen, ohne etwas anzurühren, aber doch so, als stelle sie fest, was wohl daraus zu machen sei. Auf dem Schreibtisch lag zwischen anderen Papieren und Briefen eine Liste der Spenden an eine Wohltätigkeitsorganisation, für die Mr. Clissold, einfach um etwas zu tun zu haben, als Kassenwart tätig war. Er hatte die einzelnen Beträge an diesem Morgen zusammengestellt und die Summe mit Tinte daruntergeschrieben. Nach einem flüchtigen Blick bemerkte Sarah beiläufig: »Wo du sieben stehen hast, müßte es neun heißen.« Er sah sich die Zahlen noch einmal an, ganz so, als habe ihn seine Sekretärin auf einen Fehler aufmerksam gemacht, und addierte sie im Kopf. Das Kind hatte vollkommen recht. Als er sich von seiner Verblüffung erholt hatte, fragte er, ohne es zu wollen: »Woher hast du das gewußt?«

»Weiß nicht.«

»Aber deine Mutter sagt, du kannst nicht addieren.«

»In der Schule addieren wir nicht. Wir spielen nur mit Perlen und farbigen Holzklötzchen.«

»Na schön, komm, wir gehen wieder runter. Hier sind wohl alle Möglichkeiten ausgeschöpft.«

»Was ist in diesem Kasten?«

Er schob den Deckel zurück. »Schachfiguren.«

»Wozu sind sie gut?«

»Es ist ein Spiel. Hier ist das Brett, das dazugehört.«

»So was wie ›Mensch ärgere dich nicht‹?«

»Nein.«

»Können wir es mal spielen?«

»Es ist nichts für Kinder. In London habe ich oft gespielt, aber hier habe ich niemanden gefunden, der sich dafür interessiert. Meinetwegen kannst du die Figuren aufstellen. Ich zeig' dir, wohin.«

Es dauerte nicht lange, und er erklärte ihr die Züge. Ihre Augen hinter der Brille schienen ziellos hin- und herzuwandern, und er fuhr sie scharf an: »Paß auf!«

»Ich passe ja auf. Warum spielen wir nicht?«

Die erste Partie konnte er noch gewinnen. Bei der zweiten war er derjenige, der sich nicht genügend konzentrierte, und sie setzte ihn in zwanzig Zügen matt. Als sie die Figuren wieder in den Kasten legten, stellte Mr. Clissold verwundert fest, daß seine Finger zitterten.

Sie waren lange ausgeblieben, und als sie ins Wohnzimmer zurückkehrten, saß Mrs. Clissold bereits friedlich mit ihrem Strickzeug im Sessel. Ihr Mann wischte sich den Schweiß von der Stirn und sah so aus, als seien seine Nerven auf eine harte Probe gestellt worden. Da Sarah ihre gewohnt dümmliche Miene aufgesetzt hatte und so dastand, als wisse sie nichts mit sich anzufangen, schlug Mrs. Clissold in dem verzweifelten Bemühen, eine Beschäftigung für das Kind zu finden, vor, sie könnte sich ja vielleicht ein Buch ansehen, wohl wissend, daß es in ihrer Sammlung wahrscheinlich nichts gab, was für jemanden in so zartem Alter geeignet gewesen wäre. Aber sie war, wenn auch mit einigem Bedauern, zu dem Schluß gelangt, Bernard habe wohl recht und Sarah sei ein wenig unterbelichtet, und wenn das zutraf, war ein Buch so gut wie jedes andere. Sarah zog *The Wings of a Dove* von Henry James heraus und schlug es aufs Geratewohl auf.

»Erzähle uns doch, worum es darin geht, meine Liebe«, ermunterte Mrs. Clissold sie sanft.

Daraufhin begann Sarah mit ihrer farblosen Kinderstimme vorzulesen. Ohne auch nur ein Wort von dem zu verstehen, was sie las, aber auch ohne einen einzigen Fehler arbeitete sie sich durch einen von Mr. James' längsten, schwülstigsten und verwickeltsten Sätzen hindurch.

Mrs. Clissold fiel die Kinnlade herunter und sie verlor eine Masche.

»Ich dachte, du kannst nicht lesen«, sagte Mr. Clissold vorwurfsvoll.

»Ich wußte nicht, daß ich es kann.«

»Aber was macht ihr denn in der Schule?«

»Da lesen wir nicht. Da machen wir nur Geräusche.«

Als Mr. Clissold Sarah an diesem Abend wieder bei ihrer Familie ablieferte, kullerten alle kleinen Greshams in einem Knäuel auf dem Boden herum, quiekten und kreischten und amüsierten sich köstlich. Jetzt verstand er, was Sarah gemeint hatte. Über den Tumult hinweg schrie er Bill Gresham zu: »Dieses Kind ist keineswegs minderbemittelt.«

»Was?«

»Ich sagte, dieses Kind ist keineswegs minderbemittelt. In Wirklichkeit ist sie ein angehendes Genie.«

Trotz alledem dauerte es mehrere Wochen, und Mr. Clissold mußte seine ganze Überredungskunst aufbieten, bis er Bill Gresham davon überzeugt hatte, daß die hiesige Schule Sarah nicht genug bieten könne. Gresham war ein bequemer Mensch und dachte bei sich, der alte Clissold überschätze Sarahs Fähigkeiten wohl ein wenig. Er selbst hatte jedenfalls nie das geringste davon bemerkt.

Mr. Clissold hörte sich so lange um, bis er herausfand, daß es so etwas wie Schulen für besonders begabte Kinder gab, für die der Staat zuständig war. Da Sarah ihn eigentlich nichts anging, konnte er in der Angelegenheit auch selbst nichts unternehmen. Also bedrängte er die Greshams, sich über Sarahs Direktorin an die Schulbehörde zu wenden, aber diese war nach einem Blick auf Sarahs Zwischenzeugnis und einer Unterredung mit ihrer Klassenlehrerin nicht bereit, eine diesbezügliche Empfehlung abzugeben. Mr. Clissold ließ sich nicht beirren, er hätte nur gewünscht, noch das Prestige seiner Firma hinter sich zu haben, aber endlich brachte er Bill dazu, von sich aus einen Platz zu beantragen, während er selbst alle Fäden zog, die nur irgendwo zu ertasten waren. Das Ergebnis war, daß Sarah schließlich in Begleitung ihrer Mutter zu einem Vorstellungsgespräch und einer Prüfung ging, um die strittige Frage ein für allemal klären zu lassen.

»Wie Sie sehen, will man sie nicht aufnehmen.« Bill grinste, wenn auch nicht allzu breit, während er beobachtete, wie Mr. Clissold den Brief verdaute. »Lassen Sie sich deshalb keine grauen Haare wachsen, mein Lieber, Sie haben getan, was Sie konnten. Wissen Sie, ich glaube, unsere Sarah hat Ihnen Sand in die Augen gestreut.«

»Sie hat jemand anderem Sand in die Augen gestreut«, erklärte Mr. Clissold mit seiner grimmigsten Stimme.

»Der arme, alte Knacker ist enttäuscht«, bemerkte Bill

später, als er mit Madge allein war. »Ich glaube, es hat seinem Urteilsvermögen nicht besonders gutgetan, daß man ihn als Vater adoptiert hat.«

»Ich finde, wir sollten das Ganze von der positiven Seite sehen, mein Schatz«, meinte Madge. »Sie ist mehr in seinem Haus als hier, und du mußt zugeben, daß für uns das Leben damit sehr viel einfacher wird. Ganz zu schweigen davon, daß heute der letzte Schultag ist.«

»Schon richtig, aber wie geht es jetzt weiter?« wollte Bill wissen. »Wenn du mich fragst, ist Sarah bei den Clissolds völlig unten durch.«

Zuerst schien es, als habe er recht. Nach ein paar knappen Bemerkungen von Mr. Clissold an die Adresse seiner Frau, Sarahs Scheitern betreffend, ließ man das Thema in beiderseitigem Einverständnis fallen. Das Kind stellte seine Besuche ein, und Mrs. Clissold, die nicht genau wußte, was vorgefallen war, es sich aber ausmalen konnte, fand das eigentlich ganz gut so. Doch seit Mr. Clissold seine täglichen Spaziergänge am Strand wiederaufgenommen hatte, kehrte er stets mit verkniffenem Mund und anderen Anzeichen gedrückter Stimmung zurück, was ihr ein gewisses Unbehagen verursachte. Nachdem er eines regnerischen Tages so nach Hause gekommen war, seinen Mantel aufgehängt und sich sofort nach oben in sein Arbeitszimmer begeben hatte, hörte sie die Türglocke. Sarah stand auf der Schwelle. Der Regen, der ihr über die Stirn auf die Brille und dann beiderseits der Nase herunterlief, konnte den Eindruck von Niedergeschlagenheit nicht ganz erklären, der sie umgab, und Mrs. Clissolds mütterliche Instinkte regten sich. Sie zog das Kind ins Haus und führte es ins Wohnzimmer.

»Komm, das legen wir ab«, sagte sie und meinte den feuchten Anorak. Als sie die Schnur um Sarahs Hals löste, bemerkte sie, daß sich der Puls der Kleinen beschleunigt hatte und sie nervös um sich spähte wie ein wildes Tier, das auf der Lauer liegt.

»Er ist oben«, beruhigte sie Mrs. Clissold. »Er ist eben von seinem Spaziergang zurückgekommen.«

»Ich weiß«, sagte Sarah. »Ich habe ihn gesehen. Er hat mich nicht einmal angeschaut. Er ist sehr böse.«

Mrs. Clissold zögerte. »Ich glaube, er ist nur traurig«, tröstete sie dann zaghaft.

»Nein. Böse.«

Mrs. Clissold widersprach nicht. Statt dessen legte sie den Anorak beiseite und machte sich auf die Suche nach ihrer Handtasche, der sie einen Kamm entnahm. Mit wortlosem Mitgefühl ging sie daran, Sarahs zerzaustes Haar in Ordnung zu bringen und ihr die Brille zu säubern.

»Ist er in seinem eigenen Zimmer?« fragte Sarah, ohne diesen Bemühungen Beachtung zu schenken.

»Wahrscheinlich.«

»Kann ich zu ihm raufgehen, bitte?«

»Willst du das wirklich?«

Sarah nickte mehrmals stumm mit dem Kopf. Gegen so viel verzweifelten Mut vermochte Mrs. Clissold ihren Widerstand nicht aufrechtzuerhalten. Sie seufzte leise und gab sich geschlagen.

»Dann also rauf mit dir.«

Sie blieb am Fuß der Treppe stehen, und als Sarah auf halber Höhe zögerte und zu ihr zurückschaute, winkte Mrs. Clissold ihr unwillkürlich aufmunternd zu.

Mr. Clissold hatte sein Schachbrett wieder aufgestellt und kauerte, in ein Problem vertieft, davor. Als er Sarahs schüchternes Klopfen hörte, blickte er auf, rief aber nicht ›herein‹. Als sie die Tür langsam aufschob und, offenkundig unsicher, ob sie auch willkommen sei, den Kopf ins Zimmer steckte, brummte er: »Du bist es, was?«

»Mrs. Clissold hat gesagt, ich kann raufkommen«, erklärte Sarah nach einer Pause und trat mit zaghaften Schritten näher, während Mr. Clissold sich wieder seinem Schachbrett zuwandte. Als sie auf einen halben Meter herangekommen war, blieb sie stehen, ohne ein Wort zu sagen, aber ihre Anwesenheit genügte schon, um seine Konzentration zu stören. Er hob den Kopf und betrachtete sie mit lebhafter Abneigung. Nie hatte sie weniger anziehend ausgesehen.

Endlich flüsterte sie: »Kann ich auch mitspielen?«

Er stieß einen gekränkten Schrei aus. »Nein!«

Mehrere Sekunden herrschte Schweigen, dann ergriff er, ohne sich von ihrem Alter oder ihrer deutlich erkennbaren Angst vor ihm erweichen zu lassen, in tiefer Empörung das Wort.

»Du hast mich enttäuscht. Du hast mich zum Narren gemacht. Was in aller Welt hast du dir eigentlich dabei gedacht?«

Er funkelte sie gnadenlos an und sah überrascht und entsetzt, wie sich von den Augen hinter den Gläsern große, kugelförmige Tränen lösten und ohne begleitendes Gebrüll die Wangen hinabglitten.

»Ich wollte nicht mit besonders begabten Kindern zusammensein. Ich wollte bei dir sein.«

»Aber warum?« fragte er verzweifelt. »Warum?«

»Du bist mein Adoptivvater.«

Darauf wußte er keine Antwort. Und während er weiter in dieses merkwürdige, kummervolle Gesichtchen starrte, das in seinem hemmungslosen Schmerz sein Mitleid erregte, wurde zum erstenmal auch er sich des Bandes bewußt, das da zwischen ihnen entstanden war. Sie waren sich in vielen Dingen ähnlich. Beide waren sie ernsthafte Menschen, die sich in geselliger Runde nicht besonders wohlfühlten. Beide lebten sie, um zu arbeiten, aber sie würde ihn überholen, vorausgesetzt, ihr Verstand wurde auch dann noch angemessen gefördert, wenn er für seine Person dazu nicht mehr in der Lage war. Erstaunt stellte er fest, daß er für sie empfand wie ein Vater für seine Tochter. Egal, wie sie aussah, schließlich war er selbst auch nicht gerade ein Adonis.

»Aber was sollen wir denn jetzt machen?« fragte er sie. Sein Zorn war verflogen, er war einfach ratlos.

»Kannst du mich nicht unterrichten? Du hast mir doch auch Schach beigebracht.«

»Aber zur Schule müßtest du trotzdem gehen.«

»Wir hätten ja die Abende und die Ferien.«

»Möglich wäre es vielleicht. Doch, ich glaube, es wäre möglich«, stimmte er schließlich zu.

Mr. Clissold kam mit einer Aktenmappe voller Bücher aus London zurück. Arithmetik, Algebra, Geometrie, Geschichte, Geographie, sogar eine alte englische Grammatik war dabei. Triumphierend leerte er die Tasche unter den belustigten Blicken seiner Frau. »Das sollte für den Anfang genügen«, erklärte er. »Aber ich fürchte, meine Klassiker muß ich erst wieder auffrischen.«

Er wirkte genau wie früher, als er noch jeden Tag ins Büro gegangen war: energisch, selbstbewußt und zuversichtlich, wie ein Mann, der alles im Griff hatte. Mrs. Clissold mochte sich nicht so ganz sicher sein, wie sie für Sarah empfand, aber was ihr Mann ihr bedeutete, das wußte sie genau.

»Weißt du«, sagte er, »ich habe mich oft gefragt, wer wohl Sarahs Eltern waren ... ihre wirklichen Eltern. Meiner Einschätzung nach könnte sie das Resultat des Fehltritts eines Universitätsprofessors mit seiner besten Studentin gewesen sein.«

»Armes Kind.«

»Von wegen armes Kind! Sie ist ein Liebling der Götter. Oder könnte es werden.«

»Ich weiß nicht so recht.«

»Wenn sie eine Gruppe von Spezialisten beschummeln kann, dann ist sie zu allem fähig.«

»Erwarte nicht zuviel, mein Lieber. Vielleicht hält es nicht an. Schon viele Wunderkinder haben nachgelassen.

»Die hier nicht.«

Im oberen Stockwerk machten sich Mr. Clissold und seine Schülerin zum Unterricht bereit. Sie saßen einander im

Arbeitszimmer gegenüber, zwischen sich die Schreibtischplatte mit der für das Unternehmen erforderlichen Ausrüstung. Vor Sarah lag ein nagelneuer Füllfederhalter, der erste, den sie je besessen hatte. Sie streckte die Hand aus und berührte ihn ehrfurchtsvoll, dann umklammerte sie wieder ihr Buch.

Mr. Clissold strich über die aufgeschlagene Seite seines Exemplars und räusperte sich. »Nun, dann wollen wir anfangen. Was ich dir jetzt als erstes beibringen werde, nennt man Geometrie.«

»Geometrie«, wiederholte Sarah voll Bewunderung.

»Schlag Seite sechs auf.« Mr. Clissold wartete, bis sie die Stelle gefunden hatte. »Theorem eins«, verkündete er dann feierlich. »Das erste Theorem.«

»Was ist ein Theorem?« fragte Sarah eifrig.

»Etwas, das zu beweisen wäre«, erklärte Mr. Clissold. »Ja«, wiederholte er dann und betrachtete sie nachdenklich, während in seinen Augen ein Funke aufglomm. »Etwas, das zu beweisen wäre.«

Ein kleines Vögelchen hat's mir verraten

Der kleine Vogel hüpfte und flatterte im Käfig herum und gab leise, aber energische Geräusche von sich, die anzudeuten schienen, daß zumindest er entschlossen war, das Geschäft des Lebens noch eine Weile weiterzubetreiben. Der Käfig war sein Wohnzimmer, im Stil der Zeit möbliert, der billige Spiegel, die Leichtmetallstange, die Zelluloidleiter, alles Karikaturen von Gebrauchsgegenständen, der bunte Ball und die Glocke, die eine Atmosphäre von Spiel und Sport vorgaukelten. Mit der gleichen, ziellosen Betriebsamkeit hätte auch das in seiner Umgebung nicht weniger gefangene Mädchen von einem Möbelstück zum anderen huschen können, um den Tisch zu decken, sich auf das Bett zu setzen, eine Schallplatte auf die protzige, auf Raten angeschaffte Musiktruhe aufzulegen, oder um vor dem Spiegel stehenzubleiben und sich zu putzen, genau wie der Wellensittich in seinem Käfig.

Der Unterschied war jedoch, daß es um das Mädchen geschehen war. Der Lebensfunke, der dem Vogel innewohnte, das, was ihn flattern, seine Körner picken und seinen Schnabel in den kleinen Wasserspender tauchen ließ, war bei ihr erloschen.

Wenn man sie dort, wo sie zusammengebrochen war, so daliegen sah, den blonden Kopf fast direkt unter dem grellbunten Käfig, empfand man den Kontrast zwischen ihrer reglosen Gestalt und der kecken Lebhaftigkeit des

Vogels als einen gewissen Schock, auch wenn Polizisten gegen den Anblick des Todes abgehärtet sind.

Sie war noch so jung, und man konnte sich gut vorstellen, daß sie auf eine zerbrechliche, blutarme Weise hübsch gewesen war. Mit der Blutarmut war es jetzt freilich auch vorbei, denn sie hatte sich offenbar nicht nur einen, sondern gleich mehrere Stiche im Brustbereich beigebracht. Ihr Sommerkleid hatte Flecken, der billige, bunte Teppich hatte Flecken, sie war langsam und theatralisch gestorben. Doch die Routine beraubt ein solches Schauspiel seiner Wirkung auf jene, die sich damit befassen müssen, selbst wenn es Familienväter sind, die jedesmal zum Telefon rennen, wenn ihre Ehefrau Nasenbluten hat.

Der Polizeiarzt war bereits wieder gegangen, die Fotografen und die Leute von der Spurensicherung ebenfalls; geblieben waren nur noch der Inspektor und sein Sergeant, und sie zerbrachen sich nun den Kopf über die Verdachtsmomente, während sie darauf warteten, daß die Leiche abgeholt wurde.

»Neurotisch«, sinnierte der Inspektor und schlug ziemlich gereizt nach einer Fliege, die, noch kleiner als der Vogel, aber lebendig, wohlgemerkt, lebendig, gekommen war, um, nicht anders als die beiden Männer, ihre Nachforschungen anzustellen. »Hm ... das Wort deckt für mich eine Unmenge von Fehlleistungen ab, ohne sie zu erklären. Für den Kerl, bei dem sie in Behandlung war, ist natürlich alles ganz einfach. Für ihn litt sie unter Todessehnsucht, und damit hat sich die Sache. Und ich kann ihm nicht gut widersprechen. Schließlich ist sie ja nun tot. Ich meine nur, wenn diese Leute schon wissen, daß ihre

Patienten solche Neigungen haben, warum unternehmen sie dann nicht was dagegen, ehe es zu spät ist?«

»Was könnten sie denn tun?« fragte der Sergeant, ein rechtschaffener Mann, dem sein Verhalten stets Anerkennung eintrug, während seine Fragen zeigten, daß er wohl ewig im Rang eines Sergeant bleiben würde. »Heutzutage ist praktisch jeder Mensch neurotisch, von Ihnen und mir mal abgesehen. Man kann sie doch nicht alle überwachen. Und wenn ich so gelebt hätte wie sie hier, wär' ich wohl auch neurotisch. Warum müssen diese dummen jungen Dinger immer heiraten, auch wenn kein Geld da ist, um dann wie die Schweine in einem einzigen Zimmer zu hausen. Will mir nicht in den Kopf.«

»Sie fragen, warum sie heiraten«, sagte der Inspektor und lockerte mit einem Finger seinen Kragen. »Warum haben wir es denn getan? Und was den zweiten Teil angeht, so werden sie aus wirtschaftlichen Gründen dazu gezwungen. Sie nehmen doch wohl nicht an, daß die beiden an Agoraphobie gelitten haben?

»Keine Ahnung«, murmelte der Sergeant hastig, da er nicht genau wußte, was das Wort bedeutete. Er wechselte auf festeren Boden. »Ja, der Ehemann. Maurice ist sein Name – paßt auch zu ihm. Ziemlich traurige Figur, meiner Ansicht nach. Und er hat so 'nen verschlagenen Blick. Sie glauben doch nicht ...«

»Wenn ich mir eine Meinung bilde, stütze ich mich dabei nicht auf einen verschlagenen Blick. Er hat uns immerhin gerufen, nicht wahr? Und er hat uns mit ihrem Arzt zusammengebracht. Zu diesem Seelenklempner geht sie schon seit mehreren Monaten. Wenn der sich dafür verbürgt, daß sie so veranlagt war, müßte er eigentlich wissen, wovon er redet. Ich bin nur ein kleiner Polizist. Ohne weitere Anhaltspunkte kann ich die Meinung eines Experten nicht in Zweifel ziehen. Hätten wir freilich einen vollständigen Satz Fingerabdrücke des jungen Maurice auf dem Griff des Tranchiermessers gefunden, dann läge der Fall ganz anders.«

»Die Abdrücke waren sowieso verwischt und blutverschmiert«, sagte der Sergeant. »Bei mir sind die Messer übrigens nie so scharf, es sei denn, ich habe gerade eins geschliffen, weil ich den Sonntagsbraten tranchieren will. Außerdem haben alle Nachbarn ausgesagt, die beiden hätten sich unentwegt in den Haaren gelegen. Sie hat ihn ständig niedergeschrien und gekreischt, er soll sie in Ruhe lassen.«

»*Sie* hat das immer getan. Das sollte man beachten. Ist doch ganz natürlich. Diese übernervösen, hysterischen Dinger können gar nicht anders. Sie sind eine Gefahr für sich selbst und für jeden, der mit ihnen zu tun hat.«

»Ja, das ist mir klar. Aber genau darauf will ich ja hinaus. Vielleicht konnte er es nicht länger ertragen. Vielleicht mußte er sie mit dem Messer zum Schweigen bringen.«

»Glauben Sie nicht, sie hätte das ganze Haus zusammengebrüllt, wenn sie gesehen hätte, wie er auf sie losging? Das hätte doch jemand im Gebäude hören müssen; den Leuten hier entgeht nichts, das haben Sie selbst gesagt. Und abgesehen von den Stichwunden ist an ihr nichts zu sehen. Nein, seine Geschichte ist durchaus glaubhaft. Er sah sie da liegen, als er durch die Tür kam, und ging sofort wieder hinaus und zum Telefon im Flur.«

»In neunundneunzig von hundert Fällen«, beharrte der Sergeant, »hat der Ehemann die Hand im Spiel, wenn der Frau etwas zustößt. Oder umgekehrt.«

»Und im hundertsten Fall ist es Selbstmord.«

»Wie Sie meinen, Sir. Aber dieser verschlagene Blick gefällt mir nicht.«

»Wenn Sie in seinen Schuhen steckten, hätten Sie auch einen verschlagenen Blick. Er ist ein Schwächling, soweit gebe ich Ihnen recht. Kein Stehvermögen. Aber seine Intelligenz sollte man nicht unterschätzen. Unter dieser Frisur versteckt sich eine hohe, schmale Stirn. Und das bedeutet, er ist von Natur aus ängstlich. Er weiß, wer in diesen Fällen mit toten Ehefrauen der Hauptverdächtige ist. Kein Wunder, daß er mit dem Namen des Arztes so schnell bei der Hand war. Wo ist er jetzt übrigens?«

»Gegenüber bei einem gewissen Ehepaar Bute. Die Frau wollte ihm eine Tasse Tee machen. Das ist in diesen Kreisen das Allheilmittel.«

»Hm.« Der Inspektor sah auf seine Uhr und fuhr sich mit der Zunge über die Lippen. »Über Geschmack läßt sich streiten. Ich wünschte nur, die würden sich mit dem Wagen beeilen.«

»Ich werde mich darum kümmern, Sir.«

»Nein, bleiben Sie hier. Können Sie den verdammten Vogelkäfig nicht zudecken, Sergeant? Das ständige Gezappel geht mir auf die Nerven.«

»Heutzutage verwendet man keine Tischdecken mehr«, bemerkte der Sergeant nach einem Blick durch das Zimmer. »Das spart Wäsche.«

Für seine Größe stieg er sehr behutsam über den schlaffen Körper des Mädchens hinweg und trat dicht an den Käfig heran. »Niedlicher kleiner Kerl, finden Sie nicht? Ich wollte mir selbst schon immer mal einen anschaffen, bin aber nie soweit gekommen! He, du bist doch ein braver kleiner Piepmatz! Braver kleiner Piepmatz!«

»Pah!« rief der Inspektor. »Wenn ich so was sehe, kriege ich eine Gänsehaut. Ich kann Vögel in Käfigen nicht ausstehen, und diese Sorte schon gar nicht. Erinnern mich immer an die Hausfrauen in den Vororten. Drücken Sie ihnen 'nen Korb in die Hand, und sofort gehn sie einkaufen. Ich finde, sie sind so verdammt fade und vulgär. Gerade dieser Blauton mit den grauen Sprenkeln. Und sehen Sie sich nur die Knopfaugen und den brutalen, kleinen Schnabel an. Hat geradezu den bösen Blick.«

Der Sergeant war vollauf mit dem Wellensittich beschäftigt und achtete kaum auf diese Hirngespinste.

»Ob er wohl spricht?« überlegte er. »Man muß sie ganz jung kriegen, wenn man was erreichen will. Und es darf nur ein einzelner sein. Wenn man ein Pärchen hat, reden sie nie. Komm schon, mein Süßer! Süüüßer!« Er steckte seinen dicken Finger zwischen die Stangen. »Braver Piepmatz! Braver Piepmatz! Sprich doch mit dem Onkel!«

»Seit wir gekommen sind, hat er noch kein einziges Mal den Schnabel aufgemacht«, sagte der Inspektor mürrisch. »Er wird Ihnen den Gefallen also vermutlich nicht tun. Ich habe bisher noch keinen reden hören und bin auch gar nicht scharf drauf.«

»Haben Sie denn den im Fernsehen nicht gesehen?« fragte der Sergeant gekränkt. »Aber man muß es ihnen beibringen. Das Problem ist, sie überhaupt in Gang zu kriegen. Wenn sie erst mal angefangen haben, hören sie die ganze Nacht nicht wieder auf. Komm schon, mein schöner ... mach den Schnabel auf und erzähl dem Inspektor, was du von ihm hältst.«

Auf eine Art, die weder zu seinem Alter noch zu seiner Stellung paßte, begann der völlig vernarrte Mann den Vogel zu locken und ihm vorzupfeifen. Das Tierchen hackte nach seinem Finger, flog hinauf zu einer Schaukel in der entferntesten Ecke des Käfigs und begann mit halsbrecherischer Geschwindigkeit in heiserem Flüsterton *Jack and Jill went up the Hill* zu rezitieren.

»Da!« triumphierte der Sergeant.

»Mein Gott«, murmelte der Inspektor.

»Maurice tötete Hilda, Maurice tötete Hilda, Maurice tötete Hilda«, fuhr der Vogel im gleichen Tonfall und im gleichen Tempo fort.

Der Inspektor spürte, wie sich ihm die Nackenhaare sträubten, und der Sergeant krächzte fast so tonlos wie der Vogel und mit einem Gesicht, in dem sich höchstes Erstaunen und aufrichtige Bestürzung spiegelten: »Er hat es gesehen. Er hat gesehen, wie es passiert ist.«

»Den Teufel hat er getan«, fuhr ihn der Inspektor an. »Sie sind ein Narr, Blake. Glauben Sie, ein Vogel achtet auf die Dummheiten der Menschen? Sie hat es ihm beigebracht. Sie hat es ihm beigebracht, als sie im Sterben lag.«

»Genau so ist es«, stimmte der Sergeant zu. Er war ganz blaß um die Nase geworden. »Genau so bringt man's ihnen bei. Man wiederholt es immer und immer wieder. Sie ist langsam gestorben. Das hat auch der Doc gesagt. Armes, einsames kleines Ding.«

»Moment mal.« Der Inspektor nahm sich mit Mühe zusammen. »Wir dürfen nichts übers Knie brechen. Wir sind überreizt. Vielleicht bilden wir uns das alles nur ein.«

»Wer würde sich denn so was einbilden?« wollte der Sergeant wissen, und wie um ihm rechtzugeben, begann der Vogel wieder seinen eintönigen, schrecklichen Monolog: »Maurice tötete Hilda, Maurice tötete Hilda«, bis sogar der Sergeant genug davon hatte und heftig am Käfig rüttelte, um das Tierchen zum Schweigen zu bringen. Dann drehte er sich um und starrte seinen Vorgesetzten an.

»Wir müssen ihn wohl noch einmal befragen«, sagte der Inspektor nach langem Schweigen. »Aber warten Sie einen Augenblick. Wir gehen das alles noch mal durch, sonst steigern wir uns noch in etwas hinein, was wir dann nicht belegen können. Man kann keinen Vogel in den Zeugenstand rufen.«

»Wir kriegen den Mordbuben schon noch zu fassen«, murmelte der Sergeant starrsinnig. »Lieber verliere ich meine Streifen, als daß ich ihn damit durchkommen lasse. Es muß Beweise geben, wir müssen nur gründlich genug suchen.«

»Zuvor haben wir das nicht so gesehen«, wandte der Inspektor ein.

»Ich sagte, er ...« Hier hielt der Sergeant gerade noch rechtzeitig inne.

»Sie sagten, er sähe verschlagen aus. Das ist kein Beweis für einen Mord.«

»Nein, Sir.« Die Augen des Sergeants funkelten. »Wie wäre es denn, wenn wir ihn dem Vogel gegenüberstellen? Vielleicht läßt sich damit ein Geständnis erzwingen.«

»Was lesen Sie nur für Bücher?«

Der Sergeant machte ein schuldbewußtes Gesicht. »Vielleicht sagt er es jetzt auch gar nicht mehr. Das geht nicht auf Befehl. Ich hätte nicht am Käfig rütteln dürfen. Vielleicht habe ich ihn damit für immer verschreckt.«

»Wenn es nur so wäre. Ich verlasse mich doch nicht darauf, daß mir ein Vogel meine Polizeiarbeit abnimmt. Was ist eigentlich mit dem Messer? Sie sagten, es war zu scharf – schärfer als normalerweise üblich?«

»Das stimmt, Sir. Wenn wir beweisen könnten, daß er einen Wetzstein hatte und es extra geschliffen hat, damit ließe sich vielleicht etwas anfangen.«

»Es ist also besonders scharf. Das sagt an sich noch gar nichts. Ein guter Tranchierer liebt scharfe Messer. Bei uns schneidet meine Frau das Fleisch auf, und sie jammert ständig, daß unser Messer zu stumpf ist.«

»In einer solchen Bruchbude gibt es keinen richtigen Braten. Nur Koteletts, Speck und so was.

»Wir können nicht beweisen, daß es nicht möglich wäre. Vielleicht hilft uns der Obduktionsbericht ein Stück weiter. Mit den Abdrücken hatten Sie recht, die nützen verdammt noch mal gar nichts. Da ist nichts zu machen. Aber warum hat sie nicht geschrien, Blake? Sie stand nicht unter Beruhigungsmitteln . . . das hätte der Doc sofort gemerkt. Es kann ohnehin nicht sein, denn sonst wäre sie nicht in der Lage gewesen, dem gräßlichen Vogel diesen Satz beizubringen . . .«

»Sie muß es immer und immer wieder gesagt haben«, murmelte der Sergeant. »Man darf gar nicht daran denken.«

»Dann lassen Sie's eben sein. Erklären Sie mir nur eines – warum hat sie nicht geschrien?«

»Sie hat nicht gewußt, was passieren würde. Die Frauen in der Badewanne haben auch nie geschrien, oder?«

»Das war etwas anderes. Bei denen ging alles viel zu schnell. Aber dieses Mädchen hier ist an zahlreichen Stichverletzungen gestorben. Blutverlust. Es gibt keine Druckstellen... keinerlei Anzeichen für einen Kampf. Sie brauchte nur um Hilfe zu rufen, und die Nachbarn wären sofort angelaufen gekommen. Wir haben doch schon öfter erstochene Frauen gesehen, die die Fingernägel voller Fleisch hatten. Warum hat sie sich die Hände nicht zerschnitten, als sie versuchte, das Messer abzuwehren?«

»Sie war zu überrascht. In einer solchen Situation kann man nicht normal denken.«

»Die war nicht normal... in keiner Situation. Und wenn es nun das wäre? Vielleicht hatte der Bursche in der Harley Street recht mit seiner Todessehnsucht. Aber wenn das stimmt, warum dann diese grausige Sache mit dem Vogel?«

»Kann so ein junges Ding nicht im letzten Augenblick seine Meinung ändern?« fragte der Sergeant, der zu ergriffen war, um den Respekt zu wahren. »Vielleicht erkannte sie den Wert des Lebens erst, als sie spürte, wie es aus ihr herausrann.«

»Warum hat sie dann nicht um Hilfe gerufen? Vielleicht wäre es noch nicht zu spät gewesen?«

»Das konnte sie nicht, Sir. Sie wollte, daß ihr Mörder seine gerechte Strafe bekommt, und sie konnte nur noch flüstern.«

»Und Sie glauben, er ist danebengestanden und hat sie gewähren lassen? Unsinn, Mann.«

»Er muß fortgegangen und später wiedergekommen sein. So war es auch. Die Butes haben ihn zurückkommen hören. Aber vielleicht haben sie nicht gehört, wie er wegging.«

»Das werden Sie nachprüfen müssen. Sie müssen sämtliche Hausbewohner noch einmal befragen. Wenn jemand, irgend jemand, gesehen hat, wie er das Haus verließ und wieder zurückkehrte, haben wir ihn vielleicht. Aber das alles...«, er machte eine vage Handbewegung«, ...und kein einziger Spritzer, kein Fleck auf seiner Kleidung. Es ist unglaublich.«

»Vielleicht hat er sich umgezogen, Sir.«

»Nein, dazu hätte er keine Zeit gehabt. Nachdem er sie erstochen hatte, muß er das Zimmer sofort verlassen haben. Alles andere ergibt keinen Sinn.«

»Dann ein Regenmantel.« Von seiner eigenen Idee angespornt, durchquerte der Sergeant das Zimmer und kramte in dem einzigen Schrank herum.

Der Inspektor sah ihm zu und nagte an seiner Unterlippe.

Nach einer hektischen Suche tauchte der Sergeant mit einem heruntergefallenen Kleiderbügel in der Hand aus einem Haufen verschiedener Kleidungsstücke wieder auf und schüttelte entmutigt den Kopf. »Da ist nichts. Vielleicht ist er fortgegangen und hat ihn irgendwo weggeworfen.«

»Wir sind keinen Schritt weitergekommen, was?« fragte der Inspektor und rieb sich erschöpft die Augen. »Na, holen Sie ihn rein, Sergeant. Ich kann ihn mir ja mal vornehmen, ehe ich mich zu sehr festfahre.«

»Obwohl sie noch hier ist, Sir?«

»Ich fange lieber hier an als auf dem Revier. Decken Sie sie mit einem Laken zu.«

Der Sergeant, ein häuslicher Mann, schaute in einige Schubladen, aber ohne Erfolg. Überall herrschte ein wüstes Durcheinander.

»Ach, nehmen Sie doch die Decke vom Bett«, drängte der Inspektor barsch und ungeduldig. »Ihr ist es doch sowieso egal.« Aber er drehte sich dennoch um und warf stirnrunzelnd einen letzten, beklommenen Blick auf die Leiche, wie um zu sehen, ob sie ihm nicht wenigstens jetzt einen Hinweis auf die Umstände ihres Todes geben könne.

Der Sergeant hatte die Bettdecke ein Stück zurückgeschlagen, sie war schmutzig und speckig, und das Bett war ganz offensichtlich nie richtig gemacht worden, seit man die Laken zum letztenmal gewechselt hatte. Nun beugte er sich weit darüber, um das oberste Tuch unter der Matratze hervorzuziehen, drang dabei bis in die Tiefen vor und tauchte plötzlich ganz rot im Gesicht wieder auf. Er hatte etwas gefunden, was jemand mit voller Absicht hinter dem Bett versteckt hatte.

Er richtete sich auf, in der linken Hand hielt er das Laken, und mit der rechten streckte er dem Inspektor ein zerknülltes, blutbeflecktes Hemd entgegen. Der hatte sich in diesem Moment wieder der Mitte des Raumes zugewandt, jetzt trat er vor, nahm das Hemd kommentarlos in Empfang und sagte dann: »Na schön, holen Sie ihn rein. Decken Sie sie zu, und dann holen Sie ihn rein.«

Ohne etwas wahrzunehmen, folgten seine Augen dem Sergeant, der sich an der Toten zu schaffen machte. Mit seinen Gedanken war er schon voll und ganz bei dem bevorstehenden Verhör.

Nach einer Weile kehrte Blake mit dem Ehemann, diesem Maurice, zurück.

Der Inspektor wandte sich dem Jungen zu und unterzog ihn erneut einer gründlichen Musterung. Wieder stellte er fest, wie die hohe, schmale Stirn durch das fliehende Kinn kompensiert wurde – lag da ein grausamer Zug um die schmalen, farblosen Lippen – verrieten die verschlagenen Augen mehr Intelligenz, als er zuerst angenommen hatte?

Es hatte keinen Sinn, sofort zum Angriff überzugehen, zuerst mußte man ihn einlullen, ihn in Sicherheit wiegen, dann ließ er sich vielleicht dazu verführen, sich selbst zu verraten.

Also sagte er im Tonfall eines wohlwollenden Onkels: »Ich bedauere sehr, daß wir Sie unter diesen Umständen noch einmal hierher zurückrufen mußten. Aber in einem solchen Haus ist man nirgendwo ungestört, und ich möchte noch ein paar Worte mit Ihnen sprechen, ehe wir gehen. Der Sergeant sagte mir, Sie hätten bei ihren Nachbarn eine Tasse Tee getrunken. Hoffentlich hat Sie das ein wenig aufgerichtet. Nehmen Sie doch Platz, wenn Sie möchten.«

Ohne zu antworten, setzte sich der Junge auf die Kante eines der schäbigen Stühle. Er benahm sich fast so, als stehe er unter Hypnose.

Der Sergeant stellte sich neben die Tür und kramte nach seinem Notizbuch.

»Nicht nötig, Sergeant. Wir führen hier nur eine freundschaftliche Unterhaltung. Der Spezialist hat uns inzwischen einige Auskünfte über Ihre Frau gegeben, aber vielleicht könnten Sie mir aus Ihrer persönlichen Sicht noch etwas erzählen. Sie sind noch nicht sehr lange verheiratet, soviel ich weiß?«

»D-drei Monate wären es am Donnerstag gewesen. Nur drei Monate.«

»Ihre Frau war bereits in Behandlung, als sie heirateten?«

»Sie hat mir gesagt, daß sie öfter zum Arzt geht. Aber was für ein Arzt das war, das hat sie mir verschwiegen.«

»Waren Sie sehr betroffen, als Sie es entdeckten?«

»Nein, Sir. Sie hat mir leid getan, aber sie ist schließlich kein Einzelfall. Es waren ja nur die Nerven, nicht etwa, als wäre bei ihr eine Schraube locker.«

»Nein. Aber diese drei Monate waren wohl nicht so ganz einfach, wenn man den Nachbarn glauben kann.«

»Das ... das nicht«, gab er zu.

»Und doch haben Sie aus Liebe geheiratet, nehme ich an. Wenn Sie sich nicht sehr gern gehabt hätten, hätten Sie doch sicher eine Weile gewartet – noch ein wenig gespart, um Ihr gemeinsames Leben unter günstigeren Bedingungen anfangen zu können?«

Er sah zu Boden. »Ich – ich habe sie geliebt«, murmelte er.

»Kannten Sie sie schon lange?«

»Wir haben uns in einer Tanzbar getroffen. Letzten Winter. Sie stand ganz allein auf der Welt, keine Familie. Genau wie ich. Deshalb haben wir geheiratet.«

»Damals hatte sie vermutlich eine Stellung.«

»In einem M-musikgeschäft. Als Verkäuferin. Aber da war sie nicht glücklich. Der Geschäftsführer war ständig hinter ihr her.«

»Das könnte sie sich auch eingebildet haben. War das der Grund, warum sie nach der Heirat nicht länger dort arbeitete? Ich habe das Gefühl, Sie hätten den Zusatzverdienst gut gebrauchen können.«

»Zum Teil. Aber ...« Er zögerte.

»Nun?«

»Sie war träge«, platzte er heraus. »Am liebsten wollte sie den ganzen Tag im Bett liegen oder in den Geschäften rumstreunen. Und sehr reinlich war sie auch nicht. Hatte offenbar kein Interesse daran, uns ein Heim zu schaffen.«

»Das lag auch an ihrem Zustand. Und Sie selbst haben natürlich eine Stellung.«

»Ja, aber sie ist nicht gut bezahlt.«

»Was machen Sie denn?«

»Angestellter. Bei einer Versicherungsgesellschaft.«

»Sie waren knapp bei Kasse?«

»Ja.«

»Schulden?«

»Nein, aber das Zeug hier haben wir fast alles auf Raten angeschafft. Damit ging alles drauf, was ich verdiene.«

»Hm. Deshalb haben Sie wohl am Essen gespart, was? Sie sehen aus, als könnten Sie ein paar kräftige Mahlzeiten vertragen.« Er wechselte unvermittelt das Thema. »Wieso haben Sie den Vogel gekauft? War das eine Laune von ihr?«

Zum erstenmal wurde er ein wenig lebhafter.

»Nein, ich habe ihn ihr geschenkt. Ich dachte, er würde sie aufheitern. Er war so putzig und so munter.«

»Und hat es etwas genützt?«

»Nein. Ich mußte mich die ganze Zeit um das Tier kümmern: das Wasser wechseln, das Futter kaufen – den Käfig sauberhalten. Aber das hat mir nichts ausgemacht. Ich habe ihn gerngehabt. Ich – ich habe ihm das Sprechen beigebracht. Dazu braucht man Geduld. Aber er ist ein kluger kleiner Kerl. Er kann Kinderverse aufsagen wie der im Radio. Und er kannte seinen Namen und unsere Namen und wußte, wo er wohnte. Er hat ein bißchen Leben reingebracht. Aber in letzter Zeit hat sie anscheinend auch das noch gestört. Sobald ich nur in die Nähe des Vogels ging, kam sie angelaufen und hat am Käfig gerüttelt, damit er ruhig war. Nun sagen Sie mir doch mal, was so schlimm daran ist, wenn man mit einem Vogel ein Schwätzchen hält. Von ihr kriegte man ja kein freundliches Wort zu hören, wenn sie wieder mal ihre Zustände hatte.«

»Aber genug unfreundliche, kann ich mir denken.«

»Manchmal bekam sie richtige Schreianfälle. Ich ... ich schätze, sie konnte nichts dafür. Und sie hat immer wieder gesagt, daß sie nicht mehr leben will.«

»Das sagen viele von diesen nervösen Typen. Vielleicht hat sie es gar nicht ernst gemeint.«

»Das dachte ich auch. Ich hätte nie geglaubt, daß sie hingeht und es tatsächlich macht.«

»*Nein, und lassen Sie sich hiermit gesagt sein, sie hat es auch nicht getan.* Sie hat einmal zu oft verrückt gespielt, und da haben Sie die Geduld verloren, und ehe sie wußte, wie ihr geschah, sind Sie mit dem Messer auf sie losgegangen. Deshalb tragen Sie jetzt auch ein anderes Hemd. Und deshalb haben Sie dieses hier hinter dem Bett versteckt.« Der Inspektor ließ die wohlwollende Maske fallen, holte das Kleidungsstück hinter seinem Rücken hervor und wedelte dem nichtsahnenden jungen Mann damit vor der Nase herum. »Sehen Sie sich das an. Und jetzt will ich eine Erklärung hören.«

Wenn sich das Auftreten des Inspektors im Bruchteil einer Sekunde gewandelt hatte, so galt das für den Jungen nicht minder. Er sprang auf, fletschte seine nikotingelben Zähne und schrie drohend, mit wutverzerrtem Gesicht: »Das werden Sie mir nicht anhängen, Sie verdammter Bulle!«

Der Inspektor winkte den Sergeant beiseite, der nähergetreten war, um schnell eingreifen zu können, und sagte kühl: »Ich warte immer noch auf Ihre Erklärung.«

»Die können Sie haben. Ich kam hier herein und fand sie auf dem Fußboden. Sie blutete wie ein Schwein. Ich habe Ihnen schon einmal gesagt, daß sie tot war. Ich habe mich hingekniet und wollte das Messer rausziehen, doch dann habe ich es mir anders überlegt. Aber da hatte ich die Hände schon voll Blut, und auch mein Hemd hatte etwas abgekriegt. Mir war übel, und ich ging hinaus ins Bad, um es abzuwaschen. Dann habe ich die Polizei angerufen. Während ich wartete, habe ich das Hemd ausgezogen und es aufs Bett geworfen. Aber ich habe es nicht hineingestopft.«

»Wenn es auf dem Bett gelegen hätte, wäre es uns sofort aufgefallen, als wir hereinkamen.«

»Dann muß es zwischen dem Bett und der Wand nach unten gerutscht sein. Aber es war nie unter der Decke.«

»Wenn ich Ihnen nun erkläre, daß ich gesehen habe, wie der Sergeant es herausholte, was sagen Sie dann?«

»Sie sind alle beide verdammte Lügner. Wie alle Polizisten. Sie werden mir das nicht anhängen. Der Doktor hat gesagt, sie hatte Selbstmordgedanken. Der Doktor hat gesagt ...«

Hier wurden sie durch ein Klopfen unterbrochen, mit dem sich die Männer vom Leichenschauhaus ankündigten. Sie waren mit ihrem Wagen vorgefahren, um die Leiche abzuholen. Sie traten ohne Zögern ein, doch angesichts des herrschenden Tumults blieben sie stehen und grinsten verlegen.

»Bringen Sie ihn zum weiteren Verhör auf die Wache, Sergeant. Schon gut, Leute, ihr könnt weitermachen. Aber wartet noch so lange, bis der Sergeant aus dem Haus ist.«

»Brauchen Sie Hilfe, Sergeant?« fragte einer der Männer.

»Ich habe es nicht getan«, brüllte der Junge und schlug mit den Armen um sich wie eine Windmühle. »Ich habe es nicht getan. Nehmen Sie Ihre Hände weg von mir, Sie dreckiger Ganove. Ich habe es nicht getan. Ich sage Ihnen doch, ich habe es nicht getan.«

Seine Stimme wurde leiser, als der Sergeant ihn mit eisernem Griff durch den Gang und zur Eingangstür zog. Wenn nötig, würde er ihm auch Handschellen anlegen, aber er glaubte nicht, daß es soweit kommen würde.

»Er hat es nicht getan, hast du das gehört, Alf«, bemerkte der zweite Fahrer. »Nur diese hartherzigen Polizisten fälschen wieder einmal die Beweise. Oh, entschuldigen Sie, Inspektor.«

Von nun an gaben der Inspektor und der Sergeant sich alle Mühe, Belastungsmaterial gegen den verhaßten Maurice zusammenzutragen. Wenn der Inspektor zu der Überzeugung gelangt wäre, es handle sich um einen im Zorn begangenen Totschlag, hätte er den Jungen schonen können, aber das eigens geschliffene Messer und die Tatsache, daß die junge Frau nicht geschrien hatte, wiesen auf vorsätzlichen Mord hin. Deshalb war er froh, als die winzigen Beweisstücke, die er so mühsam gesammelt hatte, ohne mit irgendwelchen Tricks zu arbeiten, allmählich eine Gestalt annahmen, die bemerkenswerte Ähnlichkeit mit einer Schlinge hatte.

Er war nicht überrascht, als der Verteidiger keinen Leumundszeugen ausfindig machen konnte – bei all seinen Nachforschungen, von den Pflegeeltern bis zu den Lehrern, von einem Arbeitgeber zum anderen, hatte er niemanden entdeckt, der auch nur ein gutes Wort über Maurice zu sagen gewußt hätte. Auf der Anklagebank wirkte der junge Mann nicht weniger verschlagen als sonst, und er machte damit auf die Geschworenen den gleichen Eindruck wie ganz zu Anfang auf den Sergeant. Aber natürlich war es letztlich das Hemd, was ihm das Genick brach. Das und die Aussage eines Iren im ersten Stock Vorderseite, der behauptete, er habe beobachtet, wie Maurice das Haus verlassen und es zwanzig Minuten später wieder betreten habe. Als man den Angeklagten wegführte, schrie er dem Richter Beschimpfungen zu, und sein Abgang wurde von niemandem bedauert.

Neben der Genugtuung, seine Pflicht getan zu haben, erhielt der Sergeant noch eine weitere kleine Belohnung für seine Bemühungen. Er hatte den Vogel während der Ermittlungen und auch für die Dauer des anschließenden Prozesses in Verwahrung genommen, und nun wurde er dessen stolzer Besitzer. Die wenigen Habseligkeiten, die noch übrigblieben, nachdem die Gläubigerfirmen ihren Anteil abgeholt hatten, gingen in das Eigentum eines pensionierten Onkels, des einzigen noch lebenden Verwandten des Jungen, über, der ebenfalls der Bruderschaft der Einzimmerbewohner angehörte und so nur gerne einwilligte, das Tier, von dessen Geschichte er nichts ahnte, in die Obhut des Sergeants zu geben.

Aus diesem Umstand entwickelte sich fast so etwas wie eine Freundschaft zwischen den beiden Männern, und der Sergeant, im Grunde ein herzensguter Mensch, besuchte hin und wieder den einsamen Junggesellen mit dem, wie man gestehen muß, etwas merkwürdigen, aber untadeligen Lebenswandel, um ihm zu erzählen, wie es dem Vogel erging. Zum Glück schien das Tier seine früheren Standardsprüche vergessen zu haben und war viel zu sehr damit beschäftigt, »Wählen Sie 999«, »Was geht hier vor?« und »Gehen Sie bitte weiter« zu plappern.

Als der Sergeant eines Tages in das Zimmer des Onkels trat, sagte der alte Mann mit kaum verhohlener Erregung: »Officer, ich habe etwas gefunden, das Sie interessieren wird.« Damit kroch er unter das Bett, zog ein altes, aufziehbares Grammophon hervor, das er auf einem Flohmarkt erstanden hatte, holte aus einer Schublade eine kleine Schallplatte und legte sie auf den Plattenteller. Der Sergeant sah ihm mit nachsichtiger Belustigung zu.

»Hören Sie sich das an«, sagte der Alte und drehte die

Kurbel. Dann setzte er mit seiner blaugeäderten, zitternden Hand den Tonarm auf, und nach ein paar quietschenden Umdrehungen vernahm der Sergeant:

Maurice tötete Hilda, Maurice tötete Hilda, Maurice tötete Hilda, Maurice tötete ...

»Schalten Sie ab«, krächzte der Sergeant heiser, und sein sonst so rosiges Gesicht wurde blaß. Diesmal war es nicht die Stimme eines Vogels, sondern die einer Frau.

»Wollen Sie nicht noch mehr hören?« fragte der alte Mann enttäuscht. »Das geht die ganze Platte lang so weiter. Damit ist alles bewiesen, nicht wahr? Falls es überhaupt jemals Zweifel gab. Ich habe ja immer gesagt, er ist ein schlechter Mensch, auch wenn er mein Neffe war.«

Daraus läßt sich ersehen, daß der gute Mann nicht unbedingt ein großes Licht war, und das war alles in allem vielleicht ganz gut so.

»Ich habe mir gedacht, Sie möchten die Platte vielleicht gerne behalten«, fuhr der Alte fort, »als eine Art Andenken an diesen Fall. Das ist schließlich etwas Bleibendes. Ein Vogel lebt nicht ewig, und ich möchte, daß Sie etwas haben, was Bestand hat. Sie war unter seinen anderen Schallplatten. Ich habe sie alle so nach und nach abgespielt, aber nachdem das eine von den kleinen war, bin ich erst gestern darauf gestoßen.«

»Danke, ich nehme sie mit«, sagte der Sergeant schroff. Er hielt sich nicht mehr lange auf, sondern nahm das Geschenk unter den Arm und ging. Zu Hause angekommen, zerbrach er die Platte in kleine Stücke und warf sie in den Mülleimer, denn er sah keinen Sinn darin, sie aufzubewahren oder sie seinem Inspektor zu übergeben.

Doch damit war die Sache für ihn nicht erledigt. Unablässig hörte er in umgekehrter Reihenfolge: ›Hilda tötete Maurice, Hilda tötete Maurice‹, und sah im Geiste, wie das zarte, blutarme Mädchen mit dem Todeswunsch dem aufmerksam lauschenden Vogel auf der protzigen Musiktruhe die Platte vorspielte. »Sie war träge...«, hatte der unglückliche Maurice gesagt. Aber die Platte hatte sie immerhin anfertigen müssen, und der Sergeant malte sich aus, wie sie in dem Musikgeschäft, wo sie früher gearbeitet hatte, in einer kleinen, abgeschlossenen Kabine stand.

Ganz früh am Morgen, noch vor Sonnenaufgang, verließ er nach schlafloser Nacht sein Bett und trug den Käfig zum Fenster. Sehr vorsichtig, um seine Frau nicht aufzuwecken, schob er es hoch und öffnete die Käfigtür. Der Vogel drehte eine letzte Runde in seiner Behausung, warf einen Abschiedsblick auf seine Habe, den Spiegel, das Glöckchen, den Ball und, ein ironisch anmutender Höhepunkt, den der Sergeant gesetzt hatte, sein Zelluloidweibchen. Dann lockte ihn der Morgengesang seiner Artgenossen ins Freie. Er flog davon und verschwand wie ein blauer Blitz in den Bäumen hinten im Garten.

Es war ein Mord im kleinen. Denn die Wildvögel, die richtigen Vögel würden niemals dulden, daß er am Leben blieb. Und wie sollte er sich auch durchschlagen, war ihm doch die harte Wirklichkeit des Daseins ebenso fremd wie seinen einstigen Besitzern.

Es ist hart, wenn man nur deshalb getötet wird, weil man etwas wiederholt, was ein anderer einem vorgesagt hat. So etwas passiert den Hausfrauen in den Vororten nur selten.

My Unfair Lady

Ich saß an einem stillen Plätzchen im Wald und las in einem Taschenbuch, als das kleine Mädchen die Zweige auseinanderbog und zu mir hinüberspähte. Auf den ersten Blick erschien sie mir nicht besser und nicht schlechter als all die anderen kleinen Evastöchter, ein unfertiges Gesicht, eingerahmt von zwei flachsblonden Zöpfen, die noch einen weiten Weg bis zu ihren Schultern hatten.

»Entschuldigen Sie, Mister«, sagte sie und starrte mich ziemlich penetrant an.

»Schon gut«, antwortete ich liebenswürdig. »Der Wald ist groß genug für uns beide, und wenn wir etwas Abstand halten, kommen wir sicher bestens miteinander aus.«

Ich las weiter. Doch obwohl ich meine Augen auf die gedruckten Worte gerichtet hielt, spürte ich die ihren wie zwei Bohrer in mich eindringen.

»Könntest du mich nicht vielleicht in Ruhe lassen?« fragte ich. »Nun sei ein braves Mädchen.«

Sie machte keine Anstalten, sich zu entfernen. Sie verfolgte ihre eigenen Absichten, und die deckten sich nicht mit den meinen. Einen Moment später sagte sie: »Unter dem Baum dort ist ein Gentleman, der ist gar nicht nett zu einer Lady.« Damit drehte sie sich ein wenig zur Seite und deutete mit der Hand hangabwärts.

Ich spürte, wie mir unter meinem Kragen heiß wurde, und sagte schroff: »Das geht mich nichts an, und dich auch nicht. Jetzt lauf schnell nach Hause und laß das Schnüffeln sein, du unartiges, kleines Mädchen. Ich will lieber gar nicht wissen, wer du bist.«

Sie wich keinen Zentimeter von der Stelle. Eine volle Minute lang blieb sie schweigend, ein Bein um das andere geschlungen, vor mir stehen.

Dann sagte sie: »Wie würde es Ihnen denn gefallen, wenn jemand ein Messer in Sie reinstechen würde?«

»Was!« Ich sprang auf und schlug das Buch zu. »Warum hast du das denn nicht gleich gesagt? Wo war das? Welcher – welcher Baum, sagtest du?«

Sie huschte pfeilschnell davon, und ich folgte ihr ohne Zögern. Ein paar Meter weit ging es bergab, dann verschwand ihr Sommerkleid im dichten Unterholz. Ich kämpfte mich hinterher. Doch als wir den bewußten Baum erreichten, blieb ich wie angewurzelt stehen und riß stumm die Augen auf.

Da lag die Frau auf dem Laub des Vorjahres, ihr Kopf lehnte am Stamm einer Buche. Das Messer mußte direkt ins Herz gedrungen sein, denn sie war ebenso tot wie die Blätter, obwohl sie sich noch nicht so lange an diesem Ort befand. Wenn man unversehens mit dem Tod konfrontiert wird, ist das immer ein Schock, und diese Frau hier konnte nicht älter als zwanzig gewesen sein. Hübsch war sie wohl auch gewesen. Der Griff des Messers ragte noch aus ihrer Brust, mir wurde übel. Ich wandte mich ab, um mich zu übergeben, und da bemerkte ich zu meinem Schrecken, daß die Kleine, die mich hergeführt hatte, verschwunden war. Sie mußte sich einfach in Luft aufgelöst haben, während ich noch damit beschäftigt war, mir über den Sachverhalt klarzuwerden. Ich hatte keine Zeit mehr, um meinen Magen zu entleeren, denn mir dämmerte plötzlich, wie ernst meine Lage war. Dieses verflixte kleine Gör war für mich so wertvoll wie ihr Gewicht in Diamanten; sie und nur sie allein konnte bezeugen, daß ich lediglich den Schauplatz des Verbrechens aufgesucht hatte und sonst nichts. Ich mußte sie also wiederfinden, und das so schnell wie möglich.

Ich stürmte den Hang hinab bis zum Waldrand, wo sich eine Art Planschbecken befand und wo es von Kindern nur so wimmelte. Aber obwohl ich hierhin und dorthin lief und mir Dutzende von kleinen Mädchen ansah, das eine, das ich suchte, blieb spurlos verschwunden. Glauben Sie mir, als ich endlich stehenblieb, lief mir der Schweiß in Strömen über das Gesicht. Ich schätze, es vergingen zehn Minuten, bis ich die Suche aufgab. Nun stellte sich mir die Frage: Was mache ich jetzt? Am liebsten wäre ich so schnell weggelaufen, wie mich meine Beine nur tragen konnten. Hätte ich einen Hut gehabt, um ihn mir über die Augen zu ziehen, ich glaube, ich hätte nicht gezögert. Aber ich war barhäuptig, und ich hatte mich, von einer späteren Warte aus betrachtet, so benommen, daß ein interessierter Zuschauer mein Verhalten durchaus als eigenartig beschreiben konnte. Mehrere der anwesenden Mütter hatten sicher einen Augenblick lang von klein Bobbie mit seinen nassen Hosen aufgeschaut und dabei mein Interesse an kleinen Mädchen zur Kenntnis genommen, vielleicht würden sie sogar so weit gehen, einen Polizisten darauf aufmerksam zu machen. Und, beim Himmel, da, im Schatten der Bäume, stand wie auf Bestellung auch schon ein Polizist bereit. Zweifellos beobachtete er nur wohlwollend die herumtobenden Kinder und war fest entschlossen, eventuelle Unfälle unter den Watenden zu verhüten.

Eine gräßliche Vision stieg vor mir auf, ich sah mich auf der Flucht – mich, den Mann, den die Polizei in Zusammenhang mit dem Mord an der jungen Frau verhören wollte. Nun, wenn es zwischen zwei Übeln zu wählen gilt, war es schon immer meine Devise, mich für das kleinere zu entscheiden. Ich steuerte auf den Polizisten zu, als sei dieser offenbar durch nichts zu erschütternde Schrank von einem Mann meine einzige Hoffnung auf Rettung.

»Officer«, sagte ich mit vor Unsicherheit quieksender Stimme. »Officer, ich möchte ein Verbrechen melden.«

Das erschütterte ihn nun doch. Er war noch ziemlich jung, und jetzt schien ihm das Herz in die Hose zu sakken, und er wurde blaß. Aber er nahm sich zusammen, stellte mir ein paar Fragen, und bald darauf kletterten wir zusammen den Hang hinauf, wobei mein Herz sehr viel heftiger schlug, als es die Steigung eigentlich rechtfertigte.

Natürlich wurde ich später zur Befragung an eine höhere Instanz weitergereicht, zunächst an einen Detective Sergeant, dann an einen Inspektor, und schließlich verhörten mich beide zusammen. Ich blieb bei meiner Geschichte, und die beiden schienen ganz anständige Burschen zu sein. Sie hätten mir fast geglaubt.

Was sie wirklich irritierte, war einer jener unglaublichen Zufälle, die man in einem Roman niemals akzeptieren würde. Als der Constable mich zum Polizeirevier schleppte, hatte ich immer noch dieses verdammte Taschenbuch in der Hand, und als man es mir abnahm, war auf dem Einband, für jedermann deutlich sichtbar, eine Blondine mit einem Dolch in der Brust abgebildet. Ich hatte das reißerisch aufgemachte Titelbild gar nicht bemerkt, bis man mich darauf hinwies. Mangels handfesterer Indizien wie Blut, Haarsträhnen oder belastender Fingerabdrücke mußten sie eben daraus das Beste machen. Zu meiner Verteidigung berief ich mich auf das kleine Mädchen, das mich in diese mißliche Lage gebracht hatte. Sie war alles, was ich hatte.

»Ein Jammer, daß Sie nicht wissen, wie sie heißt«, bemerkte der Inspektor, ein wenig sarkastisch, wie ich fand.

»Ich laufe schließlich nicht herum und frage alle fremden kleinen Mädchen nach ihrem Namen«, gab ich zurück. »So gern mag ich sie nun auch wieder nicht.«

Der Inspektor nickte. »Sie sollten eines wissen«, erklärte er. »Wenn das, was Sie uns erzählen, die Wahrheit ist, gibt es keinen Grund zur Besorgnis. Wenn das Kind sich irgendwo auf Gottes weiter Erde aufhält, werden wir es finden, das schwöre ich Ihnen.«

»Dann bin ich ja ganz beruhigt«, versicherte ich ihm.

»Ein Glück, daß noch keine Ferien sind«, bemerkte der Sergeant. »Wir werden so lange alle Schulen abklappern, bis wir sie aufgespürt haben, das heißt ...« Er legte eine vielsagende Pause ein und kratzte sich die Nase. Ich sah, daß er nicht überzeugt war.

Im Laufe der nächsten vierundzwanzig Stunden lernte ich den Sergeant – und die örtlichen Schulen – recht gut kennen. Soweit es die Kinder betraf, war unser Besuch eine willkommene Abwechslung, die Lehrer waren weniger begeistert. Endlich, in der Mädchenschule an der Omega Road, wurden wir fündig.

Nach einer kurzen Unterredung mit der Direktorin wurden wir in ein Klassenzimmer der passenden Altersgruppe geführt. Etwa vierundzwanzig kleine Herzchen saßen da, und das Früchtchen, auf das wir es abgesehen hatten, war von den anderen praktisch nicht zu unterscheiden – außer für mich. Sie saß an einem Pult in der zweiten Reihe. Man hatte uns ermahnt, die lieben Kleinen nur ja nicht zu erschrecken, und so fragte der Sergeant mit honigsüßer Stimme, ob eine von ihnen diesen Gentleman (dabei deutete er auf mich) jemals zuvor gesehen hätte. Ein Wald von Händen schoß in die Höhe. Nur eine Hand in der zweiten Reihe blieb auf dem Pult liegen. Sie können sicher erraten, wem sie gehörte.

»Wo?« fragte der Sergeant.

»Ich, ich«, erklang es im Chor, und nachdem ein Mädchen von der Direktorin aufgerufen worden war, sagte es: »Bitte, Ma'am, wir haben ihn alle am Planschbecken im Hammer Wood gesehen, an dem Nachmittag, an dem die junge Frau umgebracht wurde.«

Die Direktorin warf mir einen eisigen Blick zu, als wolle sie mich für alle psychischen Schäden an diesen kleinen Unschuldsengeln persönlich verantwortlich machen. Ich wandte mich sofort an den Sergeant und bat ihn, mich eine halbe Minute allein anzuhören. Wir kauerten uns hinter die Tafel, und ich flüsterte ihm ins Ohr, das Mädchen, das die Hand nicht gehoben habe, sei dasjenige, hinter dem wir her seien. Er tauchte wieder auf, strich sich erst auf der einen, dann auf der anderen Seite seinen Schnurrbart glatt und sagte dann: »Ich möchte gern das kleine Mädchen in der zweiten Reihe, das sich nicht gemeldet hat, fragen, ob es diesen Herrn schon einmal gesehen hat?«

»Antworte nur, Ruby Gant«, gurrte die Direktorin dem kleinen Biest zu. »Niemand wird dir etwas tun, meine Kleine.«

Das unfertige Kindergesicht blieb vollkommen ausdruckslos. Sie ließ sich Zeit, musterte mich mit ernstem, irgendwie leerem Blick.

»Den hab' ich in meinem ganzen Leben noch nie gesehen, Miss Birch«, erklärte sie schließlich. »Ich kenn' den Gentleman überhaupt nicht...«, hier öffneten sich die Lippen zu einem Grinsen, und zwei Reihen winziger, regelmäßiger Zähne wurden sichtbar... »und ich will, glaube ich, auch gar nicht wissen, wer er ist.«

Ein Kichern lief durch die Klasse, ohne daß Miss Birch etwas dagegen unternommen hätte. Statt dessen fragte sie sanft: »Dann warst du also nicht mit den anderen am Planschbecken?«

»Nein, Miss Birch, Ruby war nicht dabei«, mischte sich ein Kind ein, das hinter Ruby Gant saß. »Sie hat gesagt, sie muß nach der Schule gleich nach Hause.«

»Ist das richtig, Ruby?«

»Ja, Miss Birch. Ich wollte auf meinen kleinen Bruder aufpassen, damit unsere Mum sich ein bißchen ausruhen kann.«

Man konnte fast den Heiligenschein um das Flachsköpfchen leuchten sehen.

»Ich habe mehrfach festgestellt, daß Ruby ein sehr wahrheitsliebendes kleines Mädchen ist«, teilte Miss Birch *sotto voce* dem Sergeant mit.

Und das war es dann auch schon. Ich frage Sie, was hätte ich tun können?

Letztlich mußten sie mich laufenlassen, weil es auch nicht die Spur eines Beweises gab. Sie konnten nicht nachweisen, daß zwischen mir und der Ermordeten irgendeine Verbindung bestanden hätte, und nur auf Grund eines reißerischen Titelbildes Anklage zu erheben war unmöglich. Allerdings sagte man mir, Dutzende von Frauen hätten sich gemeldet, um über mein Auftreten an jenem Nachmittag am Planschbecken auszusagen. Sie wissen schon, das Übliche, die wilden, stechenden Augen, die wahnsinnige Erregung, etc. etc. Ich veränderte kein Iota an meiner Geschichte, so oft man mir auch Gelegenheit dazu gab, außerdem lag weiter nichts gegen mich vor, und ich hatte eine feste Anstellung.

Soweit ich das beurteilen konnte, würde es ihnen auch nie gelingen, den Mord im Wald jemand anderem anzuhängen. Wie bei den meisten Mädchen, die tot aufgefunden werden, wußte auch bei dieser jungen Frau niemand etwas von festen Männerbekanntschaften. Offenbar hatte sie sich ganz so verhalten, wie es sich gehört, ruhig, distanziert, auf Würde bedacht. Und jetzt konnte das arme Ding natürlich auch nicht mehr anders. Die Mordwaffe erwies sich als ein ganz gewöhnliches Messer, wie es jeder Pfadfinder besitzt. Obwohl es sehr scharf geschliffen war, fand man keine Fingerabdrücke darauf. Und was abgefallene

Blätter betrifft, so können sie nicht mit Blumenbeeten mithalten, wenn es darum geht, einen bestimmten Fußabdruck zu bewahren. Wenn ich den Mord tatsächlich begangen hätte, ich hätte nicht geschickter vorgehen können.

Endlich mußte sich die Polizei geschlagen geben, und ich konnte das Revier mit makellos reiner Weste verlassen. Von wegen! Ich verlor meine Arbeit, ich verlor meine Wohnung, ich verlor meine Freunde. Und obendrein fand sich im ganzen Viertel kein weibliches Wesen mehr, das sich mit mir sehen lassen wollte. Dabei wäre jedes Mädchen, das mir erlaubt hätte, es zu begleiten, in den folgenden Wochen bei mir so sicher gewesen wie nirgendwo sonst. Ich konnte keinen Schritt tun, ohne, ganz unauffällig natürlich, von der Polizei beschattet zu werden. Der kleinste Quietscher hätte genügt, und der Mann, der mir folgte, wäre sofort an meiner Seite gewesen.

Trotz alledem wollte ich nicht aus dieser Gegend wegziehen, jedenfalls noch nicht gleich. Ich fand eine neue Unterkunft bei einer taubstummen Wirtin, eine neue Arbeitsstelle, an der ich nur die Hälfte verdiente, harrte aus und wartete, daß die Zeit verging, die ja angeblich alle Wunden heilt.

Aber ich wartete nicht ohne ein Ziel. Nach Ablauf von drei Monaten war ich wieder allein – das heißt, ohne polizeilichen Schutz. Und nun glaubte ich, es wagen zu können, und machte mich an die Arbeit. Es heißt, Kinder hätten ein kurzes Gedächtnis, und ich wollte nicht zu viel Zeit verstreichen lassen. Also begann ich, mich gegen vier Uhr nachmittags, wenn der Unterricht zu Ende war, vor der Mädchenschule an der Omega Road herumzutreiben. Bald entdeckte ich mein Opfer, sie hatte sich in den drei Monaten kaum verändert, und ich sonderte sie vom Rest der Herde ab. Das war übrigens kinderleicht, weil sie sich an einer Straßenkreuzung von den anderen trennte und allein weiterging. Vermutlich war es an dem Tag am Planschbecken ebenso gewesen; sie war eine ausgesprochene Außenseiterin. Ich hatte beschlossen, zu einer List zu greifen, und schleppte deshalb seit Tagen eine große Tüte Karamelbonbons mit mir herum.

»He, Ruby«, sagte ich, als ich sie einholte, und hielt ihr die Tüte hin. »Willst du einen Bonbon?«

Sie erkannte mich sofort. Sie wirkte keineswegs verängstigt, aber sie schüttelte den Kopf und erklärte: »Meine Mum hat gesagt, ich darf von Fremden keine Süßigkeiten annehmen.«

»Ich bin doch kein Fremder. Ich bin der Mann, den du fast für sein ganzes Leben hinter Gitter gebracht hättest, weißt du das nicht mehr?«

»Geschieht Ihnen ganz recht. Warum waren Sie auch so garstig zu mir.«

Dann setzte sie ihr berühmtes Lächeln auf und zeigte mir ihre Zähne. Man sah ganz deutlich, daß sie mir wirklich nichts nachtrug.

»Außerdem...«, sagte sie.

»Was ist außerdem?«

»Ich wollte nicht in Schwierigkeiten kommen. Verstehen Sie, ich wollte nicht, daß jemand auf mich aufmerksam wird.«

Mein Gott, sie hatte sich in ihrer kleinen, vielleicht acht

Jahre alten Hirnschale alles genau zurechtgelegt. Was aus mir wurde, kümmerte sie einen Dreck; nur ihre eigene Haut wollte sie um jeden Preis retten.

Es gab keinen Zweifel, sie wußte, wer das Mädchen getötet hatte...

Ich versuchte, mir meine Erregung nicht anmerken zu lassen, und sagte, so beiläufig ich konnte, während ich meine Schritte den ihren anpaßte: »Dann hast du also den Burschen gesehen, der es getan hat. Ich dachte, das sei nur eine von deinen Lügen gewesen!«

»Werden Sie bloß nicht frech. Natürlich hab' ich ihn gesehen. Wenigstens seinen Rücken hab' ich gesehen. Er hat sich über sie gebeugt.«

»Du meinst, du konntest sein Gesicht nicht erkennen. Nun, dann nützt dir das gar nichts, du könntest ihn nicht wiederfinden.«

»Das könnte ich doch, wenn ich wollte. Er trägt 'nen blauen Anzug.«

»Das tut mein Onkel Bert auch. Verdammt noch mal! Warum in aller...«

»Sie sollten nicht fluchen. Meine Mum sagt, das tut man nicht.«

»Du und deine Mum! Ich will dir mal was sagen, wenn deine Mum behauptet, du warst zu Hause und hast auf das Baby aufgepaßt, während du im Wald warst und fremden Leuten nachgeschnüffelt hast, dann ist sie ebenso verlogen wie du.«

»Sie kann nicht ständig auf die Uhr gucken, oder? Und schon gar nicht, wenn sie auf meinen kleinen Bruder aufpassen muß. Und ich hab' nicht geschnüffelt, Sie Besserwisser. Ich habe unter den Bäumen Ich-bau-mir-ein-Haus gespielt.«

»Und du sagst, du kennst den Burschen?«

»Ich hab' nicht gesagt, daß ich ihn kenne. Ich hab' gesagt, ich könnte mit dem Finger auf ihn zeigen, wenn ich wollte.«

»Und warum tust du's dann nicht?«

»Es geht mich nichts an.« Der heimliche Triumph war nicht zu überhören.

Aber mich ging es etwas an, und insbesondere war es meine Aufgabe, sie so lange zu ködern, bis ich die gewünschte Antwort bekam. Ich habe oft zugehört, wie kleine Mädchen so etwas machen, wenn sie unter sich sind, und neun von zehn Malen funktioniert es.

Ich nahm also alle meine Erfahrungen zusammen, legte soviel Verachtung in meine Stimme, wie ich nur konnte, und sagte: »Pah, Ruby Gant, du weißt überhaupt nichts!«

»Doch.«

»Du hast das alles nur erfunden.«

»Das ist nicht wahr.«

»Ist es doch. Du hast den Burschen überhaupt nicht gesehen, und wenn, dann würdest du ihn niemals wiedererkennen.«

»Ich hab' Ihnen doch gesagt, daß er blau angezogen war.«

»Na, und wo wohnt er denn?«

»Wo er wohnt, weiß ich nicht, aber wo er jetzt grade ist, das weiß ich.«

»Du bist eine gemeine Lügnerin!«

»Nein, das bin ich nicht.«

»Doch, das bist du.«

Ich war so richtig in Fahrt, als sie plötzlich kapitulierte.

»Wenn ich Ihnen zeige, wo er ist, werden Sie mir dann glauben?«

»Das klingt schon besser«, sagte ich. »Wenn du mich zu ihm führst, dann glaube ich dir.«

Sie sah mich mit diesem eindringlichen und doch irgendwie leeren Blick, der so charakteristisch für sie war, fest an.

»Und wenn ich's mache, schwören Sie mir dann, niemand was davon zu sagen?«

»Natürlich.«

»Dann sprechen Sie mir nach.«

»Was? Was soll ich sagen?«

Sie hielt ihren schmutzigen Finger in die Luft.

»Schau, mein Finger ist trocken ... los, sagen Sie das.«

Ich gehorchte.

Nun leckte sie sich den Finger ab.

»Schau, jetzt ist Spucke drauf.«

Ich tat es ihr nach.

»Und lüg' ich dich an, schlitz' die Kehle mir auf.« Damit fuhr sie sich mit dem Finger unheilverkündend über ihren dürren, kleinen Hals.

Ich wiederholte den kindischen Schwur, obwohl ich natürlich nicht daran dachte, ihn zu halten. Ich wäre ein ausgemachter Narr gewesen, hätte ich mich diesem Kind in irgendeiner Weise verpflichtet gefühlt.

Aber es schien sie zu befriedigen, daß ich den Eid geleistet hatte, denn sie sagte: »Dann kommen Sie mal mit.«

Sie sprang davon, und ich folgte ihr wie schon einmal.

Der einzige Unterschied war, daß sie jetzt einen engen Tuchmantel trug und daß wir auf dem Gehsteig waren und nicht auf einem Waldweg.

Sie führte mich aus dieser Seitenstraße und durch mehrere andere, bis wir schließlich auf der High Street herauskamen. Viele Leute waren unterwegs zum Einkaufen, aber sie verringerte ihr Tempo nicht, sondern schlängelte sich zwischen ihnen hindurch wie ein Aal, während ich unbeholfen hinterhertappte. Es muß ein merkwürdiges Bild gewesen sein, wie ich diesem kleinen Gör nachjagte, als hinge mein Leben davon ab. Aber mir war gar nicht bewußt, daß ich mich zum Narren machte. Mein Herz hämmerte wild, weil ich sicher war, etwas Wichtigem auf der Spur zu sein.

Endlich erreichten wir die Kreuzung, wo die High Street in die Hauptausfallstraße einmündet.

Ruby Gant blieb plötzlich stehen, und ich wäre fast in sie hineingelaufen.

Sie trat einen Schritt zurück, so daß sie neben mir stand, dann blickte sie zu mir auf und bewegte fast unmerklich den Daumen.

»Da ist er jetzt. Was hab' ich Ihnen gesagt?«

Tatsächlich, da war er, blauer Anzug, weiße Handschuhe. Er wandte uns den Rücken zu und regelte den abendlichen Berufsverkehr. Es war der junge Polizist, dem ich mich an jenem Tag im Wald am Planschbecken gestellt hatte.

Ich stand da und starrte ihn vielleicht zehn Sekunden lang verständnislos an, in meinem Kopf wirbelten die Gedanken wild durcheinander. Dann schaute ich zu Ruby hinab. Und wissen Sie was? Die kleine Hexe war nicht mehr da. So hatte sie mich schon einmal hereingelegt. Sie mußte davongeschossen sein wie ein geölter Blitz.

Es war hoffnungslos, in dem Gewühl nach ihr zu suchen. Ein so kleines Kind konnte sich überall verstecken. Vielleicht hatte sie sich in den nächsten Supermarkt geflüchtet, oder sie war schon fast zu Hause.

Damit war ich mit meiner Weisheit wieder einmal am Ende. Langsam drehte ich mich um und ging über die High Street zurück. Während ich mechanisch den dahineilenden Kauflustigen auswich, versuchte ich mir darüber klarzuwerden, was eigentlich geschehen war. Trieb Miss Ruby Gant auf ihre unnachahmliche Weise ihr Spielchen mit mir? Wollte sie mir mit dieser letzten Dreistigkeit – einer reinen Augenblickserfindung – zum letzten Mal eine lange Nase drehen, weil ich es damals gewagt hatte, sie zurechtzuweisen?

Hatte ihre diabolische Phantasie ihr eingegeben, sich ausgerechnet einen Polizisten als Musterbeispiel eines unglaubwürdigen Verdächtigen auszusuchen? Vielleicht lachte sie sich gerade in diesem Moment halb tot über diese Idee?

Wußte sie wirklich, wer das Mädchen im Wald ermordet hatte? War der blaue Anzug lediglich ein Produkt ihrer lebhaften Einbildungskraft, oder beruhte er auf irgendwelchen Tatsachen?

Es ließ sich nicht bestreiten, daß der Polizist am Tatort oder jedenfalls so gut wie am Tatort gewesen war. Er hätte sich innerhalb von Sekunden von dem bewußten Unglücksbaum entfernen, den Hang hinunterschleichen und seinen Platz als Hüter des Planschbeckens einnehmen können. Daß bisher kein Motiv für den Mord ans Licht gekommen war, hieß nicht zwangsläufig, daß es keines gab.

Als kleiner Junge war ich nie besonders scharf darauf gewesen, mit den Kräften von Gesetz und Ordnung aneinanderzugeraten, und daher konnte ich mir gut vorstellen, wie die Idee, einem Polizisten eins auszuwischen, ein Kind in Rubys Alter und aus ihrem Milieu reizen würde. Sie werden vielleicht bemerkt haben, daß ich nicht von zartem Alter spreche. Immerhin war mir der Gedanke recht angenehm, es könnte außer der Befriedigung kindlicher Gehässigkeit noch einen anderen Grund für das geben, was diese Göre mir angetan hatte.

Im Rückblick sah ich nun ganz deutlich vor mir, wie blaß der Polizist geworden war, als ich ihm meldete, ich habe ein Verbrechen entdeckt. Hatte es jemals einen so zartbesaiteten Polizisten gegeben, wie unerfahren er auch immer sein mochte?

Aber selbst wenn Ruby mir den Mörder auf dem silbernen Tablett präsentiert haben sollte, was würde mir das nützen? Ich konnte mir nur zu lebhaft vorstellen, was der Sergeant für ein Gesicht machen würde, falls ich so töricht wäre, mit dieser neuen Theorie auf dem Polizeirevier anzutanzen.

Und plötzlich sah ich die ganze Sache aus dem Blickwinkel der Polizei und erkannte selbst, daß es nur ein Haufen Lügen oder vielmehr jene ganz eigene Mischung aus Wahrheit und Flunkerei war, auf die Ruby sich spezialisiert hatte.

Nun, vorbei ist vorbei, dachte ich. Dank Ruby war ich von nun an ein Mann mit Vergangenheit... und ich würde ihr nicht gestatten, mir auch noch meine Zukunft zu verderben.

Ich brauchte einen Schluck zu trinken, um diesen Entschluß zu besiegeln, selbst wenn es nur starker, schwarzer Kaffee war, und da dieses Bedürfnis sich genau in dem Moment einstellte, als ich an einer der vielen Milchbars in dieser Gegend vorbeikam, stieß ich die Tür auf und trat ein.

Es war eines jener engen Lokale, die an einen Trambahnwagen erinnern, vorne stehen die Tische, und alles andere befindet sich an der Rückwand. Ich hatte die Theke fast erreicht, als ich etwas sah, was mich wie vom Donner gerührt stehenbleiben ließ.

Hoch oben auf einem Barhocker, den Rücken fast ganz mir zugewandt, hockte das Hexenkind. Sie hatte die mageren Ellbogen auf den Tresen gestützt, und ihre Affenpfoten umklammerten einen Becher mit irgend etwas darin.

Aber sie trank nicht. Sie wirkte fast, als sei sie in Trance, starrte verzückt in das Gesicht des Adonis, der über die Theke herrschte. Ein dunkler, gut aussehender Mann, so elegant wie eine Klapperschlange. Sie kennen den Typ.

In meinen Ohren rauschte es. Ich stand völlig reglos, und tief in meinem Inneren keimte plötzlich die grausige Überzeugung auf, ich sei auf die Wahrheit gestoßen, ohne sie beweisen zu können. So etwas gibt es manchmal.

Ich starrte in die gleiche Richtung wie Ruby.

Der Mann hatte wohl eben ein paar Scheiben Brot mit Butter bestrichen, um Sandwiches herzurichten, denn er hielt das Messer noch locker in der rechten Hand, während der Zeigefinger der Linken mechanisch die Schärfe der Klinge prüfte.

Er interessierte sich für keinen von uns beiden.

Seine Aufmerksamkeit galt allein zwei jungen Mädchen, die an dem Tisch neben der Theke saßen und so munter drauflosschwatzten, wie es Mädchen oft tun, wenn sich im Umkreis von zehn Metern ein einigermaßen akzeptabler Mann befindet. Mit halbgeschlossenen Augen weidete er sich an ihnen wie an einem erlesenen Gemälde.

Dann ließ er, wie von einem Magneten angezogen, das Messer fallen und kam an der verzauberten Ruby vorbei hinter der Theke hervor, um die leeren Tassen der beiden abzuräumen.

Als er sich in seiner kurzen, weißen Kellnerjacke über sie beugte und Gott weiß welche Schmeicheleien murmelte, präsentierte er mir die Rückansicht einer Hose in einem besonders abstoßenden Farbton, und da beschloß ich, auf eine Erfrischung zu verzichten.

Ich machte auf dem Absatz kehrt und ward nicht mehr gesehen.

O ja, ich gebe zu, es bleiben Fragen offen. Ein paar Dinge hätte ich selbst ganz gerne gewußt.

Zum Beispiel, wann Fräulein Ruby ihn eingeholt hatte.

Hatte sie ihn systematisch verfolgt, indem sie sich an der Art von Mädchen orientierte, die er sich auszusuchen pflegte? Kannte sie ihn schon von früher? Oder war es einer jener seltsamen Zufälle, Anfängerglück, wie man es nennen könnte?

Wie lange würde er mitspielen und sie kostenlos mit

Eiskrem, heißer Schokolade und was noch allem vollstopfen, um sie auf seiner Seite zu halten?

Und was würde geschehen, wenn er genug davon hatte?

Oder wenn ... nun, lassen wir das.

Diese oder ähnliche Fragen werden vermutlich nie beantwortet werden, jedenfalls soweit es mich betrifft.

Wenn zwei Tiger aneinandergeraten, mache ich mich nämlich lieber aus dem Staub.

Mord ist die beste Therapie

Wenn ich es richtig sehe, haben wir noch jede Menge Zeit totzuschlagen«, ließ sich eine affektierte, weibliche Stimme vernehmen.

Die zwei Männerhände, welche die schützend vorgehaltenen Seiten der *Times* festhielten, durchlief ein krampfhaftes Zucken.

»Wenn wir noch so viel Zeit haben«, meldete sich eine zweite weibliche Stimme, »machen wir doch einen kurzen Spaziergang bis zum Ende der Strandpromenade und wieder zurück. Anschließend könnten wir vielleicht noch ein paar kleine Andenken kaufen und dann den Vikar besuchen, um ihm unseren Empfehlungsbrief zu überreichen.«

Die Hände entspannten sich.

Genau, was der Arzt mir verschrieben hat, dachte Rex Burnham mit einem säuerlichen Lächeln.

Obwohl er selbst anerkanntermaßen ein Meister des Klischees war, nahm er Redewendungen bisweilen wörtlich. Zwei Tage zuvor war er im Behandlungszimmer seines Arztes mit jener Mischung aus Verlegenheit und Erleichterung, die eine gründliche, medizinische Untersuchung zu begleiten pflegt, wieder in seine Kleider geschlüpft.

»Nun?« hatte er nervös gefragt.

Der Arzt, der gleichzeitig ein Freund von ihm war, kritzelte vergnügt etwas auf einen kleinen Block, riß ein

Blatt ab und antwortete zerstreut: »Wie? Ach so! Organisch fehlt dir gar nichts, mein Lieber. Du bist kerngesund. Was deine Beschwerden angeht ... diese Alpträume und ... hm ... Halluzinationen, pah! Meiner Ansicht nach (hier wurde sein Gesicht sehr ernst) wirst du langsam und systematisch vergiftet.«

Es wäre noch milde ausgedrückt, wollte man sagen, diese Diagnose habe den Patienten in höchstem Maße erschreckt. Er hätte sich vielmehr durchaus zum Titelbild eines seiner Bücher geeignet.

»Ja«, fuhr der Arzt mit einem boshaften Funkeln in den Augen fort. »Du leidest an einer Überdosis Sensationsgier, die du dir unentwegt selbst verabreichst. Wie viele von diesen Reißern hast du während des letzten halben Jahres verfaßt?«

»Ich ziehe es vor, von Kriminalromanen zu sprechen«, bemerkte Rex, tief in seiner Ehre getroffen.

»Wie du die verdammten Dinger nennst, ist mir egal. Ich möchte wissen, wie viele.«

»Fünf oder sechs, nehme ich an.«

»Du lieber Himmel, Mann! Du wirst allmählich zu einer regelrechten Mordfabrik.«

»Man muß schließlich leben«, erinnerte Rex ihn mürrisch.

»Ich kann keine Anzeichen von Unterernährung feststellen. Meiner festen Überzeugung nach bist du ein ziemlich fortgeschrittener Fall von hyperaktiver Phantasie ... nicht unbedingt tödlich. Aber das heißt nicht, daß du deinen Zustand vernachlässigen dürftest. Die Symptome könnten sich zu einem Nervenzusammenbruch auswachsen. Wir wollen die Öffentlichkeit doch nicht eines ihrer Lieblingsautoren berauben, nicht einmal dann, wenn es für ihre geistige Gesundheit besser wäre. Nun, ich habe dir ein Rezept ausgestellt. Bitte sehr, aber geh damit um Himmels willen nicht in eine Apotheke.«

Er schob das zusammengefaltete Rezeptformular über den Schreibtisch. Rex öffnete das Blatt. Folgendes stand darauf:

BAXTERS FAMILIENPENSION
STRANDPROMENADE
BUNMOUTH.
Dosierung: Zwei Wochen.

Rex sah ihn wütend an. »Das soll wohl ein Witz sein?«

»Keineswegs. Ich meine es völlig ernst.«

»Ich dachte, du würdest mir Tabletten verschreiben ... irgendwelche Beruhigungsmittel.«

»Vielleicht bin ich altmodisch, jedenfalls experimentiere ich nicht so gerne herum, schon gar nicht, wenn es sich um meine Freunde handelt.«

»In so einer Klitsche bin ich seit Jahren nicht mehr abgestiegen.«

»Das ist ja auch ein Teil deines Problems.«

»Wie in aller Welt bist du überhaupt an die Adresse gekommen?«

»Oh! Ich war selbst dort. Ich bin mit dem Wagen nach Bunmouth gefahren, um ein bißchen frische Seeluft zu schnuppern, und konnte im *Royal Bun* kein Zimmer bekommen. Es fand gerade ein Golfturnier statt, und deshalb mußte ich nehmen, was eben frei war. Ich habe mir die Adresse gemerkt, und seitdem warte ich auf den richtigen Patienten, um ihn hinzuschicken.«

»Im Moment findet vielleicht kein Turnier statt.« Rex' Miene hellte sich auf. »Gegen das *Royal Bun* hätte ich nicht soviel einzuwenden.«

»Das kann ich mir vorstellen, aber damit wäre die Wirkung verfehlt. Du brauchst eine Unterkunft ohne Alkoholausschank und mit ausgewogener Ernährung, gerade genug, um nicht zu verhungern.«

»Und du meinst, damit käme alles wieder in Ordnung?«

»Ich wette meine nächste Gehaltserhöhung darauf.«

»Es paßt mir aber im Moment gar nicht, so einfach wegzufahren.«

»Es wird dir auch gar nicht passen, wenn du nächstens drei Monate in einem Sanatorium verbringen mußt. Aber du brauchst meinen Rat ja nicht zu befolgen. Daran bin ich schließlich gewöhnt.«

Rex gab sich geschlagen. »Ich befolge alle Ratschläge... vor allem, wenn ich dafür bezahlen muß.«

Und nun war er den ersten Vormittag in Baxters Pension, sein Frühstück, weit weniger gehaltvoll, als der Duft hatte erwarten lassen, lag bereits hinter ihm, und er saß in einem ›Salon‹ genannten Raum auf einem Stuhl, der bequem aussah, sich aber eher anfühlte wie aus einem Geometriebuch entsprungen.

Er las nicht in der *Times*, die seiner Meinung nach unverzeihlich langweilig war und jeder Spannung entbehrte, sondern belauschte – eine natürliche Schwäche all derer, die sich um realistische Dialoge bemühen – ganz ohne Scheu die ringsum geführten Gespräche. Rex konnte sich zwar nicht unbedingt vorstellen, wie Augen-Larry zu Messer-Green sagte: »Was für einen herrlichen Tag wir heute wieder haben! Wir müssen das schöne Wetter ausnützen, solange es anhält!«, aber Larry hätte zweifellos ebenso empfunden, und wer weiß, vielleicht hatte er sogar eine unverheiratete Tante, die sich notfalls als Zeilenfüller verwenden ließ.

Es ist ein großartiges Gefühl, aus einer Welt zu kommen und zu entdecken, daß gleichzeitig andere Welten existieren, die ebenso umfassend, ebenso in sich geschlossen und ebenso außergewöhnlich sind wie die eigene. Da gibt es etwa die Welt der Pferde, die Welt der Yachten oder die Welt der Golfprofis, um nur ein paar zu nennen. Dies hier war offensichtlich die Welt der unverheirateten älteren Damen. Hin und wieder mochten auch vereinzelte Ehepaare in mittlerem Alter auftauchen, die in winzigen Kleinwagen durch die Landschaft tuckerten und wieder verschwanden, wenn die hohen Preise der Hauptsaison sie in ihre eigenen Gärten zurücktrieben, doch von ihnen einmal abgesehen, hatte es alle, die bei Baxters buchten, durch Zufall hierher verschlagen.

Die alten Mädchen traten meist in Zweiergruppen auf, doch Mr. Burnhams scharfen Augen entging es nicht, daß jeder dieser Zwillinge seine eigene Persönlichkeit hatte und daß die Beziehungen ebenso oft von Feindseligkeit wie von Zuneigung geprägt waren.

Die beiden im Salon mußten Miss Meadows und Miss

Faraday sein, er hörte trotz aller Vornehmheit den Londoner Vorortakzent heraus, und außerdem hatte er im Gästebuch des Hotels nachgesehen. Mr. Burnham war neugierig, das gehörte zu seinem Beruf, und er hatte ein ausgezeichnetes Namensgedächtnis. Jetzt riskierte er einen Blick über den oberen Rand seiner *Times*, wurde von der hageren, sehnigen Miss Meadows dabei ertappt und schenkte ihr ein entwaffnend einfältiges Lächeln, das sie vorsichtig erwiderte.

Rex fühlte sich bereits sehr viel besser und hatte trotz des fremden Betts einigermaßen gut geschlafen. Nur ein böser Traum hatte ihn gequält, und den führte er eher auf den Curry beim Dinner zurück als auf seine angegriffenen Nerven. Außer den Extrazuschlägen auf der gedruckten Liste über seinem Waschbecken hatte er am Abend auch keine Zeile mehr gelesen. Von seinem Schlafzimmer aus bot sich ihm ein freier Blick auf den Ozean, und das Klatschen der Wellen auf den Steinen hatte ihn in den Schlaf gewiegt.

Er legte die *Times* aus der Hand und sah sich unverhohlen um. Da in der Ecke saß eine wahrhaft interessante alte Tante... Verzeihung, Dame. Ein richtiger Charakterkopf, er mußte mehr über sie herausfinden. Später würde er sich an das Duo Meadows-Faraday heranmachen und die beiden ein wenig aushorchen, denn daß es keinen Sinn haben würde, diese Frau direkt anzusprechen, das sah er auf den ersten Blick. Damit handelte man sich gewiß nur eine Abfuhr ein. Daß sie ursprünglich aus gutem Hause stammte, war nicht zu übersehen, obwohl er sie wegen ihrer jetzigen Kleidung Lady Lumpensack taufte. Auch glaubte er zu wissen, daß sie schwerhörig war. Als sie sich bei Tisch über die gedünsteten Feigen beklagte, hatte ihre Stimme befehlsgewohnt und schroff geklungen. Na schön, wer mochte schon Feigen, aber so, wie sie sich zu ihrer Begleiterin darüber geäußert hatte, hätte man meinen können, jemand habe die Körnchen absichtlich hineingetan, um sie zu ärgern.

Nach einer Weile kam eben diese Begleiterin geschäftig ins Zimmer gehuscht und eilte sofort zum Fenster, um es zu schließen.

»Oh, Miss Ives, Sie sollten nicht hier in der Zugluft sitzen. Sie wissen doch, wie leicht Sie sich erkälten.«

Damit war sie eingeordnet ... die bezahlte Gesellschafterin ... das Mädchen für alles.

Miss Ives hob ihr edles, aber dennoch wenig anziehendes Patrizierhaupt und verlangte barsch: »Machen Sie sofort das Fenster wieder auf, Bates. Sehen Sie nicht, daß ich die frische Luft genießen möchte?«

Bates warf einen verzweifelten Blick auf die übrigen Anwesenden und protestierte schwach: »Oh, aber ... Miss Ives ...«

»Öffnen Sie das Fenster, Bates!«

Die unglückliche Bates tat, wie ihr geheißen, doch dann erklärte sie mit aller Entschiedenheit, die ihr zu Gebote stand: »Ich werde Ihnen Ihren Schal holen. Ja, Sie können sagen, was Sie wollen, ich werde Ihnen auf der Stelle Ihren Schal holen.«

Mit ängstlich verkniffenem Gesicht eilte sie wieder hinaus. Rex hatte unwillkürlich Mitleid mit ihr: sie sah so aus, wie er selbst sich in letzter Zeit gefühlt hatte, und er glaubte zu erkennen, wenn jemand mit seinen Nerven am Ende war.

Dieser alte Dragoner, dachte er. Die ist nun wirklich reif für einen Mord. Außerdem könnte ich mir denken, daß auch ein kleines Legat mit im Spiel ist. Eigentlich liegt es nicht direkt auf meiner Linie, aber wenn man es ein bißchen auffrisiert... Heiliger Strohsack, jetzt geht das schon wieder los! Die feine Gesellschaft bekommt mir nicht. Kein Wunder, daß der Doc mir geraten hat, mal richtig auszuspannen.

Von Gewissensbissen gequält faltete er hastig seine *Times* zusammen, nahm sie unter den Arm und marschierte aus dem Salon, vorbei an der Speisezimmertür, dem Briefständer und der ständig unbesetzten Empfangstheke und schließlich hinaus auf die Strandpromenade.

Dort pumpte er sich die Lungen mit der heilkräftigen, frischen Luft voll und strebte dann flotten Schrittes auf die Klippen zu.

Bald verringerte er sein Tempo so weit, daß eigentlich nur noch von einem gemächlichen Dahinschlendern die Rede sein konnte, und als er den Fuß der Klippen erreicht hatte, beschloß er, den Aufstieg auf morgen zu verschieben. Ermattet sank er auf eine hölzerne Bank, ließ sich von der Sonne bescheinen und wartete, bis sein Herz wieder normal schlug.

Vielleicht fehlt es mir doch ein wenig an Kondition, gestand er sich widerstrebend ein. Er blickte an sich hinunter. Die stattliche Wölbung unterhalb der Taille war nicht zu übersehen. Hastig spannte er die Bauchmuskeln an. Ein paar Turnübungen vielleicht? Immerhin war es doch sehr angenehm, einfach dazusitzen, ohne eine Schreibmaschine vor sich zu haben. Er hatte schon ganz vergessen, wie das war.

Als die respekteinflößende Miss Ives am Arm ihrer Gesellschafterin des Weges kam, saß er immer noch da. Miss Ives trug einen Strohhut auf dem Kopf, mit dem sie sich offensichtlich jedes Jahr aufs neue dem Sommer stellte. Außerdem hatte sie ein Gebilde in der Hand, das sie zweifellos als Sonnenschirm bezeichnete, fraglich war nur, ob sie damit den Garten auf ihrem Hut oder ihre ledrigen Wangen schützen wollte. Als die beiden an ihm vorübergingen, ohne von seiner Anwesenheit Notiz zu nehmen, hörte er die Gesellschafterin sagen: »Aber ich finde wirklich, Sie sollten sich nicht übernehmen, indem Sie bei dieser Hitze da hinaufsteigen.«

Und die barsche Stimme antwortete unüberhörbar: »Das müssen Sie schon mir überlassen, Bates. Dort oben weht immer eine frische Brise.«

Zwei Tage später hatte Rex Miss Meadows' und Miss Faradays Vertrauen so weit gewonnen, daß sie ihm alles über Miss Ives erzählten, was er wissen wollte. Die beiden Damen waren über jedermann bestens informiert, und auch ihn hatten sie bereits arglos in ihre Spekulationen einbezogen.

»Ich würde sagen, er ist irgendwie im Lehrberuf tätig«, mutmaßte Miss Meadows. »Hast du bemerkt, wie schnell er das Kreuzworträtsel im *Telegraph* gelöst hat? Und nicht etwa nur das kleine, sondern das große.«

»Lehrer haben aber jetzt keine Ferien«, gab Miss Faraday zu bedenken. »Er ist nicht ganz... ganz...«, hier zögerte sie. »Ich hielte es eher für möglich, daß er eine wichtige Position in einem großen Kaufhaus bekleidet. Die Figur dazu hätte er.«

Mr. Burnham wäre von keiner dieser Vermutungen besonders geschmeichelt gewesen, obwohl er längst über das Stadium hinaus war, in dem er jedem Nächstbesten unbedingt erzählen mußte, daß er Schriftsteller war.

»Sie kommt aus einer uralten Familie«, erklärte Miss Meadows mit vorsichtig gedämpfter Stimme. »Von Miss Bates weiß ich, daß die Ives seit mindestens achthundert Jahren in diesem Teil des Landes ansässig sind.«

»Ganz so alt hätte ich sie nun doch nicht geschätzt«, bemerkte Rex, ohne eine Miene zu verziehen. »Aber die Damen würden vermutlich sagen, sie hat sich gut gehalten.«

»Oh, Mr. Burnham, immer einen Scherz auf den Lippen. Aber Bates, Miss Bates, ist natürlich wegen ihres hohen Alters bei ihr, sie soll auf sie aufpassen. Ihr eigenes, wunderschönes Haus wurde nämlich verkauft. Sie konnte es nicht mehr halten, teils aus Mangel an Personal, teils aber auch«, hier senkte sie die Stimme so weit, daß sie nicht einmal mehr in einer Kathedrale Anstoß erregt hätte, »aus Mangel an Geld.«

»In gewisser Hinsicht enttäuschen Sie mich«, bemerkte Rex. »Ich hätte doch erwartet, daß sie irgendeinen Titel hat, mindestens ein ›von‹.«

»Du meine Güte, nein. Die Vorstellung würde ihr gar nicht behagen. Wenn man Miss Ives heißt, dann hat das nun wirklich Gewicht.«

»Und wenn man Miss Bates heißt, dann führt man das Leben eines mittelalterlichen Leibeigenen. Ich weiß wirklich nicht, wie sie das aushält.«

»Wissen Sie, Mr. Burnham, bezahlte Gesellschafterinnen sind in unseren demokratischen Zeiten nicht mehr sehr gefragt. Wo hätte sie sonst unterkommen können?«

Ach ja, wo sonst, dachte Mr. Burnham beim Dinner, während er nach dem einzig eßbaren Stück seines Schnitzels suchte. Dennoch fühlte er seine Kräfte von Tag zu Tag wachsen. Die schmale Kost und der Müßiggang vollbrachten wahre Wunder. Er hatte dem Arzt versprochen, kein einziges Wort zu schreiben, aber wenn er ehrlich war, mußte er gestehen, daß er in dieser Atmosphäre auch gar nicht hätte schreiben können, selbst wenn er gewollt hätte. Alles war viel zu ruhig, er konnte sich einfach nicht konzentrieren. Aber seine Phantasie schweifte ungehindert umher. So konnte er Miss Ives und ihrer Gesellschafterin nicht lange zusehen, ohne sich auszumalen, was für ein Kinderspiel es doch für Miss Bates wäre, ihre Fesseln zu zerreißen und an ihr Erbe zu kommen. Er mußte an sich halten, um ihr nicht einen Hinweis zu geben. So sehr er sich auch bemühte, seinen berufsbedingten Eifer zu zügeln, sein kreatives Gehirn legte ihm mindestens ein Dutzend galgensicherer Methoden nahe, diesen Weibsdrachen zu beseitigen. Miss Ives' größte Freude war es, die arme Frau in ihr gemeinsames Zimmer hinaufzuhetzen, um sich irgendwelche Kleinigkeiten holen zu lassen. Kaum zeigte Miss Bates sich mit dem verlangten Gegenstand im Salon, schon wurde sie wieder losgeschickt, um etwas anderes herbeizuschaffen. »Und dabei wohnen sie ganz oben unter dem Dach«, hauchte ihm Miss Meadows ins Ohr. »Aus Sparsamkeitsgründen, Sie verstehen. Aber ich weiß natürlich, warum sie das macht...« Hier verschloß ihr jedoch, wenn auch etwas verspätet, ihr Taktgefühl den Mund.

»Und ich weiß auch, warum sie es macht«, sagte Mr. Burnham grimmig. Die alte Hexe, dachte er, braucht einfach jemanden, den sie herumkommandieren kann. Das sind diese Leute schließlich seit Generationen nicht anders gewöhnt.

In dieser Nacht machte sich zum erstenmal sein altes Leiden wieder bemerkbar. Miss Bates spießte ihre Arbeitgeberin an einem langen Schwert auf, und er wollte ihr helfen, konnte aber kein Glied rühren. Zum Glück blieb dies ein Einzelfall.

Er wurde sehr viel agiler. Zweimal hatte er die Klippen bereits zur Hälfte erstiegen, und eines Tages kam er schließlich ganz hinauf. Miss Ives hatte recht gehabt – das Teuflische war, daß sie so oft recht hatte –, hier oben auf dem ungeschützten Plateau wehte eine ziemlich steife Brise. Aber er fand eine geschützte Nische ein Stück weit vom Klippenrand entfernt, und dort ließ er sich in Frieden mit sich selbst und mit dieser neuen, seltsamen Welt nieder. Weit und breit war kein Mensch zu sehen. Die Sonne strahlte am wolkenlosen Himmel. Er war ganz allein. Oder doch nicht?

Ein Hut tauchte über der schroffen Wand auf, ein Hut, den er sofort wiedererkannte.

Miss Ives und ihre Begleiterin erschienen über der Felskante wie zwei von den Toten Auferweckte aus der Kirchhofserde. Miss Ives befand sich auf der ihm zugewandten Seite, aber wenn sie es bisher nicht geschafft hatte, ihn über die Breite des Speisesaals hinweg zu erkennen, so bestand auf diese Entfernung erst recht keine Gefahr. Außerdem wurde er von zwei üppig wuchernden Büschen verdeckt.

Dann geschah etwas völlig Unerwartetes – jedenfalls, soweit es ihn betraf.

Der Hut, der berühmte Hut, wurde von einer Bö erfaßt, löste sich vom Kopf seiner Besitzerin und wurde an Miss Bates vorbei über den ungesicherten Klippenrand geweht. Beide Damen rannten ihm nach, Miss Bates vorneweg, und als sie sich in ihrer Aufregung unvorsichtig weit nach vorne wagte, streckte die respekteinflößende Miss Ives ihren Sonnenschirm aus, bis die lange, spitze Zwinge den Rücken ihrer Gesellschafterin berührte, und stieß sie entschlossen hinunter. Im Bruchteil einer Sekunde war alles vorüber.

Der Verzweiflungsschrei verklang, alles war wieder wie zuvor, nur das Trillern einer Lerche störte die Stille. Rex Burnham saß da wie angewurzelt. Kein Alptraum hatte ihn jemals so völlig bewegungsunfähig gemacht.

Miss Ives drehte sich um und verschwand ohne weitere Umstände, ohne einen Blick zurück oder in die Runde zu werfen, ebenso unvermittelt, wie sie aufgetaucht war. Einen Augenblick lang konnte Rex ihr Gesicht sehen, aber er entdeckte keine Veränderung darin, es wirkte weder zufrieden noch traurig.

Rex selbst hatte hingegen einen Schock erlitten. Die Sonne schien noch immer, aber nicht für ihn. Er befand sich in eisigen Gefilden, die nie ein Sonnenstrahl erreichte.

Eine Weile saß er, abgesehen vom Zittern seiner Glieder, völlig reglos da. Ein Sturz in fünfundzwanzig Meter Tiefe, der auf den Felsen endete – ihm war nicht unbedingt danach, Miss Bates noch einmal über den Weg zu laufen. Aber das Problem war... was sollte er tun?

Was hatte er überhaupt gesehen? Er war sicher, daß er Zeuge gewesen war, wie Miss Bates über die Klippe stürzte, daran bestand auch nicht der Schatten eines Zweifels. Aber hatte er tatsächlich beobachtet, daß Miss Ives sie mit der Spitze dieser Antiquität von einem Sonnenschirm hinabgestoßen hatte? Oder war dies nur wieder eine von seinen... nun... seinen Halluzinationen? Und wie sollte er es beweisen, falls er das wollte? In diesem Fall stünde schlicht und einfach Miss Ives' Wort gegen das seine – und wer war er schon? Sollte es der Polizei jemals in den Sinn kommen, sich für seine Vorgeschichte zu interessieren, dann würde sich herausstellen, daß er sich als Kriminalschriftsteller betätigte und unter starkem seelischem Druck stand. Und Miss Ives... nun, sie war eben Miss Ives. Ihm blieb wirklich nichts anderes übrig, als nach Hause zurückzukehren, vorausgesetzt, seine Beine trugen ihn soweit. Mühsam rappelte er sich auf und stolperte wie ein alter Mann den Pfad hinunter. Er konnte Miss Ives nicht einholen, er nicht. Gott sei Dank war nichts von ihr zu sehen; er hätte die ganze Lombard Street, die Bankenstraße, gegen eine Porzellanorange verwettet, daß sie zum nächsten Polizeirevier gegangen war, um den Vorfall zu melden. Er selbst begab sich geradewegs ins *Royal Bun*, wo er drei doppelte Whisky hinunterkippte. Danach fühlte er sich fast wieder normal. Er würde jedoch nicht zum Lunch in Baxters Pension zurückkehren, obwohl man dort Wert darauf legte, im voraus benachrichtigt zu werden, wenn jemand eine Mahlzeit ausfallen ließ. Seine Portion kalten Schinken mit Salat überließ er gerne einem anderen Gast. Er wäre sich vorgekommen wie bei einem Leichenschmaus.

Aber irgendwann mußte er zurück, sonst würde er zu sehr die Aufmerksamkeit auf sich lenken. Weithin nach Alkohol riechend, schlich er beim Klang des Dinnergongs in den Speisesaal.

Erleichtert stellte er fest, daß Miss Ives das Abendessen auf ihrem Zimmer einnahm.

Er hielt den Blick finster auf den Teller gesenkt, kaute verdrießlich vor sich hin und merkte gar nicht, was er aß, was freilich nicht unbedingt von Schaden war, da der Küchenchef ein neues Corned-Beef-Rezept ausprobiert hatte.

Er konnte allerdings nicht hoffen, ganz ungeschoren davonzukommen. Um den Schein zu wahren, mußte er seinen Kaffee im Salon nehmen, und hier stürzten sich Miss Meadows und Miss Faraday mit ihrem Bericht über die Katastrophe auf ihn. Sie meinten es nicht böse, doch sie kosteten die Tragödie unwillkürlich aus. Die Leiche der armen Miss Bates war geborgen worden, der Hut ebenfalls, aber beide waren bis zur Unkenntlichkeit verstümmelt.

»Und sobald die gerichtliche Leichenschau vorüber ist, findet das Begräbnis statt«, sagte Miss Faraday. »Was meinen Sie, Mr. Burnham, sollten wir zum Zeichen unserer Anteilnahme alle hingehen? Geben Sie uns doch einen Rat.«

»Ich werde nicht da sein«, erklärte Mr. Burnham brüsk. »Ich reise morgen früh ab ... mit dem ersten Zug«, fügte er noch hinzu.

»Oh, was für ein Jammer! Ich dachte, Sie würden volle zwei Wochen bleiben. Ist das ein plötzlicher Entschluß? Hoffentlich hat nicht dieser traurige Vorfall Sie bewogen, Ihre Pläne zu ändern.«

»Er hatte getrunken, er war ganz außer sich«, teilte Miss Meadows hinterher ihrer Freundin mit.

»Geschäftliche Gründe«, murmelte Mr. Burnham.

»Was habe ich dir gesagt?« triumphierte Miss Faraday später. »Ich wußte doch, daß er irgendwo in einem Laden arbeitet!«

Jetzt sagte sie jedoch: »Wer weiß? Vielleicht ist es das beste so. Miss Ives war schon ganz verzweifelt. Die arme Miss Bates machte immer soviel Wirbel. Erst neulich sagte mir Miss Ives, sie würde sich wohl von ihr trennen müssen. Aber unter ihrer etwas rauhen Schale hat sie ein so weiches Herz, und sie konnte die Vorstellung, ihr kündigen zu müssen, einfach nicht ertragen.«

Rex fühlte sich erst wieder sicher, als er in seinem Erste-Klasse-Abteil saß und der Zug in Richtung London ratterte.

Jetzt, erst jetzt konnte er sich entspannen.

Oh, wie himmlisch würde es sein, wieder in die Gesellschaft von Spike O'Harrigan, Augen-Larry, Messer-Green und all den anderen Verbrechertypen zurückzukehren, die zum Leben erwachten, sobald er die Tasten seiner Schreibmaschine berührte.

Nie wieder würde es einem aus diesem Verein gelingen, ihm Alpträume zu bereiten. Sollte er jemals wieder aus dem Augenwinkel ein Phantom sehen, das eigentlich gar nicht da sein dürfte, würde er es einladen, ein Glas mit ihm zu trinken.

Er war für alle Zeiten geheilt.

Und sollte er einen Schriftstellerkollegen treffen, der sich in ähnlichen Schwierigkeiten befand, der sich überarbeitete, weil er fälschlicherweise meinte, nur so könne er Leib und Seele zusammenhalten, würde er ihm gern die Adresse verraten.

Miss Ives würde sicher noch hundert Jahre dort sein.

Wer versteht schon die Schweden?

Zu Hause in England war Miss Bruce eine der harmlosesten Frauen, die jemals an einem Komiteetisch gesessen hatten. Gerade deshalb hatte man sie ja überhaupt ausgewählt. Als sich herausstellte, daß die Versammlung der Ansicht war, einer der vier Delegierten sollte dem schönen Geschlecht angehören, spitzten die drei bereits ernannten Männer die Ohren und warfen sich jenen schnellen, mißtrauischen Blick zu, mit dem ein Pferd einen Anfänger auf seinem Rücken bedenkt. An den beiden Kopfenden des Tisches saßen zwei äußerst dominierende Frauen, und jede wollte mit allen Mitteln verhindern, daß die jeweils andere an dieser Reise teilnahm.

»Natürlich«, erklärte die schnellere der beiden schlau, »wäre Mrs. Bonthorpe am besten geeignet, aber sie hat anderweitig so viele Verpflichtungen, daß es einfach eine Zumutung wäre, sie auch noch damit zu belasten.«

»Das gleiche gilt für Mrs. Truslove«, konterte ihr Gegenüber. »Sonst würde man natürlich nicht zögern, ihren Namen auf die Liste zu setzen.«

»Ich schlage Miss Bruce vor«, erklärte einer der Delegierten geistesgegenwärtig.

»Unterstütze den Antrag«, kam es von einem zweiten.

»Alle sind dafür«, verkündete der Vorsitzende, nachdem er die Hände gezählt hatte. Zwei hatten sich erst nach kurzem Zögern gehoben. »Einstimmig angenommen. Unsere guten Wünsche begleiten Sie, Miss Bruce. Ich hoffe, Sie haben eine angenehme Reise, und halten Sie mir die Männer ein wenig im Zaum.«

So geht es manchmal. Auf diese Weise kam Miss Bruce lediglich deshalb, weil ihr gewisse Eigenschaften abgingen, als geladener Gast zu einer kostenlosen Reise nach Schweden.

Sobald Miss Bruce jedoch die Gangway betrat, geschah etwas mit ihr, fast, als habe das Meer sie verwandelt. Mit der Bewegung des Schiffes hatte es freilich nicht das geringste zu tun.

»Ist dies Ihre erste Seereise, Miss Bruce?« fragte Mr. Webb, ein kleiner, etwas großsprecherischer Mann, der selbst schon mehrmals den Ärmelkanal überquert hatte. »Die Fahrt dauert natürlich nicht lange, doch sie kann manchem, glaube ich, doch recht zusetzen.« Wie zur Bestätigung hob sich ihm der Tisch ein Stück entgegen. Die vier hatten sich in der geräumigen, behaglich eingerichteten Bar getroffen, um sich vor dem Dinner bei einem Drink noch etwas näherzukommen. »Sollte Ihnen unwohl werden«, fuhr er auf onkelhafte Weise fort, »ziehen Sie sich ruhig zurück. Die Stewardessen sprechen nur schwedisch, aber die Schweden sind ja sehr verständnisvolle Leute. Sie sind sogar ganz reizend.« Damit grinste er einer eben vorübergehenden Betreuerin begehrlich zu.

»Vielen Dank, ich bin wohlauf«, fertigte Miss Bruce ihn ab. »Vollbusig und flegelhaft«, fügte sie noch hinzu. »Und eine sehr schlampige Uniform.« Damit preßte sie die Lippen fest zusammen, und es war fast ein Wunder, daß der Rand des Sherryglases überhaupt noch dazwischenpaßte.

Einen Augenblick lang herrschte betretenes Schweigen.

»Ich habe mich auf diese Reise sehr gefreut«, sagte schließlich Mr. Hollander, der vielbeschäftigte Vereinssekretär, der sich in den letzten, hektischen Tagen eifrig bemüht hatte, sich mit den schwedischen Sitten und Gebräuchen vertraut zu machen. »Von jetzt an können wir uns alle ein wenig entspannen.«

»Aber wir werden die Augen offenhalten«, mahnte Miss Bruce streng. »Wir werden alles beobachten und darüber berichten. Ich betrachte diese Fahrt nicht als Ferienreise, und ich glaube, so war es auch nicht gedacht.«

»Aber natürlich nicht.« Mr. Hollander ging sofort in Abwehrstellung. »Ich meinte ja nur, solange wir auf dem Schiff sind. Um Kräfte zu sammeln... sich auf den Kampf vorzubereiten.«

»Großartige Gastgeber, alter Junge«, schaltete sich der allzeit vergnügte, etwas vulgäre Mr. Bute ein. »Nach allem, was ich höre, sind sie großartige Gastgeber. Ein Land, wo Schnaps und Geld fließen!« Er schmatzte genüßlich mit den Lippen.

»Keine Sorge, Miss Bruce, wir werden ein volles Programm haben«, fuhr Mr. Webb hastig dazwischen. »Glauben Sie mir, wir werden alles sehen, was es zu sehen gibt. Jeder Augenblick des Tages wird ausgefüllt sein.«

»Und die Nächte ebenfalls, wie?« scherzte Mr. Bute und rempelte ihn so vertraulich mit dem Ellbogen an, wie er es an Land niemals gewagt hätte.

Mr. Webb revanchierte sich mit einem Fußtritt unter

dem Tisch. Wieder wechselten die drei Männer jenen nervösen Pferdeblick. Was für einen Reiter hatten sie sich nun wirklich aufgeladen?

Da saß sie in ihrem geblümten Seidenkleid, nippte an ihrem Sherry und war nach außen hin immer noch das brave, kleine Frauchen, das kein Wässerchen trüben konnte. Sie konnten es einfach nicht fassen.

Zum Glück wurde bald darauf das Dinner aufgetragen, und das half ihnen über die etwas peinliche Situation hinweg. Die versierteren Passagiere verließen bereits die Bar und begaben sich in den Speisesaal.

»He!« rief Mr. Bute. »Wir gehen besser auch rein, sonst verpassen wir noch was.«

»Ich glaube, das wird ein seltener Genuß.« Mr. Hollander hatte eine Menge über schwedische Buffets gelesen und stand erwartungsvoll auf.

»Nach Ihnen, Miss Bruce«, sagte Mr. Webb galant. »Nehmen Sie meinen Arm, solange Sie noch nicht so sicher auf den Beinen sind.« In diesem Augenblick schwankte das Deck, er verlor das Gleichgewicht und mußte sich an ihr festhalten, um nicht hinzufallen, worauf sein Gesicht sich puterrot verfärbte.

Was für ein Anblick wartete auf sie! Die langen Tische am anderen Ende des Saales waren mit den verschiedensten Köstlichkeiten beladen: Edler Lachs, prunkvoll aufgebahrt, wurde auf seiner Reise ins Jenseits von einem zahlreichen, in Dillsauce einbalsamierten Fischgefolge begleitet. Mächtige Schinken ruhten mit einem Anhang kleinerer Würste dekorativ in Aspik. Eier in Mayonnaise waren von Sardellen umgeben. Salate aller Art rundeten das

Bild ab. Auf dem zweiten Tisch waren kochend heiße Speisen angerichtet. Große, flache Schalen mit Fleisch dampften auf Warmhalteplatten sachte vor sich hin, aus riesigen, tiefen Silberschüsseln stiegen sinnverwirrend aromatische Düfte auf. Um die beiden Tische herum drängten sich mit verzückten Mienen zielstrebig die Passagiere mit ihren Tellern in den Händen.

»Was sagen Sie dazu!« Mr. Bute war ganz hingerissen.

Miss Bruce schauderte. »Ich finde es übertrieben«, tadelte sie schroff. »Protzig. Wie die Schweine am Trog! Und was soll das sein?« fragte sie, als ein lächelndes Mädchen sie an ihren Tisch führte. »Das sieht aus wie Hering.«

»Es ist Hering«, erklärte Mr. Hollander. »Bei den Schweden ist es üblich, das Smorgasbröd mit Hering zu beginnen.«

»Igitt!« Miss Bruce schüttelte sich.

»Sie brauchen ihn nicht zu essen«, sagte das Mädchen in ausgezeichnetem Englisch. »Nehmen Sie sich einen Teller und suchen Sie sich aus, was Sie am liebsten mögen.«

Mr. Webb konnte von seinem Platz aus die üppige Demonstration des Wohllebens bewundern, und er war entschlossen, von allem zu kosten. Aber er hatte auch das gegenüberliegende Bullauge im Blick. Die grüne See hob und senkte sich. Er wurde an eine Überfahrt nach Dieppe erinnert. Er wollte ... er wollte ... Aber es half nichts. Sein schamrotes Gesicht färbte sich grünlichgelb. Mühsam rappelte er sich auf. »Müssen mich leider entschuldigen«, würgte er und ergriff die Flucht.

»Verdammtes Pech«, bedauerte Mr. Bute. »Na, kommen Sie, Hollander. Kommen Sie, Miss Bruce.«

Als er an den Tisch zurückkehrte, türmten sich Berge von warmen und kalten Speisen auf seinem Teller. Mr. Hollanders geflüsterte Ratschläge nahm er nicht zur Kenntnis. »Nur runter damit«, sagte er. Aber vielleicht war der Ausdruck schlecht gewählt. Nachdem er vielleicht ein Viertel der Menge verdrückt hatte, hörte er unvermittelt auf zu kauen, schob den Teller beiseite, stand auf und verließ den Saal.

Nun waren nur noch Hollander und Miss Bruce übrig, er ließ es sich unbeirrt schmecken, sie dagegen sparte nicht mit abfälligen Bemerkungen.

»Köstlich«, stöhnte er mit vollem Mund. »Einfach köstlich.«

»Kein Vergleich mit einer ordentlichen Portion Roastbeef und Yorkshire Pudding«, erklärte Miss Bruce.

Die Reise hatte sich dank Mrs. Bruce schon nicht sonderlich gut angelassen, aber es sollte noch schlimmer kommen. In Stockholm wurden sie von ihren Gastgebern, vier strammen, fidelen, umgänglichen Schweden empfangen, die sich fast beängstigend korrekt und höflich benahmen. Unter den guten Manieren konnte man jedoch ein mit etwas Vorsicht vermischtes Wohlwollen spüren. Von den vieren sprach keiner Englisch, und der Dolmetscher hatte ein undurchdringliches Pokergesicht und ließ allein durch seine Tüchtigkeit den anderen jede spontane Bemerkung auf der Zunge vertrocknen. Die englischen Besucher wurden flugs in ihr Hotel verfrachtet und bekamen mit Rücksicht auf ihre Nationalität eine Tasse Tee serviert – »Was, keine Milch!« murrte Miss Bruce –, sodann packte man sie in bereits wartende Autos und fuhr sie zu ihrem ersten Empfang. Nachdem man sich reihum ausgiebig die Hände geschüttelt hatte (»der formelle Händedruck ist in Schweden von ungeheurer Wichtigkeit«, flüsterte Mr. Hollander Miss Bruce zu, deren einzige Antwort in einer finsteren Grimasse bestand), folgte ein Bankett von wahrhaft gargantuesker Opulenz. Die vier Engländer saßen getrennt voneinander, und Hollander hatte keine Möglichkeit mehr, mäßigend auf Miss Bruce einzuwirken, er sah sie nur noch von ferne, zwischen zwei wohlbeleibten, strahlenden Herren eingeklemmt, rabenschwarzen Unmut im Gesicht. Dann nahmen ihn zuerst die schwedischen Trinksitten und später das Bemühen, trotz des Alkohols in einem fremden Land nicht aus der Rolle zu fallen, zu sehr in Anspruch, als daß er sich noch darum gekümmert hätte, was sie sagte oder auch nicht. Außer ihr waren auch noch andere Frauen anwesend, aber die zeigten sich weder auf Englisch noch auf Schwedisch sehr gesprächig. Nur die Männer unterhielten sich freimütig und lauthals über den ganzen Tisch hinweg. Ein Gang folgte auf den anderen, und die Stimmung wurde immer angeregter. Die Gastgeber schüttelten sich in wildem Gelächter, und Mr. Hollander stellte fest, daß er einstimmte, ohne den Witz verstanden zu haben. Hin und wieder schwebte das Gesicht des von seiner Seekrankheit völlig genesenen Mr. Bute auf ihn zu. Wahrscheinlich machte er alles falsch, aber immerhin hatte er mit seinen beiden Tischnachbarn bereits das Stadium des kumpelhaften »Nett, dich kennengelernt zu haben« erreicht. Der Dolmetscher saß neben Mr. Webb, der als wichtigstes Mitglied der Abordnung mit der Aufgabe betraut worden war, auf die offiziellen Ansprachen zu antworten. Auch Mr. Webb schien bester Laune zu sein. Als er an der Reihe war, legte er eine Beredsamkeit an den Tag, wie man sie bei ihm noch nie erlebt hatte, und als seine Rede übersetzt wurde, entlockte sie den aufmerksamen Zuhörern ein zustimmendes Lächeln. Der Besuch ließ sich offenbar glänzend an, dachte Mr. Hollander und war in seiner Eigenschaft als Funktionär recht erleichtert.

Als die vier endlich allein in der Hotelhalle standen, äußerte er sich auch in diesem Sinne.

»Pah!« schnaubte Miss Bruce. »Sie sind ja betrunken. Alle drei sind Sie betrunken. Ich wünsche Ihnen eine gute Nacht.«

Nach dieser Einführung lief das für sie vorbereitete Programm in unvermindertem Tempo ab, und nur im Waschraum oder beim Frühstück blieben sie unter sich. Ihre vier Gastgeber waren unermüdlich und begleiteten sie auf Schritt und Tritt, aber auch viele andere Gruppen hatten sich zu ihren Ehren etwas einfallen lassen. Man führte sie in berühmte Lokale zum Lunch, und zum Dinner zu Bern's und auch ins Solliden, wo man hoch über dem Wasser in einem von Kronleuchtern erhellten Raum saß und weit hinaus über die glitzernde Fläche blickte. »Das Venedig des Nordens«, flüsterte Mr. Hollander. »Kein Vergleich mit der Themse«, gab Miss Bruce zurück.

Sie besichtigten den königlichen Palast in Drottningholm, man zeigte ihnen Millesgarden und bot ihnen eine traumhafte Fahrt durch die Inselwelt, die in einem Langustenessen ihren Abschluß fand. Und damit auch niemand auf die Idee kommen konnte, sie würden das Geld der Organisation sinnlos verprassen, unternahmen sie kilometerlange Rundgänge durch Fabriken und Werksanlagen, durchquerten endlose Schulen und Bibliotheken und besichtigten Siedlungsprojekte und soziale Einrichtungen, bis ihnen die Füße weh taten und ihr Interesse erlahmte. Doch ob eine Veranstaltung nun der Unterhaltung oder der Information diente, für Miss Bruce machte das keinen Unterschied. Wo sie auch ging und stand, stets gab sie ohne alle Hemmungen ihre taktlosen Bemerkungen von sich, während ihre Landsleute vor Scham erröteten.

Nach einigen Tagen begannen sich die vier Schweden voneinander abzuheben. Die Seele der Gruppe war ein Mann namens Larsen, er hatte ein überschäumendes Temperament, und daß er des Englischen nicht mächtig war, stellte für ihn kein Hindernis dar. Er schlug Bute auf den Rücken, ging bereitwillig auf Webbs Wünsche ein und zog Hollander mit Hilfe des Dolmetschers gnadenlos auf. Hollander wurde von allen aufgezogen, sie nannten ihn »Yimmy« (er hieß James), als betrachteten sie ihn als ihren Freund. Da er sich sklavisch an alle Anstandsregeln hielt, die in seinem Handbuch aufgeführt waren, tappte er in die komischsten Fallen, was bei den Schweden höchstes Entzücken hervorrief. Immer wieder ließen sie ihn zu ihrer Erheiterung die wenigen Redewendungen vortragen, die er auswendig gelernt hatte. Er kam niemals dahinter, was er zu jener reizenden Pflegerin in einer Kindertagesstätte nun wirklich gesagt hatte, aber alle taten so, als sei es etwas wahrhaft Empörendes gewesen.

Vielleicht stimmte es ja auch... das arme Mädchen war jedenfalls davongelaufen, als sei ihr der Teufel auf den Fersen.

Hollander war über Miss Bruces Benehmen zutiefst bekümmert.

»Sie bringt die ganze Nation in Verruf«, sagte er bei einer der wenigen Gelegenheiten, zu denen die drei Männer einen Augenblick lang allein waren, zu Webb. »Es ist so schlecht für die Organisation. Ich wäre Ihnen wirklich sehr dankbar, wenn Sie ihr ins Gewissen reden könnten.«

»Das habe ich doch schon getan«, verteidigte sich Webb. »Aber das macht alles nur noch schlimmer.«

»Wozu regen Sie sich auf, alter Junge«, bemerkte Bute. »Die Schweden verstehen sie doch nicht, also schadet es nichts.«

»Ich weiß, daß unsere vier sie nicht verstehen, aber von den anderen sprechen viele tadellos Englisch. Und sie werden das nicht für sich behalten. Außerdem dürfen wir den Dolmetscher nicht vergessen.«

Wie immer Miss Bruce sich auch äußerte, das Pokergesicht des Dolmetschers blieb unverändert. Ihre Bemerkungen waren nicht direkt an eine bestimmte Person gerichtet, und deshalb ignorierte er sie. Die anderen Schweden behandelten ihn nicht wie einen der ihren, er stand offenbar zwischen den Nationalitäten, sozusagen auf neutralem Boden, und seine einzige Aufgabe war es, beiden Seiten als Sprachrohr zu dienen. Aber schließlich war er auch Schwede, und Hollander konnte nicht so recht glauben, daß er nicht doch ein wenig in eine Richtung tendierte, auch wenn ihm nie etwas anzumerken war. Einmal hatte er ihn gebeten, ihm einen von Larsens Witzen zu übersetzen, aber der Dolmetscher hatte ihn mit einem Achselzucken abgespeist.

»Die Schweden sind wirklich famose Leute«, sagte Bute. »Ich habe noch nie so nette Kerle kennengelernt. Sie würden uns das bestimmt nicht übelnehmen.«

»Ich bin mir da nicht so sicher«, wandte Hollander ein. »Ich weiß nämlich nicht, ob wir sie wirklich verstehen. Ja, sicher, sie lachen immer. Aber worüber lachen sie?«

»Es stört Sie doch nicht, wenn man Sie ein wenig foppt, oder?«

»Nein, natürlich nicht. Aber bei Miss Bruce ist das etwas anderes. Was sie sagt, ist nicht komisch. Sie ist verdammt unverschämt. Ich meine, ich hätte beobachtet, wie es in Larsens Augen aufblitzte, als er sie ansah.«

»Alle Schweden haben blitzende Augen, wenn sie eine Frau ansehen. Außerdem scheint es ihr ganz gut zu bekommen, daß sie sich ständig über etwas aufregen kann. Früher ist sie mir nie aufgefallen, aber jetzt finde ich sie geradezu attraktiv ... wenn man den Typ mag«, fügte er hastig hinzu.

Es war merkwürdig, aber er hatte völlig recht. Miss Bruces neues Auftreten hatte ihrer bislang eher farblosen Persönlichkeit mehr Gewicht verliehen. Seit sie so viel Temperament entwickelte, waren ihre Züge ausdrucksvoller geworden. Zuvor hatte sie ihre Kleider nur getragen, jetzt stellte sie sie selbstbewußt zur Schau. Doch selbst wenn ihr Verhalten ihre Erscheinung verbessert haben mochte, angenehmer wurde es dadurch nicht.

»Mit uns kommen sie jedenfalls gut zurecht«, sagte

Bute. »Und wir verstehen uns prächtig mit ihnen. Ich habe mich in meinem ganzen Leben noch nicht so gut amüsiert, und ich kann Ihnen sagen, es wird mir verdammt leid tun, wenn ich wieder nach Hause fahren muß. Die Zeit ist fast um. Schlagen Sie sich Miss Bruce einfach aus dem Kopf, alter Junge, und genießen Sie die letzten Tage.«

Das war leichter gesagt als getan, denn an diesem Nachmittag übertraf Miss Bruce sich selbst. Im Altersheim verkündete sie, die schnieken Möbel sähen ja aus wie bei Heal's und sie wundere sich, daß die alten Leute sich nicht aus lauter Langeweile gegenseitig Topfpflanzen an den Kopf würfen. Die neue Stadt bezeichnete sie als einen Abklatsch von Harlow in Essex. Als man ihr ein schwedisches Glasgefäß überreichte, erklärte sie erst, in den Midlands stelle man besseres Glas her, und fragte dann, wofür das Ding überhaupt gut sei, einen praktischen Zweck erfülle es jedenfalls nicht. Sie war einfach nicht zu bremsen. Mr. Hollander reagierte allmählich so empfindlich wie ein Seismograph. Nach jedem neuen Ausbruch warf er einen gequälten Blick auf den Dolmetscher. Wirkte der vielleicht nicht mehr ganz so gleichmütig? Hatte es nicht den Anschein, als sage er zu den Schweden sehr viel mehr als zu ihnen? Natürlich war der Verdacht abwegig, die Heimvorsteherin, die sie über das köstliche Kuchenbuffet hinweg, das man für sie aufgebaut hatte, immer noch anstrahlte, höre sich in Wirklichkeit nur an, wie der Dolmetscher ihr Miss Bruces Bemerkung übersetzte, ›sie wette darauf, daß die alten Leute solche Leckereien nie zu sehen bekämen‹. Doch als ihre vier Gastgeber dann allein beieinanderstanden ... nun, lag da nicht eine neue Spannung in der Luft – oder warum richtete Larsen jedesmal, wenn Miss Bruce etwas sagte, seine funkelnden Augen auf sie? Hollander steckte mit seiner Nervosität auch die anderen an. Webb wirkte aufs äußerste gereizt, und Bute reckte angriffslustig das Kinn vor und murmelte Verwünschungen.

Als letztes stand ein moderner Wohnblock auf dem Programm, der Larsen selbst besonders am Herzen lag und auf dessen Gestaltung er offenbar auch einen gewissen Einfluß ausübte. Er war aufgeregt wie ein Kind. Während sie von Tür zu Tür gingen, wurde er immer gesprächiger und erklärte dieses und jenes, und der Dolmetscher mußte sich anstrengen, um mithalten zu können. Sie besuchten sechs Appartements, und fast überall gab es etwas Besonderes zu sehen, einmal sogar einen offenen Kamin. Alle Zimmer waren mit Doppelfenstern, Parkettböden und wenigen, aber sehr schönen und solide verarbeiteten Möbelstücken ausgestattet. Tapeten und Vorhänge waren untadelig, und überall herrschte peinliche Ordnung. Man kam sich vor wie in einer Ausstellung und hätte durchaus glauben können, die Wohnungen stünden leer, wären die Besitzer nicht anwesend gewesen. »Wir möchten eine sehen, in der wirklich jemand lebt«, verlangte Miss Bruce.

Sie hatten oben angefangen. Jetzt fuhren sie mit einem geräuschlosen Lift nach unten, denn Larsen wollte ihnen noch etwas ganz Außergewöhnliches zeigen. Im Keller blieb er stolz vor einem gewaltigen Verbrennungsofen mit riesigen Stahltüren stehen, von dem aus ein Schornstein durch das ganze Gebäude und zum Dach hinaus führte. Hier wurden die Abfälle des ganzen Blocks entsorgt, die dabei entstehende Energie nützte man für die Warmwasserversorgung. Larsen betätigte einen Mechanismus, und die Türen des Ofens schwangen weit auf. Drinnen schlugen die Flammen prasselnd aus einem rotglühenden Kegel, man kam sich vor wie am Tor zur Hölle. Dieses Schauspiel elementarer Gewalt schien Larsens Erregung noch zu steigern. Der Feuerschein auf seinem Gesicht ließ ihn aussehen wie einen liebenswürdigen Mephistopheles. Miss Bruce war an der Tür stehengeblieben und beschäftigte sich mit dem Dolmetscher. Sie wandte ihnen den Rücken zu. Larsen stimmte ein hämisches Gelächter an, deutete verschmitzt mit dem Daumen in ihre Richtung, breitete dann die Arme weit aus und tat ganz unmißverständlich so, als wolle er sie hineinstoßen, während seine blitzenden Augen Zustimmung heischend von einem Engländer zum anderen wanderten. Nun, endlich verstand man sich! Er wußte also Bescheid und wollte dies auf seine Weise scherzhaft zum Ausdruck bringen. Die drei Männer waren erleichtert, daß er die immerhin nicht ganz unproblematische Sachlage mit so viel Humor aufnahm, lachten mit ihm und nickten in rückhaltlosem Einverständnis mit den Köpfen.

»Yimmy?« Larsen tat so, als öffne er ein Buch, um nachzulesen, welche Anstandsregel hier wohl zutraf. Hollander grinste, nickte bekräftigend, und dann brachen alle wie auf ein Stichwort in jenes übermütige rabelaisische Gelächter der Schweden aus, das sich auszubreiten und aufzulodern schien wie die Flammen im Bauch des Ofens. So lachten nur Götter.

»Was verbrennt er? Fragen Sie ihn, was er verbrennt«,

bestürmte Miss Bruce in quengeligem Tonfall den Dolmetscher, als die Männer von der Tür herüberkamen. Er tat ihr den Gefallen.

»Mr. Larsen sagt, der Ofen verbrennt alles: Teeblätter, Kohlstrünke, Papierabfälle, alles, was lästig ist und nicht mehr gebraucht wird.«

»Ohne Geruch?«

»Vollkommen geruchlos.«

»Ich verstehe nicht, was es da zu lachen gibt. Warum lacht er?«

Der Dolmetscher sagte etwas zu Larsen und erhielt eine Antwort.

»Er sagen ... Mr. Larsen sagt, Sie sollen noch eine Minute bleiben, dann wird er es Ihnen erklären.«

Larsen beobachtete ihr Gesicht und begann erneut zu lachen.

Als nächstes besichtigten sie einen anderen Teil des weitverzweigten Kellergeschosses, wo die gemeinschaftlich genutzten Wasch- und Trockenräume untergebracht waren, eine Art Miniaturwäscherei mit den modernsten arbeitssparenden Geräten. Sie experimentierten mit diesem und jenem herum und stiegen dann, müde und fußlahm, eine Treppe hinauf, die unweit von einem Seiteneingang ins Erdgeschoß mündete. Ein plötzlicher Regenguß ließ sie Hals über Kopf zu den drei Mietwagen hasten, die ihnen seit ihrer Ankunft zur Verfügung standen. Erschöpft drängten sie sich hinein und wurden in ihr Hotel zurückgebracht. Sie hatten es sich angewöhnt, sich auf die Autos zu verteilen, die wegen der Verkehrsbehinderungen selten gleichzeitig am Ziel eintrafen, so daß sie Miss Bruce erst vermißten, als sie in der Hotelhalle wieder zusammenkamen, um auf ihre Gastgeber zu warten, die sie zu einem Abschiedsessen abholen wollten. Selbst dann dachten sie, sie sei wohl noch auf ihrem Zimmer. Inzwischen hatten sie gelernt, daß die Schweden großen Wert auf Pünktlichkeit legten, und der vereinbarte Zeitpunkt war bereits überschritten.

»Das sieht ihr ähnlich«, schäumte Mr. Webb.

»Rufen Sie in ihrem Zimmer an«, verlangte Mr. Bute.

Die Angestellte an der Rezeption war sehr zuvorkommend, aber niemand meldete sich.

»Vielleicht hat sie sich ein wenig hingelegt und ist eingeschlafen«, vermutete Mr. Hollander. Genau das hätte er auch selbst gerne getan.

»Seien Sie doch so nett und sehen Sie nach«, bat Bute die Empfangsdame.

Als sie zurückkehrte, schüttelte sie den Kopf. »Das Zimmermädchen sagt, der Raum ist leer. Ihre Freundin ist noch nicht wieder da.«

»Aber das ist doch Unsinn.« Webb verlor allmählich die Geduld. »Sie muß in einem der Autos gewesen sein.«

»Unmöglich, mein Lieber«, widersprach Bute. »Vielleicht ist sie alleine ausgegangen, um Einkäufe zu machen.«

»Aber das würde sie doch nicht gerade am letzten Abend tun. Das ist heute ein besonderer Anlaß – eine Art offizielle Verabschiedung. Wegzubleiben wäre absolut unverzeihlich.«

Bute zuckte die Achseln.

»Ich glaube, wir sollten den Wohnblock anrufen«, sagte

Mr. Hollander. Er geriet zunehmend in Panik. Aber sie kannten die Telefonnummer nicht, und sie waren der Sprache nicht mächtig.

»Wir müssen auf den Dolmetscher warten«, sagte Webb.

»Sie glauben doch nicht...«, begann Hollander, dann hielt er inne. Webb und Bute starrten ihn fassungslos an.

»Sie müssen den Verstand verloren haben«, sagte Webb. »Ich meine, das war doch nur ein Witz. Es ist ... na ja ...«

Bute brach in Gelächter aus, aber irgendwie hielt er es ohne die anderen nicht durch. Das Lachen blieb ihm im Halse stecken. »Was! Der alte Larsen? Das ist gut, das ist wirklich gut. Das ist reif für den *Punch*. Außerdem war sie noch mit uns in dieser Waschküche, oder wie immer man das nennt.«

Webb überlegte einen Augenblick. »Nein, das glaube ich nicht. Sie hätte sicher etwas dazu zu sagen gewußt, und ich habe kein Wort von ihr gehört.« Er schwieg einen Moment, dann fügte er hinzu: »Larsen war auch nicht da, das weiß ich genau.«

»Wir verstehen sie nicht«, klagte Mr. Hollander, und es klang so bekümmert wie sonst nur, wenn er einen Fehler im Protokoll anmahnte. »Sie lachen und scherzen unentwegt, aber was steckt dahinter? Nach außen hin sind sie die fröhlichsten Menschen, aber ihre Abtreibungs- und Selbstmordrate ist die höchste auf der Welt. Wenn der armen Frau irgend etwas zugestoßen ist, werde ich mir das nie verzeihen.«

»Sie sind vollkommen verrückt!« rief Bute. »Webb, sagen Sie diesem alten Ziegenbock, er soll sich um Gottes willen zusammennehmen. Wenn Sie nicht auf ihn aufpassen, machen wir uns in ganz Schweden lächerlich.«

Vielleicht war es ganz gut, daß in diesem Augenblick der Dolmetscher auftauchte. Er hatte es eilig und sah bereits auf seine Uhr.

Webb erklärte ihm die Situation, oder vielmehr, er erklärte, daß Miss Bruce vermißt wurde und daß sie sich ihretwegen Sorgen machten.

»Sie wollen, daß ich im Wohnblock anrufe? Zu welchem Zweck?«

»Vielleicht weiß der Hausmeister, ob sie vor oder nach uns weggegangen ist, eventuell sogar, wohin.«

»Na schön, wenn Sie wollen. Aber ich glaube nicht, daß es einen Sinn hat. Als wir unter der Tür standen, hat mich Miss Bruce gefragt, in welchen Geschäften man am besten kleine Andenken kaufen könne. Zehn zu eins, daß sie dorthin gegangen ist.«

»Aber das hätte sie doch niemals heute abend gemacht. Sie wußte schließlich, daß das Dinner stattfindet.«

»Die Gefühle meiner Landsleute kümmern Miss Bruce nicht weiter«, erklärte der Dolmetscher mit ausdrucksloser Höflichkeit. Zum erstenmal hatte er sich offen zu einer Seite bekannt.

»Aber ich bin der Leiter dieser Gruppe«, sagte Mr. Webb. »Allein deshalb wäre es ihre Pflicht gewesen...«

»Miss Bruce ist über einundzwanzig und ein freier Mensch«, bemerkte der Dolmetscher mit einem kaum wahrnehmbaren Achselzucken. »Gut, ich werde anläuten. Aber dann müssen wir gehen. Wir haben uns ohnehin schon verspätet.«

Mit finsterer Miene ging er auf eine der Telefonzellen in der Hotelhalle zu.

»Es ist sinnlos«, jammerte Mr. Hollander verzweifelt.

Und so war es auch. Der Dolmetscher kehrte bald zurück. »Der Hausmeister sagt, er weiß von nichts. Kommen Sie, meine Herren. Wir müssen uns beeilen.«

Was die drei englischen Delegierten bei dieser Abschiedsfeier empfanden, ist schwer zu beschreiben. Wo Miss Bruce hätte sitzen sollen, stand ein leerer Stuhl, davon abgesehen fiel ihre Abwesenheit jedoch nicht weiter auf. Die Gruppe war kleiner als sonst, nur die vier Gastgeber mit ihren Frauen waren gekommen, aber das Angebot an Speisen und Getränken erschien im Verhältnis dazu noch reichlicher als sonst. Das Fest fand in der Privatsuite eines großen Hotels statt, das vielleicht nicht ganz so prächtig war wie das Solliden, aber einen ausgezeichneten Service und eine Küche von einfach überirdischer Qualität zu bieten hatte. Man kam sich fast vor wie auf einem Familientreffen oder einer Abschiedsparty für gute Freunde, auch wenn man sich erst seit einer Woche kannte. Trotz der bevorstehenden Trennung waren die Schweden glänzender Laune. Nur Larsen, der Junggeselle war, wirkte ein wenig gedankenverloren. Sein schallendes Gelächter ertönte nicht so häufig wie sonst... oder bildete man sich das nur ein? Mr. Hollander war zwischen zwei Damen eingekeilt, die ihn anstrahlten, sonst aber nicht viel zur Unterhaltung beitrugen, und anfangs saß auch er wortlos da. Schließlich trank er einen Schluck Schnaps, weil er sich so elend fühlte, dann einen zweiten, weil das sein Wohlbefinden verbesserte, und dann noch viele weitere Schlucke, weil ihm die bisherigen so gut bekommen waren. Nun begann er, mit seinem eigentümlich wiehernden Gelächter in die Heiterkeit der anderen einzustimmen. »Yimmy!« rief jemand. »Yimmy!« »Yimmy!« Alle tranken ihm zu. Er fand, es sei wirklich ein Jammer, daß Miss Bruce einkaufen gegangen war und dadurch dieses großartige Fest versäumte, bei dem er ein so beliebter Gast war.

Mr. Webb stellte sich eingangs ein paar schwierige Fragen und wirkte deshalb steif und in sich gekehrt. War er dafür verantwortlich, daß Miss Bruce fehlte? Hätte er sich mehr bemühen müssen, sie im Zaum zu halten? Seine Autorität geltend zu machen? War Hollander nur ein alter Narr, der ihnen allen ohne jeden Anlaß Angst einjagte? Nachdenklich trank er ein oder zwei Gläser, um einen klaren Kopf zu bekommen. Sein Kopf wurde sehr klar: Wenn Miss Bruce unbedingt verschwinden wollte, ging das außer ihr selbst niemanden etwas an, sie war wirklich sehr aufsässig, und wenn er wieder nach London kam, würde er dem Vorsitzenden einiges zu erzählen haben. Dann trank er noch ein Glas, um diese Erkenntnisse und seine endgültige Entscheidung zu feiern.

Mr. Bute trank von Anfang an beharrlich vor sich hin, ohne sich irgendwelche Ausreden dafür zurechtzulegen. Das sparte Zeit. Irgendwann kam sein Knie in Berührung mit dem Bein der Dame an seiner Seite, und von da an lief alles genauso wie in England. Keine Einwände. Es war doch großartig, wie sehr sich die Menschen auf der ganzen Welt glichen.

Um zehn Uhr stand Larsen auf. Konnte es sein, daß die

Party schon vorüber war? Nein, Larsen mußte sich nur um eine persönliche Angelegenheit kümmern, erklärte der Dolmetscher. Er schüttelte feierlich der Reihe nach allen die Hand (die Schweden waren große Händeschüttler, stellte Mr. Hollander bei sich fest). Irgendwie war ihm so, als hätte er Mr. Larsen eigentlich noch etwas fragen wollen, aber er hatte bereits wieder vergessen, was es war. Schon gut, wahrscheinlich würde er an die Bahn kommen, um sie zu verabschieden. Ein wirklich netter Bursche, und so viel Sinn für Humor. Mr. Larsen wirkte traurig, aber völlig nüchtern, nun, auf jeden Fall nüchterner als alle anderen. Um Mitternacht, nachdem Mr. Webb seine Dankes- und Abschiedsrede, Mr. Bute eine Rede in seinem eigenen Namen und Mr. Hollander eine Rede im Namen der Organisation gehalten hatte, nachdem alle Schweden Ansprachen der einen oder anderen Art hinter sich gebracht und zusätzlich eine Reihe von Liedern mit mehr oder weniger der gleichen Melodie gesungen hatten, erhoben sich alle und verließen die Tafel. War die Party jetzt vorüber? Kein Gedanke! In einem anderen Raum der Suite fing sie erst richtig an. Dort gab es eine Musiktruhe, und alle, die einen Partner finden konnten, begannen zu tanzen. Die drei Damen teilten ihre Gunst gerecht auf... wäre Miss Bruce dagewesen, so hätte man noch eine Tänzerin mehr gehabt. Albern von Miss Bruce, einfach einkaufen zu gehen. Es war sehr angenehm, hier zu sitzen, Kekse zu knabbern und an kleinen Gläsern zu nippen, überlegte Mr. Hollander, der nie Gelegenheit gefunden hatte, tanzen zu lernen. Er wünschte, es gäbe dergleichen auch in England. Mr. Bute hatte eine der Damen auf dem

Schoß. Das war nicht fair, wo die Damen doch ohnehin so knapp waren. Mr. Hollander drohte ihm vorwurfsvoll mit dem Finger. Mr. Webb war eingenickt, aber er sah immer noch aus wie ein zuverlässiger Mann, ein Mann, dem man Vertrauen schenken konnte, ein wertvolles Mitglied des Komitees.

Als sie ins Hotel zurückkamen, war es vier Uhr morgens. Die kalte Nachtluft hatte sie vorübergehend munter gemacht, und sobald sie wieder in der Halle standen, kehrte auch die Erinnerung an das Problem zurück, das sie genau an diesem Ort früher am Abend so sehr beschäftigt hatte: das Verschwinden von Miss Bruce.

»Mal nachschehen, ob schie in ihrem Schimmer ist«, sagte Mr. Bute. Er versuchte, dem Nachtportier zu erklären, was er vorhatte, doch der unterstellte ihm sofort unmoralische Absichten. Erst Webb konnte den Angestellten schließlich dazu überreden, seinen Hauptschlüssel zu nehmen und, während sie alle hinter ihm standen, die Tür zu öffnen. Die drei hatten den armen Mann so eingeschüchtert, daß er nicht wagte, das Ansinnen abzulehnen, aber normalerweise hätte er so etwas nie getan. Es verstieß gegen jede Hotelvorschrift, die jemals erlassen worden war. »Nur einen kurzen Blick«, bettelte Hollander. Der Portier wurde nicht klug aus diesen Leuten, aber er nahm an, sie seien eben verrückt wie alle Engländer. Als im Schein einer Straßenlaterne erkennbar wurde, daß das Bett leer war, fühlte er sich sehr erleichtert; die Vorstellung einer gemeinschaftlichen Vergewaltigung hatte nämlich immer noch in seinem Kopf herumgespukt. Sobald auch die Engländer sahen, daß niemand in dem Bett lag, zogen sie sich in ihre eigenen Zimmer zurück, und das war auch gut so. In Wirklichkeit gingen sie jedoch in Webbs Zimmer, um zu beratschlagen – oder was sie so nannten.

Das merkwürdige war, daß sie jetzt alle den Verdacht hatten, Larsen habe Miss Bruce in den Verbrennungsofen gestoßen – nur die Reaktion auf diese schreckliche Vermutung war bei jedem eine andere.

Hollander wurde rührselig. Die Tränen liefen ihm aus blutunterlaufenen Augen über die mageren Wangen, und er schluchzte: »Schehen Schie denn nicht, dasch wir alle einverschtanden waren? Er schagt: Scholl ich? Wir schagen ja. Er schagt ›Yimmy?‹ und schucht offischielle Unterschtütschung. Ich schage ja, unbedingt. Werde ich mir nie verscheihen, niemals. Aber wer hätte gedacht … Das Problem isch … wir verschtehn schie einfach nich'. Wir verschtehn schie überhaupt nich'.«

»Wenn Sie mich fragen, so hat sie eine ordentliche Abreibung verdient«, erklärte Bute. »Ich versuche nur, die Sache von seiner Warte aus zu sehen. Das is' die einssige Möglichkeit, die internationalen Beziehungen zu verbessern … man muß den Standpunkt des anderen begreifen.« Hier hob er mahnend den Zeigefinger. »Hat keinen Sinn schu – su sagen, richtig oder falsch, es is' mein Land. Hat überhaupt keinen Sinn. Sie war verdammt unverschämt – haben Sie selbst gesagt, Hollander. Man hätte ihr den Hintern versohlen müssen.«

»Aber er hätte schie nicht in die Müllverbrennung schtecken dürfen.«

»Oh, da geb' ich Ihnen recht.«

»Nicht dafür gedacht. Verbrennt alles, schagte er, alle Abfälle. Kein Geruch – vollkommen hygienisch. Trotschdem – Teeblätter, Kohlschtrünke – aber nicht Misch Bruce. Ganz allein meine Schuld. Sollte keine Witsche machen, wenn man die Leute nicht kennt. Als Sche – als Sche – in meiner Schtellung – ach du meine Güte.«

»Was mich beunruhigt«, verkündete Mr. Webb sehr langsam und gewichtig, »ist die Ungewißheit, welche Komplikationen sich aus diesem bedauerlichen Vorfall ergeben könnten. Als Mitglieder einer Organisation, die überall auf der Welt bekannt und geachtet ist, als Vertreter – und ich sage dies in aller Bescheidenheit –, als Vertreter einer altehrwürdigen, von den Traditionen der Antike durchdrungenen Institution...«

»He, das ha'm wir doch alles schon mal gehört«, unterbrach Bute. »Das war doch'n Teil von Ihrer Rede?«

Webb sah ihn nicht sehr begeistert an.

»Versteh nicht ganz, was das damit zu tun hat, alter Junge«, fuhr Bute fort. »Tatsache is' und bleibt, daß sie sich sehr unvernünftig benommen hat. Sie war richtiggehend taktlos. Hat nach der Hand geschnappt, die sie gefüttert hat. Will ja nicht behaupten, daß ich Langusten besonders mag, aber alles in allem habe ich in meinem ganzen Leben noch nie so gut gegessen oder getrunken wie hier. Warum mußte sie ständig an allem rumnörgeln?«

»Kann isch mir nie verscheihen«, jammerte Hollander leise.

»'n so verdammt großer Ofen in 'nem öffentlichen Gebäude dürfte gar nich' zugelassen werden«, behauptete Bute.

»In einer solchen Situation muß man mit größtem Fingerspitzengefühl vorgehen«, verkündete Mr. Webb. »Man kann nur annehmen ... mein Gott, er ist auf meinem Bett eingeschlafen. Haben Sie das gesehen? Hollander ist einfach eingeschlafen.«

»Lassen Sie ihn«, riet Bute, der plötzlich stocknüchtern zu sein schien. »Er hat vielleicht einen sitzen, aber er weiß schon, warum er sich Sorgen macht. Mir geht's nicht anders. Mann, wir sitzen in der größten Klemme seit Anbeginn der Geschichte. Was immer der armen Miss Bruce zugestoßen sein mag, es ist eben passiert. Aber wenn die Sache rauskommt, was, verdammt noch mal, steht uns dann bevor?«

»Wir müssen morgen als erstes den Konsul anrufen«, erklärte Mr. Webb, der sich jetzt wieder auf kürzere Sätze beschränkte.

»Jetzt ist morgen früh.«

»So ist es, so ist es«, stöhnte Webb.

»Wir müssen uns absprechen, was wir ihm erzählen wollen. Es genügt doch wohl, wenn wir sie als vermißt melden, oder?«

»Was? Und den Kerl sollen wir ungeschoren davonkommen lassen?«

»Hören Sie, Webb, glauben Sie denn, daß Ihnen irgend jemand diese Geschichte abnimmt, selbst wenn er Brite ist? Larsen ist ein wichtiger Mann. Der Konsul ist wahrscheinlich seit Jahren hier ansässig. Der wird sich hüten, sich unseretwegen zu weit aus dem Fenster zu lehnen.«

»Es ist eine Gewissensfrage«, behauptete Webb spießig.

»Zum Teufel mit dem Gewissen«, sagte Bute. »Wenn

Sie Hollander auf diese Tour kommen, wird er alles ausplaudern. Der stellt uns noch als Helfershelfer hin.«

»Das waren wir doch auch, oder nicht?«

Bute blies die Backen auf. »Ich lasse mich da nicht reinziehen.«

»Aber Sie waren auch dabei. Ich weiß nicht, wie wir vor einem Gericht abschneiden würden, egal, ob skandinavisch oder britisch, aber wie wir in der Öffentlichkeit dastünden, ist mir klar.«

»Es war doch nur ein Witz.«

»Für uns. Aber wie hat Larsen es aufgefaßt?«

»Er hat sich krankgelacht.«

»Worüber lachen die denn überhaupt? Hollander hat recht. Was wissen wir schon über die Ausländer? Was wissen wir über die Deutschen? Die Russen?«

All die umgänglichen Schweden waren plötzlich zu gräßlichen Ungeheuern geworden.

Bute schauderte, und das Schaudern ging in ein Gähnen über. »Ich kann die Augen nicht mehr offenhalten. Ich brauche ein paar Stunden Schlaf.«

»Wir legen uns beide aufs Ohr«, entschied Webb. »Den Konsul kann ich mir sowieso erst schnappen, wenn er aufgestanden ist. Die Schwierigkeit ist nur, daß um zehn Uhr dreißig unser Zug fährt.« Er rieb sich die brennenden Augen. »Wir werden ihn wohl versäumen müssen.« Nun gähnten sie beide.

Dann zogen sie Hollander die Kissen unter dem Kopf weg, nahmen sich jeder eins und ließen sich auf dem Boden nieder. Ehe sie sich noch richtig hingelegt hatten, waren sie auch schon eingeschlafen.

Um acht Uhr begann direkt über Webbs Kopf ein Preßlufthammer zu lärmen. Oder bohrte er sich vielleicht direkt in seinen Kopf hinein? Es war nur das Telefon.

Webb fuhr mit einem Ruck hoch, streckte den Arm aus und nahm den Hörer. Bute öffnete die Augen, und Hollander stützte sich auf einen Ellbogen. Binnen Bruchteilen von Sekunden waren die Schwierigkeiten der letzten Nacht wieder präsent, dabei drohten ihnen die Köpfe zu zerspringen, und ihre Zungen waren rauh wie Flanell.

»Es ist der verdammte Dolmetscher«, sagte Webb. »Er will wissen, ob Miss Bruce zurück ist.«

»Du meine Güte«, stöhnte Bute.

»Sie ist nicht da«, sagte Webb schroff ins Telefon.

Der sonst so großsprecherische Delegationsleiter, der da auf dem Boden saß und, wie es den beiden anderen schien, eine Ewigkeit in den Hörer lauschte, schien nur noch eine Karikatur seiner selbst zu sein. Aus seinem halb benommenen Gesichtsausdruck war unmöglich zu ersehen, was für einen Bescheid er erhielt. Endlich sagte er: »Schön, ich danke Ihnen. Nicht mehr zu ändern«, rappelte sich auf und legte den Hörer auf die Gabel zurück.

Dann räusperte er sich. »Offenbar hat es ein kleines Malheur gegeben. Miss Bruce hat auf eigene Faust im Kellergeschoß des Wohnblocks herumgeschnüffelt, und dabei hat sie sich in einen Besenschrank eingeschlossen. Der Hausmeister hat sie erst am Morgen gefunden. Mr. Larsen hat sich anscheinend Sorgen wegen ihrer Abwesenheit gemacht, er ist hingefahren und hat sie aufgespürt.«

»Er hat sie eingeschlossen«, sagte Bute. Zumindest in diesem einen Punkt sah er ganz klar.

»Es ist ihr nichts geschehen, sie ist völlig unversehrt. Man schickt sie in einem Wagen hierher, zum Frühstück müßte sie bei uns sein. Der Dolmetscher wollte nur wissen, ob sie schon angekommen ist, um sich für das Mißgeschick zu entschuldigen.«

Ihre Gesichter waren sehenswert. Nachdem sie sich langsam auf die veränderte Lage eingestellt hatten, nahm das Gespräch eine neue Wendung.

»Sie wird Gift und Galle spucken«, sagte Bute. »Es war aber auch wirklich ein übler Streich.«

»Die haben einfach weniger Verantwortungsgefühl als wir«, behauptete Webb.

»Sie wird sich fragen, warum wir nicht früher nach ihr gesucht haben«, quäkte Hollander. »Wenn sie zurückkommt, werden wir einiges zu hören bekommen. Sie könnte uns große Unannehmlichkeiten bereiten.«

»Unangenehm wird es tatsächlich werden«, sagte Bute. »Mir tut ohnehin alles weh, und wenn es etwas gibt, dem ich mich nicht gewachsen fühle, dann ist es ein aufgebrachtes Frauenzimmer am Frühstückstisch.«

»Ich schätze, wir werfen uns am besten in Schale und stellen uns dem Donnerwetter«, sagte Webb entschlossen. »Rufen Sie mich, wenn Sie fertig sind, dann gehen wir gemeinsam hinunter.«

Sie hatten bereits vergessen, daß Miss Bruce, hätten ihre früheren Befürchtungen sich bewahrheitet, sich nur noch in Form von ein paar Ascheflocken auf das schöne Land Schweden hätte niedersenken können.

Als sie eine Viertelstunde später, frisch rasiert und ziemlich verlegen, im Gänsemarsch den Speisesaal betraten, war Miss Bruce mit ihrem Frühstück schon fast fertig. Sie blickte auf und lächelte.

»Guten Morgen, meine Herren. Hoffentlich haben Sie gut geschlafen. Nach allem, was ich hörte, war es ein rauschendes Fest.« Sie trug bereits ihre Reisekleidung und wirkte sehr adrett und ausgeglichen. Jetzt bestrich sie ihr letztes Stück Roggenbrot mit Butter, tropfte Honig darauf und steckte es in den Mund.

»Köstlich«, sagte sie. »Ich werde das schwedische Frühstück vermissen. Außerdem bin ich zu der Ansicht gelangt, daß Tee ohne Milch wirklich viel besser schmeckt.«

Den drei Männern hatte es die Sprache verschlagen, sie setzten sich stumm.

»Nun«, sagte sie, noch immer mit diesem sanften Lächeln. »Sie werden mich jetzt sicher entschuldigen. Ich muß noch ein paar Sachen einpacken. Alle guten Dinge haben einmal ein Ende, so traurig es auch ist.«

Webb rappelte sich auf, die anderen blieben einfach sitzen und sahen ihr mit offenem Munde nach.

Einen Augenblick sprach keiner ein Wort. Was hatte Miss Bruce so verwandelt? Hatte der lange Aufenthalt zwischen den Besen sie zur Vernunft gebracht und ihr gezeigt, wie falsch sie sich verhalten hatte?

»Mich würde interessieren, wie lange sie überhaupt in diesem verdammten Schrank gesteckt hat«, platzte Mr. Bute auf seine bekannt derbe Art heraus.

»Sie sieht aus ...« begann Mr. Webb, und dann hielt er

plötzlich inne, als blieben einige Dinge besser ungesagt, vor allem für Leiter von Delegationen.

Wer weiß? Denn was kann es in einem Besenschrank, selbst in einem schwedischen Besenschrank schon geben, was die Augen einer Frau so zum Leuchten bringt, eine so gesunde Röte auf ihre Wangen zaubert, ihr so viel neuen Schwung verleiht und nicht zuletzt bewirkt, daß sie alles weit weniger streng beurteilt?

Ein schrecklicher Verdacht entstand in den Köpfen der drei Männer, und sie starrten sich ungläubig an.

Dann runzelte Mr. Hollander die Stirn, so konzentrierte er sich, und sagte: »Wenn wir uns nicht einmal untereinander durchschauen, wie in aller Welt sollen wir es dann jemals schaffen, die Schweden zu verstehen?«

Ein Akt der Barmherzigkeit

Mrs. Gossett hatte nichts, und deshalb hatte sie auch nicht viel zu verlieren.

Ein bißchen etwas besaß sie allerdings schon. Sie hatte ein paar Möbel und ein paar wertlose Ziergegenstände, ein uraltes Radio und ein Dach über dem Kopf, und sie hatte ihre Rente, die sie jede Woche vom Postamt abholte. Gewiß, bei einem solchen Gang zum Postamt war einer ihrer Nachbarinnen die Handtasche entrissen worden, aber Mrs. Gossett war da vorsichtiger. Sie verstaute das willkommene Bargeld immer in der Innentasche ihres alten Mantels und eilte auf dem schnellsten Wege nach Hause. Dort teilte sie es auf vier kleine Schachteln auf: eine für die Miete (vom Staat unterstützt), eine für rauchloses Heizmaterial (nicht vom Staat unterstützt), eine für Strom und, man mag es glauben oder nicht, eine für wohltätige Zwecke. Was übrig blieb, legte sie für Essen und gelegentliche Extravaganzen beiseite – zum Beispiel, um sich die Schuhe neu besohlen zu lassen.

Sie lebte in einem winzigen, einstöckigen Reihenhaus, ohne Badezimmer, aber mit einer Innentoilette im Zwergformat, ein Umstand, der sie immer wieder beglückte. Etwa einen Meter von der Eingangstür entfernt begann die Treppe nach oben.

Sie stand nicht allein auf der Welt. Drei Straßen weiter, in einem etwas größeren Reihenhaus, wohnte ihre Tochter, die ihrerseits drei Kinder hatte, Zwillingsmädchen und einen Jungen. Der Junge war der älteste, aber die Lieblinge der Mutter waren die Zwillinge. Sie zählten sieben Jahre, und Roger war neun, etwas klein geraten, aber keineswegs schwächlich. Die Zwillinge bekam Mrs. Gossett nur selten zu sehen, aber Roger kam regelmäßig zu ihr zum Tee. Er war nicht schwatzhaft wie seine Schwestern, er hörte lieber zu, und er pflegte sich auf einen Schemel in die Nähe des Kamins zu setzen und seine Großmutter aus ernsten braunen Augen anzusehen, während sie von den bescheidenen Vorkommnissen ihres täglichen Lebens berichtete. Sie fühlte sich wohl in seiner Gesellschaft und vertraute ihm sogar ihre kleineren und größeren Wehwehchen an, eine Schwäche, die sie sich sonst bei niemandem gestattete.

Nur wenn er eine Ansicht oder eine Bemerkung von zu Hause mitbrachte, tat sich eine Kluft zwischen ihnen auf.

Eines Tages erklärte er aus heiterem Himmel: »Mein Dad sagt, du warst ein Dienstbote.« Irgendwie haftete seinem Satz eine Spur erwachsener Überheblichkeit an.

Mrs. Gossett stocherte im Feuer herum, um sich zu beruhigen.

»Ich schäme mich deshalb nicht. Und ich darf dich vielleicht daran erinnern, junger Mann, daß dein Dad auch zu den Bediensteten gehört.«

Rogers Vater arbeitete als Schalterbeamter bei der Post.

»Aber er ist im öffentlichen Dienst.«

»Dienst ist Dienst, ob öffentlich oder nicht.«

Der Unterschied war ihr wohl bewußt, aber sie bezweifelte, daß das auch für ihren Enkel galt.

Am nächsten Tag erschienen die Zwillinge, sie waren im

Supermarkt neu ausstaffiert worden und sahen zum Anbeißen süß aus. Sie kamen zum erstenmal allein, bisher hatte ihre Mutter sie immer begleitet.

»Du meine Güte!« rief Mrs. Gossett, als sie ihnen die Tür öffnete. »Ganz allein. Was sind wir schon groß. Und wie schick wir aussehen!«

»Wir beide sehen schick aus, du nicht, Oma«, verbesserte Maybelle.

»Na, jetzt kommt erst mal rein. Zieht die Jacken aus, oder was immer das sein soll, und dann wollen wir mal sehen, ob wir ein paar Kekse finden.«

»Wir können nicht lange bleiben, Oma«, sagte Queenie. »Höchstens ein paar Minuten. Wir sollen erledigen, wozu wir gekommen sind, und dann müssen wir ganz schnell nach Hause.«

»Wir sollen uns an den Händen halten, nach rechts und links schauen, ehe wir die Straße überqueren, und wenn uns ein Fremder anspricht, sollen wir schreien«, leierte Maybelle herunter.

»Das ist auch ganz richtig so. Aber wozu seid ihr denn nun gekommen, Schätzchen?« Sie konnte sich nicht überwinden, die beiden mit ihren ausgefallenen Namen anzusprechen.

»Zuerst du«, sagte Queenie und stieß ihre Schwester an.

»Ich wollte dir das hier bringen, Oma. Es sind meine liebsten Bonbons, und deshalb dachte ich, sie würden dir schmecken.«

Sie streckte ihrer Großmutter eine kleine Papiertüte entgegen, und diese stellte fest, daß sie ein Viertelpfund Gummibärchen enthielt.

»Sie sind nämlich ganz weich«, fügte Maybelle etwas weniger feierlich hinzu. »Du kannst sie lutschen, und selbst wenn du sie zerbeißt, schaden sie deinen Zähnen nicht.«

»Und ich wollte dir dieses Filzdeckchen bringen«, mischte sich Queenie ein, die sich nicht länger beherrschen konnte. »Ich habe es selbst gemacht. Die Blume soll ein Gänseblümchen sein. Du kannst etwas draufstellen, wenn du willst.«

Mrs. Gossett drückte die Geschenke an sich und bedankte sich bei allen beiden mit einem Küßchen auf die Wange.

»Habt ihr etwa geglaubt, ich habe Geburtstag?« fragte sie erstaunt.

»Nein, es ist viel wichtiger. Hast du dich über unsere Geschenke auch wirklich gefreut, Oma?« Maybelle wirkte etwas unsicher.

»Aber natürlich, mein Liebling. Ich weiß nicht, was ich mir mehr gewünscht habe, die Bonbons oder das Deckchen.« Das war die reine Wahrheit.

»Dann ist alles in Ordnung. Komm, Queenie. Wir dürfen nicht zu spät kommen, sonst haben wir keine Zeit mehr für du weißt schon was.«

Mit diesen rätselhaften Worten brachen die beiden wie befohlen Hand in Hand auf. Sie ließen sich nur einmal kurz los, um zu winken, ehe sie um die Ecke bogen.

Mrs. Gossett ging in die gute Stube zurück, legte das Deckchen auf die Anrichte und stellte die Gummibärchen darauf.

Sie wurde aus der Sache nicht klug. Ihre Neugier sollte

jedoch befriedigt werden, als wenige Stunden später ihre Tochter auftauchte. Freilich tat Elsie, die ständig bemängelte, daß ihr Taufname eigentlich kein ›i‹ vor dem ›e‹ habe, die Frage ihrer Mutter als belanglos ab.

»Es geht um irgendeinen Wettbewerb, den sie in einem ihrer Comics gefunden haben. Jeder soll seiner Oma eine Freude machen, und wer die beste Postkarte schickt, bekommt einen Preis.« Sie hatte wichtigere Neuigkeiten zu berichten.

»Wußtest du schon, daß neben dir jemand mit einem Adelstitel wohnt?« Elsie hatte eine romantische Ader, und sie dürstete nach allem, was mit der Aristokratie zu tun hatte.

»Ich habe so etwas läuten hören«, gab Mrs. Gossett vorsichtig zu. Wie hätte es auch anders sein können, war doch die ganze Straße in heller Aufregung, seit die neue Bewohnerin eingezogen war. Damit die Zwillinge nicht darüber tratschten, hatte sie diese Neuigkeit für sich behalten wollen.

»Wenn du es gewußt hast, warum hast du dann so ein Geheimnis daraus gemacht?« fragte ihre Tochter vorwurfsvoll.

»Ach, Elsie, das ist doch lächerlich. Es war kein Geheimnis, und überhaupt geht es uns gar nichts an. Und als die Bauarbeiter jeden Tag hier waren und einen solchen Krawall veranstalteten, hättest du doch selbst merken können, daß sie nicht von der Gemeinde beauftragt waren.«

»Ron sagte, sie wollten das Haus abreißen.«

Mrs. Gossett war schon immer der Ansicht gewesen, daß ihr Schwiegersohn nicht alle Tassen im Schrank hatte!

»Wenn man ein Haus abreißen will«, erklärte sie geduldig, »baut man doch nicht zuerst hinten ein neues Badezimmer an.«

»Er hat ja nicht gesehen, was sie machten, und ich bin keine, die überall herumschnüffelt. Aber warum in aller Welt will denn so jemand in diesem Sl... viertel wohnen?«

»Die vornehmen Leute sind uns keine Rechenschaft schuldig. Vielleicht war es nur so eine Laune. Vielleicht konnte sie sich aber auch nichts Besseres leisten.«

»Das glaubst du doch wohl selbst nicht, Mutter. Sie ist ein Spitzenmodell und außerdem eine Lady. Sie muß im Geld schwimmen. Ich finde es nicht richtig, daß sich solche Leute die Häuser unter den Nagel reißen, die eigentlich für die Armen bestimmt sind.«

Überflüssig zu fragen, von wem diese Ansicht stammte.

»Wenn sie für das Haus bezahlt hat, Elsie, dann hat sie ebenso ein Recht darauf wie jeder andere.«

»Weißt du, wieviel?«

»Nein, das weiß ich nicht.«

»Eine schöne Summe, möchte ich wetten. Stell dir vor, was wir hätten rausholen können, wenn du deines damals gekauft hättest, anstatt es zu mieten.«

»Ach, und wo hätte ich dann wohnen sollen?«

Falls Elsie darauf eine Antwort wußte, so rückte sie nicht damit heraus.

»Man sagt, sie hat einen grellgelben Sportwagen. Er steht aber jetzt nicht draußen.«

»Ich nehme an, sie ist weggefahren, um ihren Freund zu besuchen«, erklärte ihre Mutter unerwartet tolerant.

»Ich hätte sie zu gerne gesehen.« Der Seufzer kam aus

tiefstem Herzen. Hin und wieder kamen Elsies wirkliche Gefühle trotz Rons Einfluß doch noch zum Vorschein.

»Wenn es dir ein Trost ist, ich habe die junge Dame selbst noch nicht zu Gesicht bekommen, und das wird auch so bleiben, es sei denn, sie schneit plötzlich herein, um sich eine Tasse Zucker zu borgen.« Sie warf einen verschmitzten Blick auf Elsie, die es haßte, an das Leben früher in dieser Straße erinnert zu werden.

Mrs. Gossett sollte sich jedoch irren. Noch am gleichen Abend klopfte es, und in der Tür des kleinen Wohnzimmers stand eine unglaubliche Erscheinung. Wie eingerahmt stand sie da, der Kopf berührte fast den Türsturz, denn sie war wie die meisten Modelle übergroß. Sie hatte sich noch nicht abgeschminkt, und wäre sie nicht in einen Hausmantel gehüllt gewesen, der sicher noch nie zuvor in einer so unpassenden Umgebung zur Schau gestellt worden war, sie wäre so dürr erschienen wie eine Bohnenstange. Nun wagte sie sich einen Schritt weiter ins Zimmer und streckte ihre schmale, sorgfältig manikürte Hand über die Rückenlehne der Couch.

»Ich bin Lettice, Ihre Nachbarin.«

Mrs. Gossett erhob sich so schnell, wie ihre steifen Knie es erlaubten, trat vor und umfaßte die Hand mit ihren gichtigen Fingern so sanft wie eine Feder.

»Sie sind Lady Lettice Meredith«, verbesserte sie. »Und ich bin Gossett. Ich stand bei den Colclough-Mainwarings in Diensten, sie lebten in der Abtei, keine zwanzig Meilen von Ihrem Geburtsort entfernt.«

»Tatsächlich!« Die klassischen Züge wurden unter der Maske erkennbar und zeigten freudige Überraschung.

»Das waren Vettern zweiten Grades von uns. Damit sind wir so gut wie verwandt. Jetzt bin ich sicher, daß ich Sie bitten darf, ein Auge auf meine Wohnung zu haben, während ich weg bin. Wie geht es übrigens den Mainwarings? Ich habe überhaupt keinen Kontakt mehr zu ihnen.«

Schon lange tot, dachte Gossett. Und tatsächlich hatten ihr Herr und ihre Herrin, von denen einige Leute glaubten, ihr einziger Anspruch auf Nachruhm bestehe darin, daß ihr Name nicht so ausgesprochen wurde, wie man ihn schrieb, diesen Namen nun für immer in die Steintafel der Familiengruft einmeißeln lassen. Was sie sagte, war freilich: »Sie haben auch keinen Kontakt mehr zu mir. Ich war ja nur das Hausmädchen«, und dabei lächelte sie.

»Wie aufregend!« Keine Spur von Ironie war aus der Stimme herauszuhören. »Als Kind hat es mich immer brennend interessiert, was wohl hinter den Kulissen vor sich ging. Grimes hat nie einen von uns in den Dienstbotenflügel gelassen. Er war damals der Butler, ein wahrhaft furchterregender Mensch. Ich hatte schreckliche Angst vor ihm. Sagen Sie, hätten Sie etwas dagegen, wenn ich mich setze? Ich habe gerade einen Fototermin hinter mir und bin völlig erschöpft.«

Sie ging um die Couch herum, ließ sich in die Polster fallen und forderte Mrs. Gossett auf, es ihr nachzutun. Mrs. Gossett nahm auf der äußersten Kante Platz und sagte schüchtern: »Es war wirklich jammerschade, daß Sie Ihr Haus aufgeben mußten. Das werde ich der Regierung niemals verzeihen.«

»Ach, ich weiß nicht. Die Zeiten sind vorbei. Wer klammert sich schon an abgelegte Kleider?«

»Ich zum Beispiel«, sagte Gossett und schaute in ihren Schoß. Sie fanden diese Bemerkung beide erheiternd.

»Das Haus nebenan gefällt mir viel besser. Sie wissen gar nicht, wie himmlisch es ist, eine Wohnung ganz für sich allein zu haben, nachdem man die ganze Zeit bei Freunden gewohnt oder versucht hat, sich mit anderen ein Appartement zu teilen. Ich bin so gerne für mich. Ihnen geht es vermutlich genauso.«

»Ja, das stimmt.«

»Natürlich kann ich nicht so oft hiersein, wie ich gerne möchte. Man muß schließlich arbeiten. Und dann die Parties und so ... na ja.«

Mrs. Gossett erbot sich, ihr eine Tasse Tee zu machen, aber das lehnte sie ab.

»Das ist wirklich bezaubernd von Ihnen, Gossett, aber ich muß gehen. Das Zeug hier (sie deutete auf ihr Gesicht) muß noch alles runter, ehe ich mich schlafenlegen kann.«

»Fühlen Sie sich wohl dort drüben?«

»Und wie! Ich habe viel daran machen lassen. Sie müssen einmal kommen und es sich ansehen.«

»Das wäre sehr nett.«

Aber sie hatte nicht vor, den Besuch zu erwidern, denn obwohl ihr ungeladener Gast sicher die Existenz von Klassenunterschieden abgestritten hätte, erkannte sie ganz klar, daß sie selbst die angeborene Überzeugung, jeder Mensch habe seinen Platz im Leben, den er auch nicht verlassen sollte, nicht würde abschütteln können.

Am nächsten Tag kam Roger wie gewohnt nach der Schule zu Besuch.

Nachdem er seinen Regenmantel aufgehängt hatte,

setzte er sich auf seinen Schemel und fummelte in seiner Jackentasche herum. Er machte ein schuldbewußtes Gesicht.

»Was hast du denn da?« fragte seine Großmutter argwöhnisch, denn sie wußte, daß er manchmal eine Maus mit sich herumtrug.

»Nichts. Nichts Lebendiges jedenfalls.« Und dann fuhr er fort, wie um das Thema zu wechseln: »Mum sagt, gleich nebenan wohnt ein Modell. Wie sieht sie aus?«

»Anders als die, die du aus Balsaholz und Leim bastelst.«

Mrs. Gossett fühlte sich schläfrig. Sie setzte sich in ihren geliebten Polstersessel mit der niedrigen Lehne zu ihm ans Feuer. Eigentlich war es für ein Feuer noch zu früh im Jahr, ein richtiger Luxus, aber sie fand es einfach gemütlich. Außerdem wärmte sie sich in den Flammen oft einen Topf Milch oder kochte sich ein paar Kartoffeln, die sie gerne aß, und das kam dann doch billiger als der elektrische Strom.

Roger wollte vermutlich seinen Tee haben. Egal, er würde ein wenig warten müssen. Sie war am Abend zuvor, nachdem der vornehme Besuch gegangen war, noch lange aufgeblieben und hatte an die Zeit als Hausmädchen bei den Colclough-Mainwarings gedacht. Als sie dort gearbeitet hatte, war diese junge Frau noch gar nicht geboren. Komisch, daß sie sich für das Leben in den Dienstbotenräumen interessiert haben sollte. So aufregend war es dort nun wieder nicht zugegangen, freilich hatte es auch Höhepunkte gegeben, und an einige davon konnte sie sich noch genau erinnern. In gewisser Hinsicht hatte sie dieses Milieu vermißt, als sie Albert geheiratet hatte, der nun leider ... nun, damit beschäftigte man sich besser nicht weiter. Gestern hatte sie sich erst nach elf schlafen gelegt, gewöhnlich ging sie um zehn zu Bett. Kein Wunder, daß ihr jetzt fast die Augen zufielen.

Auch wenn Roger Hunger hatte, er wahrte sein freundliches Schweigen, und unwillkürlich nickte sie ein.

Plötzlich schreckte sie auf, weil etwas ihr Gesicht berührte; fieberhaft versuchte sie, es wegzustoßen, während Roger, der hinter ihr stand, ebenso entschlossen war, es nach unten zu ziehen. Er war zwar kräftig, aber sie war drahtig. Und für sie ging es ums Überleben. Sie kam glücklich auf die Füße, zwang ihn, seinen Griff zu lockern, und riß sich das Ding ab, das ihr den Atem nahm. Da stand sie nun, mit der Plastiktüte in der Hand, während Roger aufgab, seine für sein Alter großen Hände sinken ließ und ängstlich wartete, was nun kommen würde.

Plötzlich ging die Tür auf, Lettice trat ein, betrachtete verdutzt die Szene und wollte sich gleich wieder zurückziehen.

»Alles in Ordnung, Lady Lettice«, versicherte ihr Mrs. Gossett. »Das ist nur mein Enkel, der mich gerade ermorden wollte.«

»Oh, wenn es eines von diesen Spielen ist ...« Erleichtert trat die junge Frau näher.

»Ich bin ziemlich sicher, daß es kein Spiel war«, erklärte Mrs. Gossett grimmig, während sie mit einer Hand ihren Hals betastete und mit der anderen weiter die Tüte umklammert hielt. »Gib mir diese Schnur, Roger.«

Er gehorchte ohne Widerspruch. Die alte Frau wandte

ihren Besuchern den Rücken zu und warf Tüte und Schnur ins Feuer. Als das Plastik einzuschrumpeln begann, versetzte sie ihm einen Stoß mit dem Schürhaken, worauf es in Flammen aufging.

»Ich glaube, ich lasse Sie besser allein. Ich wollte nur sagen, daß ich für etwa eine Woche wegfahre.«

»Keine Sorge, Mylady. Ich werde schon darauf achten, daß niemand einbricht. Ich kenne alle Nachbarn und... Nein, bitte gehen Sie noch nicht. Ich würde mich freuen, wenn Sie ein paar Minuten bleiben könnten. Jetzt mache ich uns allen erst mal eine schöne Tasse Tee, ja? Mit viel Zucker, das soll gut für die Nerven sein. Ich fühle mich ein bißchen schwach auf den Beinen. Ich stelle gleich den Kessel auf. Das Wasser kocht sofort. Roger, das ist die Dame, von der du vorhin gesprochen hast.«

Mit diesen unzusammenhängenden Bemerkungen verschwand Mrs. Gossett zutiefst aufgewühlt in der Küche. Die beiden Zurückgebliebenen beäugten sich unbehaglich. In ihrem Beruf begegnete Lady Lettice den sonderbarsten Menschen, aber dies war das erstemal, daß sie Auge in Auge einem mordlustigen Enkel gegenüberstand. Sie gewann jedoch den Eindruck, daß sie nötigenfalls schon mit ihm fertigwerden konnte.

Wie gewöhnlich erschöpft von zu viel Arbeit und zu viel Vergnügen, ließ sie sich auf die Couch sinken, legte die Füße hoch und sagte: »Wenn ich mich setze, kannst du es auch tun. So ist es in vornehmen Kreisen üblich.«

Roger nahm seinen Platz auf dem Schemel wieder ein, und daraufhin musterten sie sich weiter. Sie hätten von zwei verschiedenen Planeten stammen können, ja, es hätte

Roger nicht überrascht, hätte er erfahren, daß dieses elegante, in die neuesten Kreationen der sogenannten Freizeitmode gekleidete Wesen direkt aus dem Weltraum gekommen war.

Was Lettice anging, so erstreckten sich ihre Erfahrungen mit dem männlichen Geschlecht nicht auf neunjährige Jungen, und sie fragte sich, was wohl in diesem runden Kopf unter dem dichten Haarschopf vorgehen mochte.

Auf seine gewohnt wortkarge Weise gab Roger nur einen einzigen Satz von sich.

»Die Federn sind hinüber«, verkündete er sachlich.

»Was?« Zuerst hatte Lady Lettice den abwegigen Verdacht, er spräche von Vögeln, aber dann wurde ihr klar, daß er das Sofa meinte. »Das ist mir noch gar nicht aufgefallen«, antwortete sie. Danach schwiegen sie beide.

Inzwischen verrichtete Mrs. Gossett in der Küche die altgewohnten Handgriffe und fand dabei ihre Gelassenheit wieder. Während sie wartete, bis das Teewasser kochte, kämmte sie sich und wusch sich am Wasserhahn die Hände. Dann trat sie mit dem Teetablett, auf dem auch ein Teller Schokoladenkekse stand, wieder in die gute Stube. Sie fühlte sich nicht in Stimmung, um Butterbrote herzurichten.

Lettice nahm ihre Füße von der Couch und nippte dankbar an dem heißen, dampfenden Trank, während Roger wie gebannt die langen, manikürten Finger anstarrte, die um den Griff von Großmutters bester Porzellantasse lagen. Als der Tee weit genug abgekühlt war, trank er in durstigen Zügen, als sei er von seinem jüngsten Abenteuer vollkommen ausgedörrt.

»Das ist ja *richtiger* Tee«, sagte Lettice. »Ich verwende nur Beutel.«

»Ich sage immer...«, begann Mrs. Gossett, doch dann hielt sie inne. Was sagte sie eigentlich immer? Sie hatte ihre fünf Sinne offenbar noch nicht ganz wieder beisammen.

Lettice bemerkte, wie erschüttert sie noch war, und entschied, man könne die Sache nicht so einfach auf sich beruhen lassen.

»Er sieht eigentlich nicht aus wie ein schlechter Junge, Gossett«, bemerkte sie.

»Oh, das ist er auch nicht, Lady Lettice. Ich kann mir gar nicht vorstellen, was in ihn gefahren ist.«

Plötzlich ergriff Roger das Wort, um sich zu verteidigen.

»Es hätte nämlich nicht wehgetan.«

Lettices Tasse landete samt Untertasse auf dem Fußboden, sie fühlte neue Kräfte in sich aufsteigen.

»Ach, meinst du? Dann suchen wir doch gleich eine neue Tüte und probieren es an dir aus.«

»Nie im Leben«, wehrte er hastig ab.

»Dann mal raus mit der Sprache. Warum hast du es getan? Hast du so etwas mal im Fernsehen gesehen?«

Er verneinte mit heftigem Kopfschütteln.

»Über Plastiktüten weiß jeder Bescheid. Sogar die Zwillinge.«

»Dann war es also nicht allein dein Werk?«

»Sie sind doch erst sieben. Und *Mädchen*.«

Nachdem er eventuelle Mitverschwörer solchermaßen verächtlich abgetan hatte, verfiel er wieder in Schweigen und grübelte vor sich hin. Endlich kam es heraus.

»Meine Mum hat gesagt, Oma hat nichts mehr, wofür sie lebt.«

Lettice war völlig verblüfft und hatte Mühe, diese erstaunliche Aussage zu verdauen. Wie konnte eine Frau so hirnlos sein, in Gegenwart eines leicht zu beeindruckenden Jungen eine solche Bemerkung zu machen? Steckte echte Bosheit dahinter, oder war es nur ein Übermaß an Dummheit? Wie auch immer, diese irrige Ansicht mußte hier und jetzt aus der Welt geschafft werden, und das war ihre Aufgabe.

»Was wir hier vor uns haben, Gossett«, verkündete sie in bester Sherlock-Holmes-Manier, »ist offenbar ein nicht ganz ausgegorener Versuch, Sterbehilfe zu leisten.«

»Sagen Sie nicht immer Gossett zu ihr«, fuhr der Junge auf. »Sie heißt *Mrs.* Gossett.«

»Oh. Ich gestehe meinen Fehler ein. Meine liebe Mrs. Gossett . . .«

»Gossett klingt freundlicher«, unterbrach die Betroffene.

»Nein, zumindest in diesem Punkt hat er recht. Aber wie kann ein Mensch es *wagen*, sich einem anderen gegenüber so etwas anzumaßen? Und außerdem ist es nicht wahr.«

»Wollen Sie vielleicht behaupten, daß meine Mum eine Lügnerin ist?«

»Wenn sie so etwas sagt, muß man sie wohl so bezeichnen«, erklärte die selbsternannte Lehrmeisterin kühl.

»Sie kennen unsere Oma aber nicht so gut wie wir. Sie hat kein tolles Badezimmer wie Sie. Sie hat überhaupt kein Bad, noch nicht einmal eine Dusche. Wenn sie Wäsche waschen will, kann sie sie nicht einfach in die Maschine stecken. Sie muß alles im Spülbecken waschen, auch die Laken, und draußen im Hof auf die Leine hängen. Wenn die Sachen zu trocken werden, muß sie sie einsprühen, weil sie kein richtiges Dampfbügeleisen hat, sondern nur so ein altes Ding, das eigentlich ins Museum gehört. Jeden Tag muß sie zu Fuß in den Laden an der Ecke gehen, weil sie ihre Lebensmittel nicht aufbewahren kann. Die Milch muß sie in einem häßlichen Fliegenschrank vor das Fenster stellen, damit sie ihr nicht sauer wird. Sie hat nicht einmal einen Schwarzweißfernseher, wie ihn die Bedürftigen eigentlich umsonst bekommen, weil sie sich die Gebühren nicht leisten kann ...«

Er hielt inne, weil ihm die Luft ausging.

Lady Lettice nahm den Faden auf. Allmählich kam sie so richtig in Fahrt.

»Sie hat keinen gelben Sportwagen, keine Gefriertruhe, keine Geschirrspülmaschine und kein Mikrowellengerät. Sie hat keine Küchenmaschine, keine elektrische Kaffeemühle, nicht einmal eine Kaffeemaschine. Sie hat keinen elektrischen Wasserkocher, keinen Toaster. Ich wette, sie muß das Brot im Backrohr oder vor dem Feuer rösten. Wie ich sehe, hat sie kein Telefon und vermutlich auch keinen Staubsauger. Sie hat nicht einmal eine elektrische Heizdecke, obwohl sie wahrscheinlich durchaus Verwendung dafür hätte. Sie hat keinen Fön, keinen Brotbackofen und keine Eismaschine. Sie hat überhaupt keine Maschinen, nur ihre zwei armen Hände. Sie hat kein elektrisches Messer und auch keine elektrische Zahnbürste ...« Nun war Lady Lettice soweit, daß sie verschnaufen mußte.

Rogers Gesicht war während dieser Aufzählung immer röter und seine Augen immer größer geworden. Jetzt schrie er: »Hören Sie auf! Das ist nicht fair! Sie machen sich über mich lustig!«

»Und ich werde so lange weitermachen, bis du Vernunft annimmst. Ich gebe ja zu, daß deine Großmutter einige von diesen Dingen gut gebrauchen könnte. Sie würden ihr das Leben leichter, vielleicht auch interessanter machen. Aber sie ist nicht darauf angewiesen. Sie beneidet niemanden, der sie hat, und verbringt deshalb auch keine schlaflosen Nächte. Sie kommt ohne sie zurecht, und das schon seit Jahren. Sie braucht keinen Luxus, um sich wohler oder sicherer zu fühlen. Sie ist zufrieden, begreifst du das nicht?«

»Die meisten Leute denken aber nicht so.«

»Dann sind sie eben dumm. Aber du bist nicht die meisten Leute. Du bist Roger. Gebrauche deinen Kopf, dafür hast du ihn schließlich. Hast du Gos – deine Großmutter jemals jammern hören?«

»Nein. Ja doch, einmal. Sie sagte, es tut ihr weh, sich auf den Boden zu knien, um mit Kehrichtschaufel und Besen zusammenzufegen.«

»Einmal! Beklagt deine Mum sich denn nie?«

Er schwieg, und das war Antwort genug.

Dann sagte er, erfreut, eine weitere Rechtfertigung für sein Verhalten gefunden zu haben: »Aber sie ist gar nicht gesund. Ständig hat sie Schmerzen in allen Gliedern.«

»Das geht uns allen so. Wenn man uns deshalb ins Jenseits befördern wollte, gäbe es auf der Erde bald keinen einzigen Menschen mehr. Laß dir eines von mir gesagt sein. Du hast Glück, daß du eine Oma hast, die mit gar nichts, wie du es nennst, glücklich sein kann. Sie hat mehr als genug, wofür sie leben kann, das darfst du mir glauben. Wenn es Leute wie sie einmal nicht mehr gibt, werden wir alle auf dem Weg ins Verderben sein. Und ich warne dich, solltest du jemals wieder versuchen, ihr auch nur ein Haar zu krümmen, so werde ich davon erfahren, und dann komme ich und erwürge dich mit bloßen Händen.«

Nachdem Lady Lettice Meredith diese beiden Klischees mit allem Nachdruck vorgebracht hatte, der ihr zu Gebote stand, erhob sie sich von der Couch, richtete sich zu voller Höhe auf, warf Gossett einen Handkuß zu und verschaffte sich einen ihrer Meinung nach triumphalen Abgang.

Dies sollte Rogers letzte Begegnung mit dem Hochadel gewesen sein, denn nur wenige Wochen später verabschiedete sich Lady Meredith von Mrs. Gossett und beendete ihr Gastspiel im proletarischen Milieu. Sie stand im Begriff, sich mit einem amerikanischen Industriemagnaten zu verheiraten und mit ihm in die Staaten zu gehen.

»Ich wünsche Ihnen von ganzem Herzen Glück, meine Liebe«, sagte Mrs. Gossett, und ihre Stimme zitterte dabei, teils vor Rührung, teils aber auch vor Schreck, weil sie die Kühnheit besessen hatte, sich eine solche Vertraulichkeit gegenüber jemandem herauszunehmen, dessen Vorfahren noch über dem Herzog gestanden hatten, nach dem ihre Straße benannt war.

»So glücklich wie Sie werde ich niemals sein, Gossett, weil ich mehr vom Leben verlange.«

»Und das ist auch ganz richtig so. Dazu wurden Sie ja geboren«, sagte Gossett, die ihren eigenen Überzeugungen niemals untreu wurde.

»Hoffentlich haben Sie mit Roger keine Schwierigkeiten mehr.«

»Nein, das bestimmt nicht. Sie haben ihm eine ordentliche Lektion erteilt.«

»Schade, daß das nie jemand mit mir gemacht hat. Er ist ein merkwürdiger Junge, aber ich habe große Hoffnungen für ihn. Ich werde Sie alle vermissen, und mein liebes kleines Heim ebenfalls.«

Aber dazu kam es natürlich nicht. Inmitten des gesellschaftlichen Trubels verblaßte die Erinnerung an ihr früheres Leben einschließlich der beiden Menschen, in deren ganz persönliche, häusliche Krise sie durch Zufall hineingestolpert war. Roger dagegen konnte die vornehme Dame nie vergessen. Stets blieb sie ihm als das außerirdische Wesen im Gedächtnis, das ihn auf den rechten Weg gebracht hatte. Allerdings hatte Mrs. Gossett ihr nie erzählt, wie die Episode nach ihrem Weggang an jenem Abend geendet hatte. Das wäre taktlos gewesen, und so wahrte sie Stillschweigen darüber.

Sie und Roger saßen mit einem Stück Gewürzkuchen auf den Knien, einer Köstlichkeit, die sie beide liebten, vor dem friedlichen Feuer.

»Komischer Name für jemanden wie sie«, bemerkte er etwas undeutlich, weil er noch einige Sultaninen im Mund hatte.

»Welchen Teil meinst du denn?«

»Lettuce.«

»Sie schreibt sich mit ›i‹, nicht mit ›u‹. Hat nichts mit Kaninchenfutter zu tun.«

»Ach so.«

»Ich dachte immer, du bist gern bei mir«, sagte Mrs. Gossett nach einer Weile und wischte sich die Krümel von den Lippen.

»Oh, das stimmt auch, Oma. Allerdings werde ich in zwei Jahren nicht mehr so oft kommen können«, fügte er ehrlich hinzu.

»Glaubst du, dann bin ich zu alt, um Besuch zu empfangen?«

»Ich werde zu alt sein. Ich bin dann elf, und Jungen in diesem Alter trinken nicht mehr Tee bei ihrer Großmutter.«

»Denk daran, was Lady Lettice dir gesagt hat. Du mußt selbständig denken.«

»Ich werde trotzdem kommen«, versprach er, »aber du weißt, ich mag es nicht, wenn man mich neckt.«

Sie lächelte. Eigentlich mochte sie Roger sehr gern, und jetzt mißtraute sie ihm auch nicht mehr.

»Es war dieser alberne Wettbewerb«, sagte sie. »Damit hat alles angefangen. Du wolltest sicher den ersten Preis gewinnen. Was war es denn? Geld?«

Er war entsetzt. Seine ehrlichen, braunen Augen blickten sie vorwurfsvoll an, dann sagte er gekränkt: »Aber Oma, du weißt doch genau, daß ich das umsonst getan hätte.«

Nur ein paar Linien . . .

Als Joe Baron seinem Sohn, der an seinem niedrigen Schreibtisch saß, über die Schulter blickte, spiegelte sich Mißbilligung in seinen derben Zügen.

»Nur weiter so, Junge«, sagte er, und sein Sarkasmus ließ den Cockney-Akzent noch stärker hervortreten. »Auch Picasso hat mal klein angefangen.«

»Du sollst ihn nicht verspotten, Joe«, protestierte seine dicke Frau aus ihrem dickgepolsterten Sessel. »Du weißt doch, was der Mann sagte. Es soll keine Kunst sein. Es ist ›neurotisches Zeichnen‹.« Sie feuchtete die Spitze ihres sorgfältig manikürten Zeigefingers an, um eine Seite ihres bevorzugten Frauenmagazins umzublättern.

»Wenn du jemandem so viel Geld zahlst, wird er dir alles erzählen«, bemerkte Joe mürrisch.

»Jule kann nicht anders. Es ist wie Männchen malen.«

»Solche Männchen habe ich aber noch nie gesehen«, sagte Joe. Und das stimmte. So etwas kannte er nicht einmal vom Hörensagen.

Was der Bleistift seines Sohnes ein ums andere Mal produzierte, war eine Serie von drei Linien. Zuerst eine kurze Senkrechte, dicht gefolgt von einer längeren Waagrechten, und dann eine kleine Lücke, neben der sich eine zweite Senkrechte erhob.

Was in aller Welt hatten diese drei harmlosen Linien eines Kindes an sich, daß sie einen erwachsenen, abgebrühten Mann, der es aus eigener Kraft zu etwas gebracht hatte, so in Unruhe versetzen konnten?

Hätte es sich um eine unbeholfene Version des bekannten, am Galgen hängenden Strichmännchens gehandelt, er hätte es besser verstanden. Unerfreulich, gewiß, aber nicht rätselhaft. Hier sah er nichts als Andeutungen... die irgendwie bedrohlich wirkten.

Er wurde nicht schlau daraus, ebensowenig, wie er aus diesem Kind schlau wurde, das er doch selbst gezeugt hatte. Er warf einen Blick auf seine Frau und betrachtete dann sich selbst. Zwei ganz gewöhnliche Menschen, nicht mehr. Dann musterte er seinen Sohn, aber auch der sah ganz normal aus. Ein bißchen blutarm vielleicht, und nicht mit allzu viel Tatkraft und Unternehmungsgeist gesegnet. Aber eine Wohnung in einem wenn auch noch so teuren Hochhaus war eben nicht die richtige Umgebung für einen heranwachsenden Jungen. Joes Gedanken wanderten zurück in seine eigene Jugend, die er als eines von vielen Geschwistern in einem Elendsviertel verbracht hatte. Gesünder als dies hier war es allemal gewesen.

Der Junge kümmerte sich nicht um das Gespräch seiner Eltern. Offenbar vollkommen konzentriert, zeichnete er unbeirrt weiter, bis die Seite voll war, dann schlug er auf seinem Schreibblock eine neue auf und wollte von vorn anfangen.

Joe seufzte. Dann gab er nach, entfernte sich vom Schreibtisch und wanderte langsam in die Mitte des großen Raums, wo er reglos stehenblieb, als habe er in dem dicken Veloursteppich Wurzeln geschlagen.

»Na schön, ich schätze, es schadet weiter nichts, vorausgesetzt, er ist mit seinen Hausaufgaben fertig«, räumte er widerwillig ein.

»Die Hausaufgaben sind fertig«, sagte seine Mutter, die sich oft zur Sprecherin ihres Sohnes machte. Sie überflog gerade die Kosmetiktips.

Als eine Antwort von der richtigen Seite ausblieb, kehrte Joes Zorn zurück. Dazu brauchte es zur Zeit nicht viel. Schließlich hatte er auch noch andere Sorgen als diesen verdammten Unsinn.

»Über eines mußt du dir im klaren sein«, warnte er, »ich zahle das Schulgeld nicht umsonst. Sobald ich merke, daß du auch nur im geringsten nachläßt, nehme ich dich von deiner vornehmen Privatschule herunter.«

Der Bleistift glitt weiter über das Papier, aber der Zeichner schien plötzlich die Sprache wiedergefunden zu haben.

»Das macht mir gar nichts aus. Ich mag die Schule nicht.«

»Was! Du magst die Schule nicht, und ich gebe mein letztes Hemd her, um sie dir finanzieren zu können? Was gibt's denn an ihr auszusetzen? Nun leg endlich diesen verdammten Bleistift weg und sieh mich an. Raus mit der Sprache.«

Nur ein Murmeln war zu hören. Wenn sein Vater auf dem Kriegspfad war, hatte der Sohn Angst vor ihm.

»Ich mag die Jungen nicht.« Er zögerte einen Moment, dann verbesserte er sich. »Die Jungen mögen mich nicht.«

»Soll das heißen, sie schikanieren dich!« Joes Zorn schlug um in Entrüstung. »Du brauchst es mir nur zu sagen, und ich gehe auf der Stelle hin und rede ein Wörtchen mit diesem schleimigen Direktor. Dann brauchst du dich mit ihnen nicht mehr herumzuplagen.«

»Sie schikanieren mich nicht. Sie tun so, als ob ich nicht da wäre.«

»Er ist zu empfindlich«, unterbrach seine Mutter. »Das hat der Mann auch gesagt. Du solltest dich mit ihnen anfreunden, Jule. Du darfst nicht immer so abweisend sein. Lade sie doch einmal zum Tee ein.«

»Nenn' ihn nicht ständig ›Jule‹. Du wolltest, daß er Julius heißt, jetzt bleib' auch dabei.«

»Ich kann sie nicht hierher bitten«, sagte Julius. »Sie wohnen nicht in einem Ap-par-te-ment.«

Er hatte unter anderem die aufreizende Angewohnheit, jedes Wort mit mehr als zwei Silben so auszusprechen, wie es in der ersten Kinderlesefibel geschrieben stand.

»O Gott!« rief sein Vater gereizt. »Wenn du das sagst, klingt es wie Apartheid. Wo wohnen denn die anderen?«

»In Häusern.«

»Ich möchte wetten, daß ich für die Wohnung hier mehr bezahle als sie für eines ihrer kostbaren Häuser. Wenn du mich fragst, sind das alles nur Snobs.«

»Die meisten kommen aus sehr guten Familien«, warf Mrs. Baron ein, als sei das eine Entschuldigung.

Die beiden Streithähne schwiegen einen Augenblick lang, als warteten sie darauf, von neuem aufeinander losgelassen zu werden. Dann nahm Julius all seinen Mut zusammen und sagte in einem Ton so ausdruckslos wie sein bleiches Gesicht: »Ich will auf die Ge-samt-schu-le.«

Hätte er einen Feuerwerkskörper im Raum gezündet, die Reaktion hätte nicht heftiger ausfallen können.

Beide Eltern fuhren ihn gleichzeitig an.

»Aus einem Weichling wie dir würden sie dort Hackfleisch machen!«

»Er weiß nicht, was er sagt!«

Die beiden Proteste verschmolzen zu einem einzigen, unverständlichen Satz.

Julius griff wieder nach seinem Bleistift und stach mit der Spitze ins Papier.

»Mir reicht es jetzt«, erklärte Joe Baron wütend. »Komm, Mame, wir gehen ins Pub.«

»Gute Idee«, stimmte seine Frau zu, erhob sich aus ihrem Sessel und stand unsicher auf ihren hohen Absätzen. Sie zögerte einen Moment. »Das ist doch o. k., Jule?«

»In Ordnung«, beruhigte ihr Sohn sie knapp. Eines hatte man ihm in der ungeliebten Schule jedenfalls beigebracht: O.k. zu sagen war nicht o.k.

»Du kannst fernsehen, wenn du den Apparat nicht zu laut aufdrehst, und wenn ich zurückkomme, mache ich dir ein schönes Abendessen, ganz für dich allein. Ich hole nur meinen Mantel, Joe.«

Die Wohnungstür fiel hinter den beiden ins Schloß, ohne daß ein weiteres Wort gesprochen wurde.

Sobald sie das *Grapes* betraten, blühte Mrs. Baron auf. Schließlich hatte Joe sie hier kennengelernt – als sie noch hinter der Bar bediente. Und jetzt konnte sie von den beiden Welten das Beste genießen; das bequeme Leben, das der Wohlstand mit sich bringt, und die Erinnerung an lustigere Zeiten. Sie waren Stammgäste, und der Wirt bemühte sich sehr um sie, während das Mädchen, das jetzt hinter der Theke stand, ihre Kleider bewunderte und sich fragte, wie lange es wohl noch dauern würde, bis auch sie die Flucht in den Reichtum antreten konnte.

Als die Getränke an den Tisch gebracht wurden, ließen sie sich auf der roten Plüschbank nieder. Joe hatte einen doppelten Whisky bestellt – Bier wäre ihm eigentlich lieber gewesen – und Mame einen Gin Tonic – sie hätte ein Glas Portwein mit Zitrone vorgezogen. Aber an diesem Abend fiel ihnen das Abschalten schwer. Zu vieles ging ihnen im Kopf herum.

»Was ist nur mit dem Jungen los?« wollte Joe wissen.

»Ach, das ist nur so eine Phase«, beruhigte ihn Mame.

»Mehr als zwei Mille im Trimester, und er beklagt sich noch. Undankbare kleine Kröte. Bei diesen Preisen kann die Schule doch gar nicht so schlecht sein.«

»Ist sie auch nicht. Denk doch, wie viele Jungen von dort nach Oxford und Cambridge kommen.«

»Die Universität hat gar nichts zu bedeuten. Mit einem Stipendium kann Hinz und Kunz studieren. Aber mit einer guten Schule ist es etwas anderes. Mit einer guten Schule steht einem die ganze Welt offen.«

»Und das wollen wir doch für unseren Sohn. Darüber waren wir uns einig.«

»Es ist ja nicht so, als wäre er im Internat. Vielleicht ist es das ewige Hin und Her, was ihn stört.«

»Dabei bringe ich ihn jeden Tag hin und hole ihn auch wieder ab. Er braucht nie allein zu fahren. Das würde ich auch gar nicht riskieren. Er ist viel zu vertrauensselig.«

»Stell dir nur mal vor, er wäre in einer staatlichen Schule.« Trotz seiner Verärgerung mußte Joe grinsen und verbarg sein Gesicht hinter seinem Whiskyglas.

»Manchmal glaube ich, wir haben ihn zu sehr behütet. Er hat keine Ahnung, wie es in der Welt zugeht.«

»Nein«, sagte ihr Gatte und wiederholte Mames Worte langsam und nachdenklich. »Er hat keine Ahnung, wie es in der Welt zugeht. Mame, was würdest du dazu sagen, wenn wir aufs Land ziehen?«

»Das soll wohl ein Witz sein? Ich könnte nicht außerhalb von London leben, und du auch nicht. Du wurdest doch hier geboren. Und dein Geschäft ist auch hier.«

»Schon. Aber das Geschäft ist nicht mehr das, was es mal war, Mame. Die Sorgen werden immer größer.« Er preßte seine dicken Lippen zusammen.

»Dann mach's dir doch nicht noch schwerer, indem du dich wegen Jule ... ich meine, Julius, aufregst. Vielleicht hat ihn der Besuch bei dem Mann verstört.«

»Neurotisch! In seinem Alter kannte ich gar keine Nerven. Heute kann ich das leider nicht mehr sagen.«

»Das heißt aber nicht, daß er blöd ist, Joe. Der Mann sagte, neurotische Menschen haben oft Fähigkeiten, die uns übrigen abgehen. ›Mrs. Baron‹, hat er gesagt, ›Ihr Sohn mag vielleicht kein Künstler in dem Sinne sein, daß er zeichnen kann. Aber er könnte durchaus ein Künstler im weiteren Sinne sein.‹ Viele berühmte Männer waren Neurotiker. Ich bin sicher, daß in Jule eine Menge steckt. Du wirst ihn doch nicht von der Schule nehmen, Joe? Das war doch wohl nur eine Drohung.«

»Ganz bestimmt nicht, nachdem ich ihn mit solchen Schwierigkeiten reingebracht habe. Nachhilfeunterricht und so weiter. Ganz zu schweigen von den Kosten für die Uniform.«

»Da bin ich aber froh. Trink aus, die ganze Aufregung hat mich entsetzlich durstig gemacht.«

Joe war Schrotthändler, und sein Lager befand sich im East End. Mit seinem Unternehmen hatte er nicht schlecht verdient, seit der Zeit, als er ganz unten angefangen hatte und mit einem Karren durch die Gegend gezogen war. Wie jeder Alchimist war er davon überzeugt gewesen, daß sich die unedlen Rohstoffe in Gold verwandeln ließen, er aber hatte es bewiesen, und das war mehr, als die Alchimisten von sich behaupten konnten. Erfolg erzeugt jedoch Neid, und nirgendwo mehr als gerade in dieser Branche. In dem Bezirk, in dem Baron seine Geschäfte tätigte, tauchte eines Tages einer der bösartigsten Männer auf, die Gott erschaffen hatte. King hieß er, und er war ein ausgemachter Verbrecher. Seine Anhänger wurden King Kongs genannt, ein Beiname, den sie durchaus zu Recht trugen. Es dauerte nicht lange, bis dieser King auf Joes Schrottplatz aufmerksam wurde. Die Tatsache, daß der Besitzer jeden Tag in einem schäbigen Kombi vorfuhr – mit dem Mercedes brachte Mame Julius zur Schule –, konnte ihn nicht täuschen. Schon bald machte er einen Höflichkeitsbesuch, um anzuregen, daß Joe einen Partner brauche.

»Ich brauche ungefähr so dringend einen Partner wie ein Loch im Kopf«, wies Joe ihn schroff ab.

»Vielleicht brauchen Sie tatsächlich ein Loch im Kopf«, bemerkte King. »Schönen Tag noch.« Und damit ging er.

Nicht lange danach erschien er jedoch wieder und deutete an, daß Joe Schutz benötige. »Ein Tausender im Monat wäre in Ordnung – für den Anfang«, bemerkte er.

Joe antwortete mit dem altehrwürdigen Satz, den schon Eliza Doolittle verwendet hatte.

»Überlegen Sie sich'«, riet ihm Mr. King. »Schönen Tag noch.« Damit verschwand er.

Joe überlegte es sich, und je länger er nachdachte, desto weniger gefielen ihm die Aussichten. Die einzigen, vor denen er tatsächlich Schutz brauchte, waren Mr. King und seine Spießgesellen. Dazu hätte er die Polizei einschalten müssen, aber mit ihr war er nicht nur von Zeit zu Zeit wegen dubioser Geschäfte aneinandergeraten, ihre örtlichen Vertreter wußten auch genau über Mr. King Bescheid und neigten dazu, einen weiten Bogen um ihn zu machen, solange sie nicht genügend Beweise hatten, um ihn einsperren zu können. Ein Mord mit vielen schönen Spuren wäre ihnen gerade recht gekommen, aber Joe hatte keine große Lust, sich als Köder zur Verfügung zu stellen. Nach Mr. Kings zweitem Besuch kam es mit beunruhigender Regelmäßigkeit zu Unfällen. Joe war auf der Straße aufgewachsen und traute sich zu, die Augen offenzuhalten und Gefahren aus dem Weg zu gehen, aber als die Riesenklaue, mit der gewöhnlich die abgewrackten Autoteile herumgewuchtet wurden, um ein Haar ihn selbst erwischt hätte, wurde er unsicher. Er beschäftigte sechs Männer aus der Gegend und ließ sie für möglichst wenig Geld möglichst schwer arbeiten. Solche Leute eigneten sich nicht unbedingt als Verbündete, und in der Tat hatte einer von ihnen oben auf dem Kran gesessen und die Klaue gesteuert... Als sein Chef ihm Vorwürfe machte, zeigte er sich sehr zerknirscht.

Joe vertraute Mame seine Sorgen nicht an. Er war der

altmodischen Ansicht, seine Frau sei dazu da, sich um seine häuslichen Bedürfnisse zu kümmern, ihm Ehre zu machen, wenn sie gemeinsam ausgingen, und seinen Sohn Julius zu erziehen! Das war das wichtigste. Obwohl er sich immer über sie lustig machte, hatte Joe nicht weniger als Mame alle Hoffnungen auf diesen Jungen gesetzt. Sein größter Wunsch war es, daß Julius sich auf irgendeinem Gebiet hervortun, daß er einmal die Stellung einnehmen würde, die ihm selbst versagt geblieben war. Daher die Schule. Das Beste war gerade gut genug, und jedermann wußte schließlich, daß das Beste auch teuer war. Den Schrottplatz, seine bewährte Einkommensquelle, aufzugeben und eine geringer bezahlte Beschäftigung anzunehmen, das kam einfach nicht in Frage. Ihre Ersparnisse waren sehr gering, da sie alles verbrauchten, was er verdiente – sie schätzten eben das gute Leben. Aber die jüngste Auseinandersetzung mit seinem Sohn und danach das Gespräch mit seiner Frau im *Grapes* hatten ihm eines bewußt gemacht. Es genügte nicht, den Jungen zu beschützen. Wenn Julius den Unterschied zwischen einer staatlichen Schule und der Privaterziehung, die er genoß, nicht zu schätzen wußte, dann war es höchste Zeit, daß man ihn mit der harten Realität konfrontierte. Joe beschloß, ihn zum Schrottplatz mitzunehmen, ein Schritt, gegen den er sich bisher immer gesträubt hatte.

So schlug er am nächsten Sonntagvormittag einen Besuch vor.

Julius war einverstanden, er fand Sonntage langweilig, noch schlimmer als den Rest der Woche. Da war jede Abwechslung willkommen. In der Garage unter dem

Wohnblock angelangt, weigerte er sich jedoch, in den kleinen, schäbigen Wagen zu steigen.

»Warum nehmen wir nicht den Mer-ce-des?«

»O.k.« Joe schloß den Wagen auf. »Rein mit dir. Wir werden ausnahmsweise mal in großem Stil vorfahren.«

»Warum kommt Mutter nicht mit?«

»Sie bereitet das Dinner vor.«

»Den Lunch.«

»Nein. Das Dinner. Roastbeef und Yorkshire Pudding ist Dinner, ganz gleich, zu welcher Tageszeit man es ißt.«

Während der kurzen Fahrt schwieg Julius. Dies war ein Teil von London, den er nicht kannte.

Joe öffnete das Doppeltor und fuhr auf den Platz. Dann schloß er die Flügel hinter sich, während Julius ausstieg. Da stand er nun in seinem feinen Blazer inmitten von Joes Reich und schien sich hier etwa ebenso zu Hause zu fühlen wie ein Elefant auf einem Ölbohrturm. Ein Schrottplatz ist kein sehr erfreulicher Anblick, wenn man nicht gerade für Mondlandschaften schwärmt.

Joe überblickte voll Stolz die deformierten Gebilde.

»Na, wie findest du es?«

»Es gefällt mir nicht«, sagte Julius.

»Wenn die Männer arbeiten, sieht es natürlich besser aus. Dann kommt Leben in die Bude.«

»Mich friert«, sagte Julius. Und er schüttelte sich.

»Was du brauchst, ist eine schöne Tasse Tee. Komm, wir kochen uns einen im Büro. Das macht Spaß, was?«

Gemeinsam gingen sie in den notdürftig zusammengezimmerten Schuppen, und Julius wurde in das geheiligte Ritual des Teekochens eingeführt, wozu man einen verbeulten Kessel auf eine Gasflamme stellte und die Milch aus dem Karton direkt in die Tasse schüttete.

»Ist das Ding hier ein Kühlschrank?«

»Richtig.« Joe nahm zwei Löffel Zucker und reichte seinem Sohn den Plastiklöffel weiter. »Das schmeckt, was? Da kommt dein ewiges Cola nicht mit.«

Julius nippte an dem Getränk. Heiß war es immerhin, und tiefbraun. Auf jeden Fall wärmte es, auch wenn es ihn nicht mutiger machte.

Joe blickte durch das blinde Fenster hinaus auf die Rückseite eines defekten Lastwagens.

»Das wird eines Tages alles dir gehören – wenn du Glück hast.«

»Ich will kein Schrott-händ-ler werden«, erklärte Julius prompt. Diesen Entschluß hatte er in dem Augenblick gefaßt, als sie durch das Tor fuhren.

»Was willst du dann werden?«

Er überlegte. »Am liebsten Portier.«

Joe hätte sich fast an seinem Tee verschluckt.

»Laß das niemals deine Mutter hören. Was ist denn so Besonderes an einem Portier?«

»Mir gefällt, wie sie an-ge-zo-gen sind.«

»Wenn das alles ist, dann solltest du besser Brigadier oder General werden. Die haben tolle Uniformen.«

»Müßte ich da auch kämpfen?«

»Nein. Du bräuchtest nur auf einem Hügel auf einem Pferd zu sitzen.«

»Ich mag aber keine Pferde.«

»Es geht nicht allein darum, was du magst oder nicht, Junge. Deine Mutter und ich, wir wollen, daß du ganz nach oben kommst. Warum, glaubst du, hat sie dir diesen Namen gegeben?«

Julius haßte seinen Namen. Er wußte schließlich, wer Julius Caesar war. Hatten sie ihn nicht erst im letzten Trimester durchgenommen?

»Du weißt, was mit *ihm* passiert ist?«

Was war der Junge doch für ein komischer Kauz, dachte Joe liebevoll, fast bewundernd. Er sah ganz normal aus, na ja, jedenfalls einigermaßen. Er benahm sich normal, na ja, jedenfalls einigermaßen. Manchmal wirkte er etwas einfältig, und doch gehörte er in der Schule zu den Besten. Was er da von sich gab, grenzte so sehr ans Phantastische, daß man es ihm unwillkürlich verzieh. Wie konnte man jemanden, der so verschroben war, über das wirkliche Leben aufklären? Wenn im Wesen von Neurotikern tatsächlich irgendwo geheime Fähigkeiten verborgen waren, wie der Berater angedeutet hatte, warum konnte Julius dann diese Fähigkeiten nicht gegen King & Co einsetzen?

Ohne lange zu überlegen, fragte Joe: »Was würdest du tun, Jule, wenn eine Bande von wirklich schlechten Menschen hinter dir her wäre?«

Julius wurde für einen Moment aus seiner gelassenen Ruhe aufgestört.

»Ich würde rennen«, erklärte er. »Ich würde rennen, so schnell ich könnte. Ich würde be-schleu-ni-gen, bis ich zu Hause wäre!«

Joe mußte lachen. »Und dahin sollten wir uns jetzt besser auf die Socken machen, wenn wir nicht wollen, daß der Yorkshire Pudding verkocht.«

Gleich am nächsten Tag verschlimmerte sich die Lage.

King erschien an Joes Seite, obwohl der seinen Leuten strenge Anweisungen gegeben hatte, ihm den Zutritt zu verwehren. Der Gangster hatte ein Montagmorgengesicht aufgesetzt: An die Arbeit, und keine Sperenzchen.

»Was höre ich da von einem Mercedes?«

»Was geht es Sie an, wenn ich mir zwei Autos halte?«

»Ihr Geschäft ist mein Geschäft. Haben Sie das denn immer noch nicht begriffen?«

Joe verfluchte sich selbst, weil er den Wagen in diese Gegend gebracht hatte. Er hatte vor seinem Sohn großtun wollen, und was war dabei herausgekommen? Er hatte nicht nur den Wagen vorgeführt, sondern auch Julius.

»Wie ich höre, haben Sie einen kleinen Sohn«, bemerkte King.

»Was interessiert Sie das?«

»Sie würden ihn sicher nicht gerne verlieren?«

Bei dieser neuen Drohung verlor Joe tatsächlich etwas, wenn auch nicht Julius. Er verlor die Beherrschung, ging mit geballten Fäusten auf King los und schrie: »Raus hier! Raus mit Ihnen, und wagen Sie sich nicht noch mal hierher – oder ich weiß nicht, was ich mit Ihnen mache.«

Ohne daß ihn diese Drohung sonderlich erschreckt hätte, beschloß King dennoch, das Feld zu räumen.

»Überlegen Sie es sich«, sagte er, als er ging. »Schönen Tag noch.«

Noch ehe King aus dem Tor war, wurde Joe klar, daß er einen Fehler begangen hatte. Er hätte sich nicht aus der Reserve locken lassen dürfen. Sein Ausbruch würde die Sache nur beschleunigen.

Nachdem in letzter Zeit ein Mißgeschick auf das andere

gefolgt war, mußte ihm klar sein, daß der Gangster durchaus bereit war, ihn zu töten, entweder auf dem Umweg über einen Unfall oder, falls das nicht klappte, durch einen direkten Angriff. Es konnte ein Revolver mit Schalldämpfer sein; es konnte ein Messer sein; es konnte sogar eine Klaviersaite sein. Wenn man den Gerüchten glauben wollte, beherrschte King alle diese Methoden meisterhaft. Da Joe es mit dem Sterben nicht eiliger hatte als andere Menschen, traf er seine Vorsichtsmaßnahmen. Die Vermutung, daß King ihn, wenn er auch anders ans Ziel kam, lieber am Leben lassen würde, war ein kleiner Hoffnungsschimmer. Leichen waren immer lästig, und die Themse war zwar nahe, aber nicht unbeobachtet. Außerdem würden, falls der Inhaber des Schrottplatzes plötzlich spurlos verschwand, Fragen bezüglich der Besitzurkunde auftauchen, auch wenn Verbrecher immer noch an der alten Theorie festhalten, wer als Eigentümer auftrete, sei schon zu neun Zehnteln im Recht.

Joe ging in seine Hütte zurück, ließ sich auf den alten Küchenstuhl fallen und legte den Kopf in die Hände.

Julius! Wie sollte er Julius beschützen? Er hatte seinen eigenen Sohn in Gefahr gebracht. Mame konnte er nichts davon erzählen, denn sie würde sofort in Panik geraten. Und er konnte Julius auch nicht in der Wohnung einsperren, der Junge mußte zur Schule. Er konnte Mame höchstens sagen, sie solle die Türen des Mercedes immer verriegeln, aber das tat sie ohnehin. Und sie konnte mit dem Wagen auch nicht bis ins Klassenzimmer fahren. Irgendwo mußte der Junge aussteigen. Und dann ... und dann ...

Wie würde es Julius in den Händen solcher Entführer ergehen? Joe erinnerte sich, wie er gesagt hatte, er würde davonrennen, so schnell er konnte. Viel Gelegenheit hätte er dazu bestimmt nicht, und für ihn, Joe, war es dann vielleicht auch schon zu spät, in irgend etwas einzuwilligen – ganz gleich was, solange Julius nur freigelassen würde.

Vielleicht würde King einen kleinen Preis für den Platz bezahlen – seinen eigenen Preis. Vielleicht auch gar nichts. Warum sollte der Mann feilschen, wenn er doch alle Trümpfe in der Hand hielt? Und Julius – der Neurotiker –, der ohnehin auf der Kippe war, würde vielleicht ganz den Kopf verlieren.

Joe hätte sich keine Sorgen zu machen brauchen. King dachte gar nicht daran, Julius zu kidnappen. Das war nur ein Bluff gewesen. Was sollte er denn mit einem brüllenden Balg in den Klauen, wenn dann jeder Bulle in der ganzen Metropole nach ihm suchte? Nein, er hatte es ganz allein auf Joe abgesehen.

Er hatte den Schrotthändler schon fast soweit gehabt, daß er aufgab, und als er den Jungen in seinem schicken, schwarzen Blazer mit dem Wappen auf der Brusttasche auf dem Platz stehen sah, da wußte er, daß dieses schmutzige, aber gewinnträchtige Unternehmen ihm gehörte, er brauchte nur zuzugreifen. Die meisten Emporkömmlinge vergöttern ihre Söhne, sie sehen in ihnen sich selbst, aber mit dem passenden Hintergrund, um den höchsten Gipfel zu erklimmen.

King war kein schlechterer Psychologe als der Mann in der Harley Street, nur war sein Honorar höher. Sollte

Joe doch eine Weile im eigenen Saft schmoren. Wenn sie sich das nächste Mal unter vier Augen und ganz ungestört unterhielten, müßte eigentlich alles geklärt werden können.

So war am Donnerstag gegen fünf Uhr, als Joe auf den Platz kam, um seinen Leuten Anweisungen für die nächsten Arbeiten zu geben und hinter ihnen abzuschließen, weit und breit kein Mensch zu sehen. Kochend vor Wut kehrte er in seinen Schuppen zurück und zog sich seinen Mantel an. Dann beschloß er, ebenfalls zu verschwinden, und ging geradewegs zu seinem alten Wagen, den er in der linken Ecke abgestellt hatte. Alle vier Reifen waren platt.

Wieder kehrte Joe zum Schuppen zurück, und in seinem Kopf jagten sich die Überlegungen, was er als nächstes tun sollte.

Nach ein paar Minuten rief er den Taxistand an. Er ließ das Telefon eine Ewigkeit läuten, wie ihm schien, aber niemand hob ab. Dann versuchte er es bei seiner gewohnten Tankstelle. Nichts zu machen.

Schlag fünf würde der Bursche, der den Vorhof bewachte, aufstehen und sich aus dem Staub machen.

Joe ging zu dem Tor, das mit einer automatischen Verriegelung versehen war. Untertags wurde es mit einem halben Ziegelstein offengehalten, und die Vorsicht riet ihm, es weiterhin so zu machen. Er nahm an, daß King den Überfall allein durchführen wollte. Wenn er jedoch das Tor verschlossen fände, würde er seine Männer rufen, und es war immer noch besser, einem Schläger gegenüberzustehen als gleich einem halben Dutzend.

Wieder zog er sich an seinen einzigen Zufluchtsort zurück und bemühte sich, Ordnung in das Chaos seiner Gedanken zu bringen.

Endlich faßte er einen verzweifelten Entschluß. Unter den Werkzeugen, die an einem primitiven Brett an der Wand hingen, wählte er sich den schwersten und schärfsten Meißel, den er finden konnte. Als er den Griff umfaßte, spürte er, wie sich seine Armmuskeln nervös verkrampften. Er schaltete die Beleuchtung auf dem Platz aus, die gewöhnlich die ganze Nacht brannte, um Einbrecher abzuschrecken. Dann zog er die Tür hinter sich zu, schlich hinaus in die Dämmerung und kauerte sich gegenüber vom Tor hinter seinen Wagen.

Beim Warten dehnt sich die Zeit, und er hatte keine Ahnung, wann King sich bequemen würde zu kommen. Der herannahende Abend verlieh der Luft eine schneidende Kälte, und die Angst schärfte seine Sinne. Da ihm der Wagen die Sicht versperrte, sah er King nicht eintreten, hörte aber das Schleifen des halben Ziegelsteins auf dem Beton und das, was danach folgte – die vorsichtigen Schritte, die seinen Erzfeind von der anderen Seite her auf das Fahrzeug zuführten.

Nun kam Leben in ihn, er umrundete geräuschlos die Kühlerhaube und sah King, der sich gerade vorbeugte, um den Zustand der Reifen zu überprüfen. Joe faßte den Meißel mit beiden Händen, schwang ihn hoch in die Luft, doch gerade als er zuschlagen wollte, verließ ihn der Mut. Er warf die Waffe weg und flüchtete durch das Tor. King, der jetzt gewarnt war, folgte ihm dicht auf den Fersen.

Joe Baron rannte wie noch nie in seinem Leben: so schnell er konnte, um es mit Julius' Worten auszudrücken.

Er hatte längere Beine als sein Gegner, aber mehr Gewicht zu tragen. Kings Schritte auf dem Pflaster hinter ihm dröhnten wie Donner in seinen Ohren. Jeden Augenblick erwartete er, einen stahlharten Griff auf seiner Schulter zu spüren. Ein Stolpern, und er war erledigt.

Wie durch ein Wunder geschah jedoch keines von beidem. Die Anstrengung ließ sein Herz rasen, seine Schritte verlangsamten sich. Was ihm so einfach vorgekommen war, solange das Adrenalin seine Adern durchflutete, wurde nun zur Schwerarbeit. Mit verbissener Entschlossenheit trabte er weiter wie ein Marathonläufer, immer noch verfolgt, wie er glaubte. Was ihn rettete, war seine Ortskenntnis; er hätte den Weg auch mit verbundenen Augen gefunden. Tausendmal war er ihn mit dem Wagen gefahren, und nun lag er wie ein offenes Buch vor ihm. Er kannte jede Abkürzung, jeden Zentimeter, den man gewinnen konnte, indem man eine Kurve schnitt. Die Vernunft war längst außer Kraft gesetzt. Er rannte um sein Leben und strebte instinktiv und automatisch seiner Wohnung zu. Als er die Brücke überquerte, die bereits vom abendlichen Stoßverkehr verstopft war, hörte er immer noch Schritte hinter sich, obwohl King die Jagd längst aufgegeben hatte.

Endlich erreichte er sein Ziel und zog zitternd vor Erschöpfung – er mußte fünf Meilen zurückgelegt haben – und mit ungeschickten Fingern seinen Schlüsselbund aus der Tasche.

Der Lift war unten. Er taumelte hinein und drückte auf den Knopf. Aber als er das richtige Stockwerk erreichte, stieg er nicht aus – er konnte Mame und Julius jetzt einfach nicht gegenübertreten. Er war in jämmerlicher Verfassung, verschwitzt, zerzaust, und sein Herz hatte sich noch immer nicht beruhigt.

Wieder drückte er auf einen Knopf, die Tür glitt zu, und er fuhr weiter bis zur obersten Etage des Gebäudes. Dort stieg er aus, und da es noch eine kleine Treppe zu überwinden galt, um ganz nach oben zu gelangen, machte er sich mit zittrigen Knien an den Aufstieg. Endlich hatte er die Dachluke erreicht. Er nahm alle Kraft zusammen, die er noch hatte, drückte sie auf und legte sich endlich auf die Dachschräge, wo die kühnsten Bewohner im Sommer ihr Sonnenbad zu nehmen pflegten. Ein frischer Wind ließ ihn nicht nur fast das Gleichgewicht verlieren, sondern verschaffte ihm auch einen klaren Kopf. Kein Wunder, daß er seiner Familie nicht ins Gesicht sehen konnte, dachte er. Er, ihr einziger Beschützer und Ernährer, hatte sie verraten. Nun hieß es dem Schrottplatz und seinem Lebensunterhalt Adieu sagen. Er konnte nicht wieder ganz von vorne anfangen. Dazu fehlte es ihm jetzt, in der Mitte seines Lebens, am notwendigen Durchhaltevermögen. Es wäre besser gewesen, wenn King ihn erledigt hätte, dann wäre wenigstens die Versicherung eingesprungen. Die Wahrheit lautete, daß er nichts anderes war als ein elender Feigling. Er war nicht anders als Julius ... und damit kam ihm noch eine letzte Erkenntnis. *Seine* Gene waren es, die die Aussichten seines geliebten Sohnes zerstören würden. Angeborene Feigheit kann niemals ausgemerzt werden, auch durch die teuerste Erziehung nicht. Ja, durch die Erhöhung der Sensibilität wird sie noch genährt. Julius würde immer davonrennen, wenn sich die Gelegenheit ergab. Er hatte Glück, wenn er sich seinen eigenen Wunsch erfüllen und Portier werden konnte.

Diese Entdeckung war so schrecklich, so erschütternd, daß Joe damit nicht weiterleben konnte.

Vielleicht war Joe ja seinerseits neurotisch gewesen. Diese Ansicht äußerte jedenfalls der Leichenbeschauer, als er seinen Befund bekanntgab. Eine andere Erklärung war nicht in Sicht.

Im Wohnzimmer der Barons herrschte unterdessen große Aufregung. Mame trauerte aufrichtig und weinte laut, und die Wohnungsnachbarn und andere wohlmeinende Besucher bemühten sich, sie zu trösten. Zwei Polizeibeamte, ein Mann und eine Frau, versuchten, die Leute zurückzudrängen, um von der Witwe eine Aussage zu erhalten.

Nur Julius blieb ganz ruhig. Er saß im gleichen Zimmer, aber abseits von allem Rummel, an seinem Schreibtisch und zeichnete wie immer auf seinen Block. Nach einer Weile hörte er auf zu kritzeln und flüsterte sich seinen ganz persönlichen Trost zu.

»Jetzt kann ich auf die Ge-samt-schu-le gehen.«

Mit penibler Genauigkeit zeichnete er seine gewohnten drei Linien und ließ ihnen eine vierte folgen. Es war eine Waagrechte, und zwischen ihr und der Linie davor befand sich eine etwas größere Lücke. Mit viel Gefühl verdickte er den Strich genau in der Mitte ein klein wenig. Dann legte er den Bleistift weg.

Viel zuviel Silber

Warum so manche Ehe zerbricht, ist leicht zu begreifen.

Das viel größere Rätsel ist, wieso manche Leute es miteinander aushalten. Die Frickers zum Beispiel, Beth und Hugo.

Wir leben in einem gescheiten, viel zu gescheiten Jahrhundert, und es ist durchaus möglich, daß es einer Schar von Wissenschaftlern aus seiner zweiten Hälfte gelingt, die chemische Formel für die gegenseitige Anziehung zwischen zwei Menschen zu entdecken – die Antwort auf die Frage: ›Was findet sie nur an ihm?‹ oder das Gegenstück: ›Was findet er nur an ihr?‹ Wenn es wirklich soweit kommt, sollte man dem in diesem Teil des Landes nachgehen, denn hier ist diese Frage von unverminderter Aktualität.

Wenn man Faktoren wie etwa Sex oder Geld, die durchaus eine Rolle spielen, beiseiteläßt, so gibt es hier zwei Lehrmeinungen. Die erste glaubt, daß Gegensätze sich anziehen; die zweite behauptet, gleich und gleich geselle sich gern. Die Frickers lieferten den Beweis für die zweite Anschauung. Sie waren beide große Redner vor dem Herrn.

Was ein richtiger Redner ist, zeigt sich schon früh. Oft treibt er oder sie schon im reifen Alter von sechs Jahren seine oder ihre Eltern zum Wahnsinn. In der Grundschule wird diese Fähigkeit mit allen Mitteln unterdrückt, die dem Lehrer zur Verfügung stehen. Ab der sechsten Klasse räumt man ihr widerwillig eine gewisse Berechtigung ein und gesteht ihr im Rahmen von Debattierclubs etc. in begrenztem Umfang Entfaltungsmöglichkeiten zu, bis sie auf der Universität endlich die Anerkennung findet, die sie verdient, und häufig sogar mit einem akademischen Grad belohnt wird. Und danach, welche Aussichten bieten sich da! Die Redner werden Dozenten, Prediger, Gewerkschaftsfunktionäre – sogar Parlamentsabgeordnete.

Die Frickers befanden sich in jener Phase der akademischen Ausbildung, als sie sich auf einer Party kennenlernten. Obwohl sie einander inmitten des rhetorischen Schlagabtauschs kaum hören konnten, hatten ihre Herzen offenbar trotz allem zueinandergefunden, denn ehe sie sich trennten, verabredeten sie ein privates Treffen, um ihre Ansichten, wenn schon keine Treueschwüre auszutauschen.

Im Endeffekt taten sie freilich beides, denn nachdem die vorgeschriebene Redezeit von zehn Minuten abgelaufen war, begannen sie sich zu küssen und weitere Untersuchungen anzustellen, die, ungewohnt für alle beide, keine Worte erforderten.

Die Verlobungszeit war nur kurz, und als beide, hauptsächlich auf Grund dessen, was sie zu ihren eigenen Qualitäten zu sagen wußten, eine aussichtsreiche Stellung an Land gezogen hatten, heirateten sie und mieteten eine möblierte Wohnung im billigeren Teil von Hampstead, wo die Intellektuellen zu finden sind.

Ihre Hochzeitsreise führte sie zum Wandern und Reden

in einen entlegenen Teil von Frankreich. Da ihr Französisch nicht ausreichte, um den Einheimischen zu imponieren, waren sie mit ihrer linguistischen Brillanz ganz auf sich selbst verwiesen. In düsteren Bistros lauschten die Bauern gebannt dem Auf und Ab ihrer Stimmen, während sie ihrerseits beharrlich schwiegen und sich verschmitzt fragten, warum dieses so offenkundig verliebte junge Paar denn immer noch reden mußte. Zum Glück kippten Beth und Hugo große Mengen billigen, aber starken Rotweins in sich hinein, was ihr Mundwerk hin und wieder erlahmen ließ. Häufig schliefen sie sogar mitten in einem Vortrag ein.

Nach Hause zurückgekehrt, stürzten sie sich voll Begeisterung in ihren jeweiligen Beruf. Sie hatten verschiedene Bereiche des Mediensektors gewählt. Hugo ging zum Fernsehen, wo er sich einem frustrierenden Ausbildungsprogramm unterzog. Beth hatte sich der Belegschaft einer Frauenzeitschrift zugesellt; ihre Aufgabe war es, die Umschläge des nicht abreißenden Stroms von Briefen an die Kummerkastentante zu öffnen und diejenigen Zuschriften herauszusuchen, die sich für eine Veröffentlichung eigneten und von allgemeinem Interesse waren. War der Inhalt peinlicher Natur, so wurden die intimen, im allgemeinen medizinischen Fragen an einen entgegenkommenden Arzt weitergeleitet und die passenden Antworten den Fragestellern in neutralen Umschlägen zugeschickt.

Ratschläge zu geben war für Beth ein Kinderspiel. Bald schon hatte sie begriffen, nach welcher Formel man mit jungen Mädchen und ihren Liebschaften verfuhr, und man gestattete ihr, einige der weniger anspruchsvollen Probleme selbständig zu bearbeiten. Die Kummerkastentante war faul, und ihre Arbeit ödete sie an. Schritt für Schritt übernahm Beth das gesamte Ressort. Obwohl die Tante bereits vierzig war und ihr Gesicht sehr wenig Ähnlichkeit mit dem gewinnenden, Herzlichkeit ausstrahlenden Konterfei in der Kopfleiste ihrer Spalte aufwies, hatte sie außerdem einen Freund, der ihr mehr Schwierigkeiten machte, als jemals in ihrer Kolumne an sie herangetragen wurden.

Man stelle sich die Reaktion der Herausgeberin vor, als diese eines Tages das Büro der beiden betrat und erwartete, die Tante fleißig an ihrem Schreibtisch vorzufinden, aber nur Beth antraf, die allein an der Schreibmaschine saß und das Manuskript für den Satz fertig machte.

»Wo ist sie?« wollte sie wissen.

»Ach, ich dachte, Sie wüßten Bescheid. Sie sagte etwas davon, daß sie mit Victor zu den Rennen gehen wollte.«

»Läuft die Geschichte denn immer noch? Er ist halb so alt wie sie, die dumme Kuh. Jedenfalls ist jetzt Arbeitszeit. Was machen Sie denn da?«

»Ich überprüfe nur das Manuskript. Sie haben hoffentlich nichts dagegen.«

»Das ist ihre Aufgabe. Oder war es jedenfalls. Damit ist jetzt Schluß. Könnten Sie an ihrer Stelle weitermachen?«

»Ja, sicher. Wenn ich ehrlich sein soll ...«

»Sie brauchen nicht weiterzusprechen, ich habe es schon erraten. Kann ich Ihnen in die Maschine diktieren?«

»Selbstverständlich.«

»Gut. Nehmen Sie ein Blatt mit Firmenbriefkopf. Es geht los.«

Als die kurze Mitteilung getippt und unterschrieben war, legte die Herausgeberin persönlich den Umschlag auf den Schreibtisch der Tante.

»Morgen früh wird sie ihn finden«, sagte sie grimmig, »falls sie geruht, mal kurz vorbeizuschauen. Ich muß weiter. Ich gebe ein Essen für die freien Mitarbeiter. Übrigens, nehmen Sie morgen frei. Die Sache wird unerfreulich werden. Sie ist seit Jahren hier – viel länger als ich.«

So kam es, daß die Tante mit einem ganz persönlichen Kummer, nämlich arbeitslos zu sein, nach Hause gehen mußte.

Um der Kontinuität willen blieben das Gesicht und der Name, Mrs. Goodrich, in der Kopfleiste der Spalte erhalten. Der Name war frei erfunden, und niemand wußte, wem das Gesicht gehörte. Beth bekam eine Gehaltserhöhung und hatte nun ganz offiziell das Recht, Maureen zu beraten, wie sie auf Brians Annäherungsversuche reagieren solle.

Beth war nicht faul, aber im Lauf der Zeit fühlte auch sie sich von dieser Aufgabe angeödet. Da die Herausgeberin seit jener ersten Begegnung ein offenes Ohr für sie hatte, vereinbarten sie, daß Beth die persönliche Assistentin dieser Dame werden sollte, sobald der Posten frei wurde, und daß man die Beantwortung der Briefe jemand anderem übertragen würde.

Nach einer Weile wechselte die Herausgeberin in eine anspruchsvollere Stellung bei einer anderen Zeitung derselben Verlagsgruppe, einem Monats- anstatt einem Wochenblatt. Böse Zungen behaupteten, sie hätte es nicht länger ausgehalten, Beth anzuhören. Wenn dem so war, so trug sie ihrer Untergebenen jedoch nichts nach, sondern empfahl sie sogar für den Platz, der nach ihrem Weggang frei wurde. Nun saß Beth auf dem Stuhl der Herausgeberin, ein glanzvoller Aufstieg und eine ausgezeichnete Gelegenheit, so ins Licht der Öffentlichkeit zu treten, wie sie es sich sehnlichst wünschte.

Inzwischen befreite ein mitfühlender Homo-Regisseur, dessen Hoffnungen sich in einer Hinsicht freilich nicht erfüllten, Hugo aus dem Ausbildungsprogramm. Da er jedoch, wie die meisten Homos, eine Seele von Mensch war, erkannte er die Befähigung seines Schützlings trotzdem an und hob Hugo auf die erste Sprosse der Karriereleiter, indem er ihm einen kleinen Auftritt in einem Dokumentarfilm verschaffte, den er gerade drehte. Nun, da die Kamera auf ihn gerichtet war, wenn auch nur für eine knappe Minute, wußte Hugo, daß er sein Schäfchen im trockenen hatte. Endlich stand er vor dem Publikum seiner Träume, es konnte ihm nicht mehr entrinnen. Er brauchte nur zu reden, und seine Zukunft war gesichert. Nach diesem Einstieg blickte er nie mehr zaudernd zurück. Wozu auch, wenn die Zuschauer doch vor ihm waren?

Obwohl sie beide alle Hände voll zu tun hatten, empfingen Beth und Hugo Gäste in ihrer Wohnung, sobald sie nur einen freien Augenblick hatten. Das Angebot an Speisen und Getränken mochte spärlich sein, doch für Konversation war bestens gesorgt. Hier trafen sich aufstrebende Künstler, Journalisten, Dramatiker, Regisseure, Politiker und Gefolgsleute jeder Couleur und stärkten sich mit französischem Weißbrot, trockenem Käse und billigem Wein. Jeder erhielt Gelegenheit, sich zu äußern, aber Beth und Hugo als die Gastgeber genossen nach stillschweigender Übereinkunft eine Vorrangstellung. Beide waren gleichermaßen redegewandt, doch sie setzten ihre Gabe unterschiedlich ein. Beth war die aggressivere. Offen gestanden kümmerte sie sich nie darum, für welche Seite sie Partei ergriff, sie fand in jedem Fall eine Menge zu sagen. Jede Frage mag zwei Seiten haben, aber man konnte sich darauf verlassen, daß Beth vier daraus machte. Hugo verließ sich im Gegensatz dazu hauptsächlich auf seinen Charme. Allerdings hatte er feste Überzeugungen und konnte ausnehmend eigensinnig werden, wenn seine persönlichen Ansichten unter Beschuß gerieten. Was die Gäste anging, so wurden sie scharf überwacht. Man hielt an denen fest, die eventuell nützlich sein konnten, wer dagegen nichts zu bieten hatte, wurde nie wieder eingeladen.

Das war natürlich nur in den Anfangszeiten so. Später, als sie weiter Karriere machten, gestatteten sie sich etwas mehr Spielraum. Denn Karriere machten sie beide auf durchaus zufriedenstellende Weise.

Beth hatte nie gewußt, daß man als Herausgeberin eines populären Frauenmagazins nicht nur lernte, seine Zeitschrift erfolgreich zu führen, sondern auch noch andere Privilegien zu erwarten hatte. In Wirklichkeit werden solche Machtpositionen jedoch oft mit Leuten besetzt, die, wie etwa ihre Vorgängerin, gesellschaftliches Ansehen genießen. Ihre Intelligenz ist unumstritten, ihr Geschäftssinn allgemein anerkannt. Zudem sehen sie gut aus. Beth wußte, daß sie nicht hoffen konnte, mit der Eleganz der anderen mitzuhalten, aber sie fing an, mehr auf ihre Kleidung zu achten und aparte Modelle zu bevorzugen, die zu ihrem Stil paßten. Man wählte sie in ein ziemlich bedeutendes Komitee, dessen Ziele nur wenig mit der Boulevardpresse zu tun hatten. Ihre Fähigkeiten erregten Aufsehen. Ein Komitee zog das andere nach sich, und wie wenig sie auch von dem jeweils anstehenden Thema verstehen mochte, stets fand sie etwas Maßgebliches dazu zu sagen. Man forderte sie auf, als Jurorin bei literarischen Wettbewerben tätig zu sein, und ihre Entscheidungen wurden nicht mehr als üblich kritisiert. Bei einer Diskussionsrunde war das Verfahren einfach. Sie orientierte sich an der wichtigsten Persönlichkeit unter den Anwesenden. Auf diese Weise machte sie ihm – oder ihr – eine Freude, selbst wenn sie sonst niemanden überzeugte.

Hugos Aufstieg vollzog sich nicht so schnell wie bei Beth. Auch als er bereits mehrere Sprossen erklommen hatte, traf er in diesem speziellen Spiel immer noch auf mehr falsche Schlangen als auf Leitersprossen. Er interviewte einige unwichtige Persönlichkeiten zu ungünstigen Sendezeiten. Er moderierte die eine oder andere belanglose Unterhaltungssendung; er kommentierte etliche unbedeutende, halbstündige Naturfilme.

Aber schließlich wurde seine Ausdauer belohnt. Der freundliche Homosexuelle, der ihm schon anfangs geholfen hatte, gab abermals den Anstoß und stellte ihn einer echten Fernsehberühmtheit mit einer eigenen Talkshow vor. Dieser Mann, er hieß McGinty, hatte große Erfahrung, aber seine Kräfte ließen allmählich nach, und um sich zur Ruhe zu setzen, war er zu eitel. Andererseits war er körperlich und geistig so erschöpft, daß er vom Tempo her nicht mehr mithalten konnte.

Hugo nahm sich ein Beispiel an Beth und wurde sein persönlicher Assistent, ein Posten, in dem er sich bald unentbehrlich machte. Was McGinty in diesem Abschnitt seines Lebens in Wirklichkeit brauchte, war ein Kindermädchen, und das spielte Hugo rund um die Uhr. McGinty wurde zu dick – Hugo sorgte dafür, daß er Anzüge trug, die seine Korpulenz kaschierten. Er war vergeßlich – Hugo war zur Stelle, um ihn zu erinnern. Die Vorteile waren nicht etwa einseitig. Trotz seines Alters konnte man von McGinty noch eine Menge lernen. Er war eine echte Kapazität und beherrschte sein Metier bis ins letzte. Er kannte alle Tricks und war, wenn schon nicht umfassend gebildet, so doch umfassend informiert. Zudem hatte er ein ausdrucksvolles Gesicht und vermochte mit seiner Mimik den eigenen Worten zu widersprechen, eine Fertigkeit, die Hugo sich anzueignen trachtete. Selten kränkte er seine Gäste, die sich fast immer danach drängten, in seiner Sendung auftreten zu dürfen. Wenn er wirklich einmal grob wurde, wußte man nie genau, ob er nicht eigentlich ein Kompliment beabsichtigt hatte. Doch obwohl ihm die Zuschauer unerschütterlich die Treue hielten, wußten alle in seiner Umgebung, daß McGinty abbaute. Einige der Erwählten achteten nicht mehr auf seine Stichworte und wandten sich direkt an das Publikum. Früher hätte er das sofort unterbunden; jetzt mußte er sich anstrengen, um sie wieder an die Kandare zu nehmen. Sein spitzbübisches Lächeln wurde zunehmend grimassenhaft. Mit einem schwierigen Kunden war immer wieder einmal zu rechnen, aber eines Tages erwischte er ein richtiges Ekel, eine ältliche Xanthippe, die plötzlich so wild auf ihn losging, daß der neben ihr sitzende Kanonikus fast die neue Brücke verschluckt hätte, die ihm sein Zahnarzt eigens für diesen Anlaß angefertigt hatte.

McGinty dagegen traf der Schlag. Er klappte einfach zusammen, und die Kamera wandte sich hastig von ihm ab und richtete sich auf den armen Geistlichen, der hilflos stotterte und würgte. In Windeseile, wenn nicht noch schneller, erschien wie durch Zauberei Hugo, der hinter den Kulissen bereitgestanden hatte, um seinen Chef sofort nach Beendigung der Show von der Bühne zu geleiten (McGinty hatte ihm nämlich vor seinem Auftritt: »Fühle mich nicht so besonders, Hugo« ins Ohr geflüstert), und nahm alles in die Hand. Er gab dem Kameramann ein Zeichen, der blendete hastig aus, und dann hievte er mit Hilfe des Pianisten, der gesehen hatte, was passiert war, und quer über die Bühne herbeigelaufen kam, den bewußtlosen (nicht gerade leichten) McGinty auf den Platz zurück, von dem er eben verschwunden war. Dann machte er den Kameramann auf sich aufmerksam, erschien selbst im Bild, versicherte der Xanthippe, der der Schreck die Sprache verschlagen hatte, es sei ein Vergnügen gewesen, sie in der Show zu haben, und schüttelte dem Kanonikus mit der Bemerkung »Es war wirklich sehr liebenswürdig von Ihnen, sich für uns Zeit zu nehmen« dessen freie Hand, während jener sich mit der anderen das Taschentuch an den Mund drückte. Dann folgte ein hastiges Dankeschön an den verwirrten dritten Mann, und schon war Hugo allein, in Nahaufnahme, auf dem Schirm zu sehen.

Ganz allein vor der Kamera, das Lächeln auf dem Gesicht, das er so oft vor dem Spiegel geübt hatte. »Ich möchte mich entschuldigen«, sagte er zu den Zuschauern, »für dieses kleine Mißgeschick. Nächsten Mittwoch wird unser Gastgeber wieder bei uns sein, um Dolly Desmond aus der neuen Musikrevue *Ducks*, Lord Bix von Belsize Park, der soeben aus der Arktis zurückgekehrt ist, und, wie wir hoffen, den Sozialminister zu begrüßen. Wir hoffen, Sie sind wieder dabei.«

Der arme McGinty kam nie mehr zurück, aber auf seinem Platz saß nun Hugo. Er hatte es geschafft.

Mehrere Jahre vergingen. Es waren glückliche Jahre für Beth und Hugo, die ihre Posten weiterhin erfolgreich innehatten. Sie waren allgemein anerkannt und hätten keinen Sinn in einem Wechsel gesehen. Um ihr Gewicht zu halten, waren sie gezwungen, mäßig zu essen und ihren Alkoholkonsum streng zu beschränken. Wenn man an der Spitze bleiben will, muß man gewisse Opfer bringen. Außerdem waren sie sehr darauf bedacht, sich als persönliche Assistenten nur Menschen ohne Ehrgeiz auszusuchen. Hugo hatte seine Gäste inzwischen noch besser im Griff als McGinty. Niemand redete ihn je in Grund und Boden, und sein Charme versagte nie. Beth hingegen zeichnete sich immer mehr durch Skrupellosigkeit aus. Niemals lud sie freie Mitarbeiter zum Essen ein, wenn diese ihre beste Zeit hinter sich hatten.

Doch so mächtig sie auch geworden waren, die Zeit konnten sie leider nicht anhalten, und schließlich kam der Tag, an dem Hugo einer mehrfach verehelichten Dame ein paar vertrauliche Einzelheiten aus der Nase ziehen wollte und diese den Spieß umdrehte und ihn fragte: »Waren Sie eigentlich je verheiratet?«

Er lächelte sein berühmtes Lächeln und sagte: »Es wird Sie vielleicht überraschen, nur einmal. Und irgendwann nächste Woche feiern meine Frau und ich unser fünfundzwanzigstes Ehejubiläum – unsere Silberhochzeit, wie man so sagt.«

Lautes Gelächter war die Antwort, und mittenhinein bemerkte sein Gast: »Na, für mich wäre das nichts.«

Hinterher schalt Beth ihn liebevoll: »Das hättest du eigentlich nicht verraten sollen. Wir waren uns doch einig, daß unser Privatleben niemanden etwas angeht.«

»Privat, sagst du! Und was ist mit der großen Party im *Dorchester*, die uns ruinieren wird?«

»Wir müssen eben versuchen, die Kosten von der Steuer abzusetzen.«

»Außerdem stört es mich nicht, wenn die Leute davon erfahren. Ich bin stolz darauf.«

»Alles schön und gut. Aber ist dir klar, daß dank deiner Unbesonnenheit ein Wolkenbruch von Geschenken, die wir gar nicht haben wollen, über unsere wehrlosen Häupter niedergehen wird?«

»Kaum möglich. Ich habe mich schon immer nach einem silbernen Rolls gesehnt.«

Beths Prophezeiung sollte sich bald erfüllen. Hugo war buchstäblich Millionen von Menschen ein Begriff. Beth hatte Hunderte von Bekannten aus allen Schichten. Noch vor ihrer berühmten Party strömten die Geschenke ins

Haus. Hugos ersehnter Rolls Royce war nicht darunter, aber das dürfte fast das einzige gewesen sein, was er nicht bekam. Von Milchkännchen über Kaffeekannen, Essig- und-Öl-Sets und Kerzenleuchter bis hin zu Saucieren und Tabletts; von Teelöffeln über Toastständer bis hin zu Vasen und den verschiedensten sonstigen Gefäßen fehlte kaum ein Artikel, der jemals in Silber hergestellt worden war.

Die Päckchen kamen mit eingeschriebener Post, mit *Securicor*, mit Boten, einige sogar per Flugzeug aus den Vereinigten Staaten von Amerika. Sie wurden an die Fernsehgesellschaft geschickt, an Beths Verlagsgruppe und in ihre eigene Wohnung, wo sie natürlich am Ende alle landeten. Zuerst machte es noch Spaß, sie auszupacken und zu raten, was sie wohl enthielten, aber bald wurden die beiden dessen überdrüssig. Die Geschenke mußten peinlich genau aufgelistet werden, denn es ging nicht an, irgendeinen großzügigen Vertreter des Publikums zu verärgern, indem man sich für ein georgianisches Senftöpfchen bedankte, wenn er in Wirklichkeit eine versilberte Butterdose geschickt hatte. Zum Schutz des edlen Metalls waren die Gegenstände meist mit Unmengen von Verpackungsmaterial umgeben, und Beth und Hugo konnten noch so viele Zeitungen auf dem Boden ausbreiten, die Papierschnitzel, das Sägemehl und die niedlichen kleinen Plastikchips gelangten überall hin.

Beth drohte, Hugo schmeichelte, und endlich ließen sich die Männer von der Müllabfuhr mit klingender Münze bestechen und schafften den Unrat weg.

Aber was fing man mit den nun freigelegten Schätzen

an? Das war die große Frage. Beth und Hugo wohnten inzwischen im vornehmsten Teil von Hampstead, und obwohl ihre Wohnung sehr geräumig war, war es doch immer noch eine Wohnung, die zwar drei Bäder hatte, aber keine Abstellkammer. Solange sie also noch über eine endgültige Lösung nachgrübelten, mußte der ganze Segen im Gästezimmer verstaut werden, und niemand konnte mehr bei ihnen übernachten. Wäre doch nur ein Einbrecher gekommen! Irgendeine Antwort mußte es einfach geben. Sie analysierten die Lage aufs genaueste. Hugo war dafür, den ganzen Kram direkt zur Bank zu schicken.

»Die werden uns für die Aufbewahrung teuer bezahlen lassen«, jammerte seine Frau, obwohl ihr das eigentlich weniger Kopfzerbrechen machte als der Transport dorthin. Mußte dazu die ganze Beute etwa neu verpackt werden?

»Halte doch mal dagegen, was es uns kostet, unsere Gäste im Hotel unterzubringen.«

»Stell dir vor, es sickert durch, was wir getan haben, was meinst du, wie das unserem, besonders deinem Ruf schadet.«

Das war ein Argument.

»Immerhin ist es nicht ausgeschlossen, daß jemand kommt, der erwartet, daß wir sein Geschenk gut sichtbar aufgestellt haben.«

»Aufgestellt!«

Die Wohnung war mit den erlesensten Möbeln eingerichtet, die der Kontinent zu bieten hatte: in schwedischem, dänischem, finnischem Stil. Ein paar handgefertigte Stücke stammten sogar aus einer exklusiven, britischen Werkstatt. Ein Sammelsurium verschiedenartigsten Silbergeschirrs hätte die ganze Wirkung zerstört.

»Vielleicht könnten wir die Schafe von den Böcken trennen und ein paar der besten Stücke in einer Glasvitrine zur Schau stellen.«

»Wie entsetzlich vulgär!«

»Oder wäre es vielleicht möglich, daß du ein paar von den Sachen ganz normal im Haushalt verwendest?«

»Kannst du dir wirklich vorstellen, wie ich aus einer verschnörkelten, mit Monogramm versehenen Kanne den Tee eingieße?«

»Zugegeben, Gurkensandwiches passen da wohl nicht so recht dazu.«

»Du weißt, daß ich nie jemanden zum Tee einlade.«

»Und was fangen wir mit dem –, wie hast du es genannt – dem Tafelaufsatz an?«

»Der müßte in der Mitte eines großen Eßtischs aufgebaut werden.«

»Er mißt mindestens einen halben Meter im Durchmesser, wo willst du da noch Platz für die Teller finden?« In Hugos sanfte Stimme schlich sich ein rauherer Ton ein. Beth zeigte allmählich Allüren wie manchmal im Büro.

Es mag merkwürdig erscheinen, aber die beiden hatten in den letzten Jahren nie einen richtigen Streit gehabt. Gelegentlich kam es zu »Kabbeleien«, wie sie es nannten, aber mehr zum Spaß, ohne echten Groll. Wenn man zynisch wäre, würde man sagen, das habe daran gelegen, daß sie sich wegen ihrer aufreibenden Berufe nur relativ selten zu Gesicht bekamen, aber wenn zwei Leute streiten wollen, dann finden sie auch Zeit dafür. Nun waren jedoch die ersten Anzeichen einer handfesten Meinungsverschiedenheit zu erkennen. In nächster Zeit kam es mehrmals zu einem ausgewachsenen Streit. Jeder begann, am Beruf des anderen herumzukritteln. In Gesellschaft mußten sie sich beherrschen, daher sparten sie sich das Beste für die Augenblicke auf, in denen sie allein waren, und da sie für ihre Rednergabe berühmt waren, setzten sich die Beschimpfungen oft bis tief in die Nacht hinein fort.

Inzwischen ruhte der Silberhort noch immer im Gästezimmer. Er war auf dem breiten Bett aufgestapelt und floß nach allen Richtungen auch auf den dicken Velourssteppich über.

Bis Hugo eines Tages hineinging, um die Sammlung um einen Nachzügler zu ergänzen, und totenbleich im Gesicht wieder herausgestürzt kam.

»Alles ist angelaufen!«

»Was hast du gesagt?«

»Ich sagte, das verwünschte Zeug ist angelaufen.«

Gemeinsam kehrten sie ins Gästezimmer zurück. Ein wahrhaft trauriger Anblick. Der strahlende Glanz hatte sich zu einem matten Rostbraun verfärbt und war an manchen Stellen sogar fast schwarz geworden.

»Ich konnte Silber noch nie leiden«, erklärte Beth kalt. »Es ist ein zweitklassiges Metall. Zweitklassig wie so mancher Charakter.«

»Wenn das eine Anspielung sein soll ...«

»Ich mache nie Anspielungen. Ich verstehe einfach nicht, wie das trotz der Klimaanlage passieren konnte. Sogar der Tafelaufsatz.«

Es hörte sich an, als hätte ein so erlesenes Kunstwerk eigentlich klüger sein müssen.

»Nun, jemand muß den verdammten Plunder putzen!«

Gewiß, aber wer? Die Zugehfrau nicht, soviel war sicher. Sie sah sich die Sache an und sagte: »Mit Silber kenn' ich mich überhaupt nicht aus«, ihre Art, eine unwillkommene Aufgabe abzuwimmeln.

Ob man die Pfadfinder darum bitten konnte? Nein, unmöglich.

Würde eine Reinigungsfirma den Auftrag übernehmen? Nein, sie würde nicht.

Beim Juwelier stießen sie auf höfliche, aber entschiedene Ablehnung. Der Besitzer empfahl eine Reinigungsflüssigkeit, die das Unternehmen selbst verwendete. Beth kaufte eine Flasche, zog Gummihandschuhe an und versuchte sich an einem Kerzenleuchter. Da leider schon zu Anfang keine Begeisterung vorhanden gewesen war, konnte man auch nicht sagen, daß sie schnell nachließ. Silberputzen ist die unbeliebteste Arbeit in der feinen Gesellschaft, fast gleichbedeutend mit der Zumutung, sein Bett selbst zu machen. Beth verließ das Gästezimmer und schloß die Tür hinter sich. Dann zog sie die Handschuhe aus und mixte sich einen trockenen Martini.

In diesem Augenblick trat Hugo ein. Wie in stummer Kritik machte er sich einen Bloody Mary mit reichlich Wodka zurecht. Ein Klingeln an der Tür kündigte den Postboten an. Er reichte ihnen ein flaches, eingeschriebenes Päckchen. Hugo unterschrieb die Empfangsbestätigung. Das Päckchen war an ihn adressiert. Er trank erst aus, ehe er sich damit befaßte.

Unter den gehässigen Blicken seiner Frau machte er sich ans Auspacken. Eine schmale Schachtel mit einer Karte wurde sichtbar, auf der in kupfernen Lettern geschrieben stand: *Mit allen guten Wünschen zur Silberhochzeit von einem unbekannten Freund.* Hugo hob den Deckel ab und entfernte die Zellstoffschichten.

»Nun ja«, sagte er, »damit läßt sich wenigstens etwas anfangen. Einen anständigen Brieföffner kann ich gebrauchen.«

Er nahm ihn am Griff aus der Schachtel und las laut die Beschreibung vor.

»Reproduktion eines Dolches aus dem achtzehnten Jahrhundert.« Er betastete die Klinge mit dem Finger. »Mein Gott, das Ding ist spitz.«

Sofort war Beth neben ihm.

»Das kannst du nicht verwenden, Hugo. Du wirst dich verletzen. Du weißt doch, wie ungeschickt du bist.«

Sein Eigensinn machte sich bemerkbar.

»Natürlich kann ich. Niemand wird mir vorschreiben, was ich benützen kann und was nicht. Außerdem ist Silber nicht so scharf.«

»Wahrscheinlich ist es versilberter Stahl. Gib es mir.«

Nur halb im Ernst versuchte sie, ihm den Dolch zu entwinden. Ihm war es jedoch bitter ernst, und er umklammerte den Griff. Sie verstärkte ihre Anstrengungen, nur die Überzeugung, daß auch die Schneide scharf war, schreckte sie ein wenig ab. Nun kämpften beide um den Griff. Und plötzlich rutschte Hugo auf dem polierten Parkett zwischen den Orientteppichen aus. Die Spitze der Dolchkopie drang Beth ins Fleisch, wobei durch das Gerangel die Wucht noch verstärkt wurde. Sie trug keinen Büstenhalter, da sie sich inzwischen für emanzipiert hielt. Die Spitze des Brieföffnerdolchs durchbohrte den dünnen Musselin ihrer Bluse und zielte direkt auf ihr Herz.

Hugo wich entsetzt zurück. Und Beth fing an zu reden oder vielmehr zu lallen, und wie unter einem Zwang, ihr zuzuhören und zu verstehen, was sie ihm sagen wollte, fand Hugo sein Gleichgewicht wieder und beugte sich über sie.

Er wurde nicht klug daraus, und seine Verzweiflung oder sein Instinkt gab ihm genau das Falsche ein. Er faßte den Griff des als Brieföffner getarnten Dolches und zog ihn aus ihrer Brust. Jetzt sprudelte das Blut wie ein Bächlein aus seiner Quelle. Es floß um sie herum, glänzend wie Silber, aber rot, und sie brach zusammen wie McGinty an jenem längst vergangenen Abend. Das Lallen verstummte, und er wußte, daß er nichts tun konnte, um sie zu retten. Hier war fremde Hilfe vonnöten.

Er ging zum Telefon. Nie zuvor war er um Worte verlegen gewesen, doch jetzt mußte er sich die Erklärung, seine Frau liege im Sterben, er brauche einen Krankenwagen, förmlich abringen. Er hatte das Gefühl, die Antwort klinge so, als habe er sie mit Mühe einem schüchternen Gast bei seiner Talkshow entlockt.

Er legte den Hörer auf und ging zu Beth zurück.

Doch jetzt hatten sie sich nichts mehr zu sagen. Er drohte in dem schrecklichen Schweigen zu versinken. Es hüllte ihn ein wie ein Leichentuch, er konnte ihm nicht entrinnen.

Das war es also – dachte er bei sich – wir hatten beide

Angst vor dem Schweigen. Deshalb redeten wir, um in Schach zu halten, was keiner von uns ertragen konnte.

Ein Gedanke erfüllte sein Bewußtsein: allein konnte er es auch nicht ertragen.

Vorsichtig faßte er das blutbefleckte Messer am Griff und hob es auf. Er wußte, daß es noch immer von Nutzen sein konnte, es gab noch andere Arbeit dafür. Und er würde es nicht dazu verwenden, Umschläge aufzuschlitzen.

Ländliche Idylle

In diesem Dorf sterben eindeutig zu viele alte Damen weg«, bemerkte Mr. Brown, ein pensionierter Bankdirektor, der erst vor kurzem hierhergezogen war. Er hatte ein derbes, ziemlich humorloses Gesicht, dem er auch jetzt noch hin und wieder einen Ausdruck verlieh, als sitze er einem Kunden gegenüber, der sein Konto ständig und viel zu hoch überzog.

Nun sah er seine Frau über das Lokalblättchen hinweg stirnrunzelnd an.

»Das muß wohl an den Ärzten liegen«, antwortete sie schnippisch.

»Was!«

Sie beeilte sich, ihm zu versichern, daß sie nur einen Scherz gemacht habe.

»In Wirklichkeit«, fügte sie obendrein hinzu, »geben sie sich mit Frauen über achtzig besonders viel Mühe. Es überrascht dich vielleicht, aber einmal im Jahr werden sie von jemandem aus der Praxis besucht, selbst wenn sie nie in die Sprechstunde gekommen sind.«

»Pah! Das machen diese Scharlatane doch nur, um sich spätere Mühen zu ersparen. Damit wird eine Autopsie überflüssig.«

»Autopsie?«

»Leichenöffnung, wenn dir das lieber ist. Um festzustellen, woran jemand gestorben ist.«

»Aber das ist doch ganz normal.«

»Vielleicht, vielleicht auch nicht.«

»Aber wenn du andeuten willst ... Oh, Bernard. Das ist einfach lächerlich.«

»Zugegeben, es ist unwahrscheinlich. Obwohl auch Ärzte nicht über jeden Verdacht erhaben sind, wie du weißt. Denk nur an den Burschen – in Eastbourne war es, glaube ich –, der einer alten Patientin Morphium gegeben hat, nur weil sie ihm ihren Rolls vererben wollte.«

»Keine von den unsrigen hatte ein Auto. Miss Pettifer hatte früher einmal einen Wagen, glaube ich, aber Mrs. Hammond, Miss Wedge, Miss Hornbeam, Mrs. Lynch, Ada Lycett ...«, hier unterbrach sie die Aufzählung und erklärte zögernd: »Für ein einziges Jahr sind es wirklich eine ganze Menge.«

»Dann fahr mir nicht gleich an die Kehle, wenn ich darauf hinweise.«

»Natürlich waren sie alle so ziemlich im gleichen Alter. Ich habe gehört, daß sie zusammen zur Schule gegangen sind. Vielleicht war es eine Art Dominoeffekt, der mit ihrem Willen zu tun hatte.«

Bei diesen Worten gingen Mr. Browns Augenbrauen in die Höhe, und er sagte: »Wenn du weißt, wer sie beerbt hat, könntest du es mir ja auch verraten.«

»Dummchen. Ich meinte doch nicht den Letzten Willen, sondern den Willen zum Leben. Nimm zum Beispiel deine Mutter. Wären die Sardinen nicht gewesen, sie wäre heute noch unter uns.«

»Was in aller Welt willst du damit sagen?«

»Im Pflegeheim brachten sie ihr zum Abendessen ständig Sardinen auf Toast. Sie haßte Sardinen, und deshalb . . .«

»Unsere Mütter lassen wir doch mal lieber aus dem Spiel, ja? Wenn ich mich recht erinnere, hat die deine . . .«

Das war ein heikles Thema, und Mrs. Brown hätte sich ohrfeigen können, daß sie davon angefangen hatte. So kehrte sie nur zu gerne zur ursprünglichen Frage zurück.

»Die armen alten Weiblein hatten gar nichts zu vererben. Jedenfalls nichts Wertvolles. Und was sie hatten, ging an ihre Verwandten, darauf kannst du dich verlassen. Sie waren alle sehr familienverbunden. Die Angehörigen ihrer eigenen Generation waren zwar bereits gestorben, aber sie erzählten ständig von irgendwelchen Nichten und Neffen. Was freilich nicht heißt, daß den jungen Leuten auch nur das geringste an ihnen gelegen hätte.«

»Was ist mit den Häusern?«

»Na schön, die gehörten ihnen natürlich. Sie hatten schließlich ihr ganzes Leben lang darin gewohnt. Miss Pettifer hat mir einmal anvertraut, daß ihr Vater für das ihre hundert Pfund gezahlt hatte.«

»Und wer wohnt jetzt darin?«

»Das weißt du doch ebenso gut wie ich. Die McMasters. Ihm gehören diese Plastikwerke, die Billigspielzeug produzieren. Sie schwimmen im Geld.«

»Ich will keineswegs die McMasters beschuldigen, Miss Pettifer ermordet zu haben. Sie haben das Haus doch von jemandem erworben. Der Himmel weiß, warum.«

»Alle Welt ist verrückt auf malerische *Cottages*. Das müßtest du eigentlich selbst am besten wissen, mein Lieber. Genau deshalb haben wir ja auch das unsere gekauft.«

»Ich muß nicht ganz bei Trost gewesen sein«, erklärte Mr. Brown verdrießlich. Er hatte inzwischen seine Erfahrungen mit malerischen Landhäusern gemacht, und zwar auf ziemlich schmerzhafte Weise, seit er im ersten Monat nach dem Einzug immer wieder mit dem Kopf gegen einen der niedrigen Balken gerannt war. Außerdem klagte er über die ständigen finanziellen Belastungen, da eine der veralteten Installationen nach der anderen den Dienst versagte und erneuert werden mußte. Das konnte er sich allerdings auch mit seinem verringerten Einkommen leisten, und deshalb waren es nicht die Kosten, was ihn so sehr störte, sondern der nicht abreißende Strom von Handwerkern, die ewig ein Chaos verursachten und in seinen Augen samt und sonders unfähig waren.

»Wußtest du schon, daß die McMasters hinten angebaut haben?« fragte seine Frau. »Jetzt haben sie eine wunderschöne, neue Küche – lauter Einbaumöbel.« Es klang ein bißchen wehmütig.

»Als wir hierherkamen«, erinnerte ihr Gatte sie vorwurfsvoll, »hast du gesagt, du kämst ausgezeichnet zurecht. Du hast sogar behauptet, du schwärmtest geradezu für altmodische Küchen.«

»Ja, sicher...«, räumte sie etwas verlegen ein.

»Man hat uns übervorteilt!« rief Mr. Brown. Jetzt hätten ihn seine ehemaligen Angestellten mit Sicherheit wiedererkannt.

»O nein, mein Lieber«, tadelte sie hastig. »Die McMasters haben für ihr Haus sehr viel mehr bezahlt. Und der Makler war so ein netter Mann.«

»Das konnte er sich auch leisten. Er war schließlich

nicht nur der Makler. Das verdammte Anwesen hat ihm selbst gehört.« Plötzlich verstummte Bernard, aber sein Schweigen war vielsagender als seine Worte.

Endlich brach er es, um in einem Tonfall, der gewichtiger klang als ein Beutel Kupfermünzen, zu verkünden: »Ich glaube, jetzt bin ich auf etwas gestoßen.«

Seiner Frau erschien es ratsam, ihn von diesem möglicherweise gefährlichen Terrain wegzulotsen. So warf sie verstohlen einen Blick aus dem Fenster, sah, daß es zu regnen aufgehört hatte, und fragte mit ihrer einschmeichelndsten Stimme, ob er nicht vielleicht eine Fahrt mit dem Wagen unternehmen wolle. Eine Spritztour, wie sie es nannte.

»Um die Batterie aufzuladen, mein Lieber.«

Sein schnelles Eingehen auf eine Idee, die nicht von ihm selbst stammte, hätte sie eigentlich warnen müssen, daß der Vorschlag genau mit seinen eigenen Wünschen übereinstimmte.

»Ich wollte ohnehin mal kurz nach Limeham rüber. Um bei der Bank vorbeizuschauen.«

»Aber Bernard, als du pensioniert wurdest, hast du geschworen, nie wieder in die Nähe einer Bank zu gehen. Das war doch unter anderem der Grund, warum wir hierhergezogen sind; weil es hier keine Zweigstelle gab.«

»Diesmal ist es geschäftlich, und das ist etwas ganz anderes. Ich dachte, ich unterhalte mich mal mit dem Neuen. Vielleicht kann er mir ein paar Hinweise geben, was so im Busch ist.«

»Das wird er ganz sicher nicht tun. Dazu ist er viel zu diskret.«

»Er hat von mir jede Menge Informationen bekommen, als er den Posten übernommen hat. Wie sagen doch gleich die Privatdetektive in den Krimis, die ich mir in diesem verdammten Loch von Bibliothek ausleihe: Er schuldet mir diesen kleinen Dienst.«

Damit machte er sich, ausnahmsweise einmal gut gelaunt, auf den Weg. Sie bildete sich sogar ein, ihn vor sich hin summen zu hören, als er seine Jagdmütze aufsetzte und seinen Anorak anzog, seine einzigen Zugeständnisse an das Leben auf dem Lande.

Daß er sich hier nicht richtig eingewöhnt hatte, war das größte Problem, dachte sie bei sich, während sie hörte, wie er das Garagentor öffnete. (Die Garage war das einzige, was sie an dem Haus verändert hatten, und selbst dazu hatten sie eine alte Hütte umbauen müssen, um die Auflagen des Denkmalschutzes nicht zu verletzen.) Er war an einen geregelten Tagesablauf gewöhnt, der zum Teil von ihm selbst, zum Teil aber auch von den Anordnungen seiner Vorgesetzten bestimmt wurde, und als diese Routine wegfiel, schien er wie in einem Vakuum zu versacken. Sportliche Interessen oder Fähigkeiten waren nicht vorhanden. Auch andere Hobbies hatte er nicht. Sein Verstand, der früher durch die ständigen Gespräche mit den verschiedensten Vertretern der Öffentlichkeit wachgehalten worden war, begann mangels Gebrauch zu erlahmen.

Schon fiel es ihm schwer, bei dem belanglosen Geplauder mit den Nachbarn, das hier für Konversation gehalten wurde, seinen Mann zu stehen. Wie viele andere hatte er vorgehabt, sich in seiner Freizeit jene klassischen Werke zu Gemüte zu führen, die er in seiner Jugend versäumt hatte. Aber so schwere Kost vertrug er nicht mehr, eigentlich konnte sein Geist nur noch eine Diät aus Kriminalromanen bewältigen.

Und die waren ganz offensichtlich der Grund für seine neueste Marotte. Vielleicht hält er sich für diesen Poirot im Fernsehen, dachte Mrs. Brown und mußte unwillkürlich kichern. Wenn man den lächerlichen Schnurrbart wegnahm, bestand durchaus eine Ähnlichkeit zwischen den beiden Gesichtern. Nun, sie hatte nicht die Absicht, sich als Miss Marple zu ihm zu gesellen.

Bernard konnte sich mit dem Landleben vielleicht nicht anfreunden, sie selbst fühlte sich jedoch vollkommen in ihrem Element. Schon jetzt war sie in den vielen Frauenvereinen, die das Leben eines Dorfes prägen, voll engagiert. Sie liebte es, selbst Marmelade und Kompott einzukochen, obwohl keiner von ihnen die Sachen jemals essen würde. Im Kuchenbacken konnte ihr so leicht niemand das Wasser reichen, und im Moment fing sie gerade an, alle möglichen Kräuter zu züchten, und war gleichzeitig auf der Suche nach jenen ausgefallenen Rezepten, für die das Grünzeug erforderlich war.

In das Häuschen hatte sie sich auf den ersten Blick verliebt, und obwohl sie die Nachteile sehr viel deutlicher erkannt hatte als Bernard, hatte sie alles in ihrer Macht Stehende getan, um sie herunterzuspielen und ihn trotzdem zum Kauf zu überreden. Inzwischen war sie freilich nicht mehr so sicher, ob sie damals richtig gehandelt hatte. Was sie von vorneherein gern geändert hätte, war das Dach, sie bevorzugte Ziegel, denn im Stroh hatte sich eine erschreckende Anzahl von Spinnen eingenistet.

Auch Mrs. Hammond und Ada Lycett hatten ein Ziegeldach gehabt. – Sie war mit all den alten Damen gut ausgekommen, so unterschiedlich sie auch waren. Von der ängstlichen Miss Pettifer bis zu Ada, diesem einschüchternden Schlachtroß, hatte sie jede gemocht und ihren Entschluß bewundert und respektiert, allein zu leben und bis zur Neige auszukosten, was ihnen noch blieb. Ja, es war traurig, und sie vermißte sie, aber selbst die halsstarrigste alte Tante mußte schließlich einmal sterben. Nicht einmal ihre Schwiegermutter war diesem Schicksal entgangen.

Sie schlug sich die alten Damen aus dem Kopf und ging in die primitive Küche, um das Gemüse für Bernards und ihr Abendessen zu putzen.

Als er nach Hause kam, sah er so zufrieden aus wie eine Fernsehkatze vor ihrem Lieblingsdosenfutter. Auf ihre Frage: »Nun, wie war es denn?« antwortete er in geschäftlichem Ton: »Ich glaube sagen zu dürfen, daß ich gut vorangekommen bin.«

»Und der neue Mann?«

»Passabel... macht sich ganz passabel. Er hat den Schreibtisch in meinem Büro umgestellt, aber er wird sicher bald einsehen, daß das ein Fehler war.«

»Oh.«

Sie brannte darauf zu erfahren, was wirklich geschehen war, und er brannte darauf, es ihr zu erzählen, doch die Vorsicht verschloß beiden den Mund.

Aber wie Eva sich ihrem Adam gebeugt hatte, so gab auch Mrs. Brown schließlich nach. Bis zum Schlafengehen hielt sie durch, doch als sie dann in ihrem Einzelbett lag und wartete, daß Bernard sich in das seine legte, nahm sie ihren Mut zusammen und stellte die Frage.

»Was ist auf der Bank passiert, Liebster?«

Die ungewöhnliche Anrede in Verbindung mit seinem behaglichen Pyjama löste ihm die Zunge. Während er unter das Plumeau kroch, sagte er: »Es mag dich vielleicht überraschen, aber ich habe erfahren, daß unser Freund es tatsächlich geschafft hat, alle fraglichen Häuser zu erwerben, ehe sie auf dem freien Markt angeboten wurden.«

Warum sprach er von »unserem Freund«, wenn er doch offensichtlich jenen netten Makler meinte, der nun ganz und gar nicht sein Freund war? Die Antwort war ganz einfach. Bernard war es zur zweiten Natur geworden, diesen Euphemismus zu gebrauchen, wenn er mit anderen über eine zwielichtige Person sprach. Auf diese Weise hatte er es bisher immer vermeiden können, wegen Verleumdung angezeigt zu werden.

»Wie in aller Welt hat er das denn gemacht?«

»Er hat an allen Beerdigungen teilgenommen. In einem Punkt hattest du völlig recht, meine Liebe. In jedem Fall hatten die Besitzerinnen ihr kleines Häuschen ihren Nichten und Neffen oder sonstigen jüngeren Verwandten vermacht. Diese Erben kamen aus allen Teilen des Landes, und da sie ziemlich mittellos waren, wollten sie so schnell wie möglich so viel wie möglich herausholen. Der Erlös für die Häuser mußte nämlich geteilt werden. Da war es doch ein Glück, daß gerade dann, wenn sie alle versammelt und in der Lage waren, gemeinsam zu entscheiden, dieser gutmütige Bursche auftauchte, eindeutig ein Freund der Familie, der bereit war, ihnen das Objekt vom Hals zu schaffen und noch dazu bar dafür zu bezahlen. Natürlich mußte man erst die Testamentseröffnung abwarten, aber man ersparte sich doch eine Menge Verzögerungen und Ärger. Allem Anschein nach hatte kein einziger dieser dummen jungen Leute auch nur ein Quentchen Geschäftssinn oder ein Gespür dafür, was in dem Anwesen steckte. Unser Freund nahm ihnen die Immobilie für ein Taschengeld ab, und dabei drängten sich auf seinen Adressenlisten bereits die Kaufwilligen.«

»Ich weiß zwar, daß das Maklerbüro seine Geschäfte von Limeham aus tätigt, aber ich verstehe nicht, was die Bank mit der ganzen Sache zu tun hat.«

Bernard murmelte etwas von Hypotheken. Immerhin besaß er soviel Anstand, daß er sich seines Tuns schämte. Trotz seiner langen Dienstzeit hatte er keinen Anspruch auf vertrauliche Informationen, ja, gerade deshalb hätte er sich der Rechte der Kunden besonders bewußt sein müssen. Andererseits hätte Mrs. Brown wissen müssen, daß Banken zwar Institutionen mit Computern und allen Schikanen sein mögen, aber doch immer noch mit gewöhnlichen Menschen besetzt sind. Nachdem sie eine Weile überlegt hatte, bemerkte sie kleinlaut: »Ich wünschte, du hättest es mir nicht erzählt.«

»Das finde ich ja reizend«, sagte Bernard. »Ausgerechnet du mußt das sagen, die du keine Ruhe gegeben hast, bis du mir alles herausgelockt hattest. Ich kann nur hoffen, daß ich mich auf deine Diskretion verlassen kann. Wenn du bei deinem nächsten Kaffeeklatsch auch nur ein Wort davon verlauten läßt, werden sich alle den Mund über uns zerreißen.«

»Wirklich ein Jammer«, bemerkte seine Frau trocken. »Es hätte so gut zu den Keksen gepaßt. Das war nur ein Scherz, Bernard. Übrigens, was ›unser Freund‹ getan hat... das war doch nicht gesetzwidrig, oder?«

»Vielleicht war es sittenwidrig – ob es gesetzwidrig war, weiß ich nicht. Aber was sich davor abgespielt hat, das war eindeutig illegal, und ich werde der Sache auf den Grund gehen, und wenn es das letzte ist, was ich tue.«

Er schaltete die Lampe auf dem Nachtschränkchen zwischen den beiden Betten aus, während sie sich auf die Seite drehte und sofort einschlief. Allerdings hatte sie schlimme Träume.

Am nächsten Morgen ließ man das Thema vorübergehend zugunsten der Weltlage fallen, die ebenso unsicher war wie damals, als die Dinosaurier ihren Elan und gleichzeitig ihre Nahrungsquelle verloren. Aber Mrs. Brown erkannte, daß die Sache für Bernard keinesfalls erledigt war. Er war immer noch mißgelaunt, und endlich rückte er mit einer Frage heraus, die er sich zweifellos genau überlegt hatte.

»Weißt du, ob er sie alle besucht hat?«

»Na ja, er hat selbst hier im Ort gewohnt, es wäre also nicht unmöglich, oder?«

»Ich habe dich nicht gefragt, ob es möglich oder auch nur wahrscheinlich war. Ich habe dich gefragt, ob du genau weißt, daß er es getan hat.«

Mrs. Brown war schon im Begriff, sich in eine dreiste Lüge zu flüchten, aber dann scheute sie doch davor zurück.

»Ja, ich glaube, bei Miss Pettifer war er zum Tee. Sie hat

mich um mein Honigkuchenrezept gebeten, deshalb kann ich mich daran erinnern.«

»Was gab es denn sonst noch zu essen?«

»Du meine Güte, Bernard, woher soll ich das denn wissen?«

»Sandwiches mit irgendeinem Aufstrich?«

»Wenn, dann hat sie sie selbst gemacht. Sie war nämlich die Gastgeberin, falls du das vergessen haben solltest.«

»Das heißt vermutlich, daß sie ihn eingeladen hat.«

»Zufällig nicht. Der Vorschlag kam von ihm.«

»Aha. Und was wollte er?«

»Wenn ich zum Tee irgendwohin gehe, ganz gleich, ob eingeladen oder nicht, dann doch nicht unbedingt, weil ich etwas will.«

»Du bist auch kein Immobilienmakler. Ich frage dich noch einmal... was wollte er von Miss Pettifer? Nun komm, keine Ausflüchte.«

»Du hast es doch schon erraten. Du willst nur, daß ich es ausspreche.«

»Dann mal los.«

»Er wollte, daß sie ihm ihr Häuschen verkauft. Aber sie hat abgelehnt. Sie hat mir erzählt, daß er es ganz gut aufgenommen hat. Er hat auch nicht versucht, sie übermäßig zu bedrängen. Sie sagte, er sei so nett gewesen, daß er ihr leid getan hätte, und da hätte sie ihm geraten, es bei den anderen Damen am Dorfanger zu versuchen.«

»Und wann ist sie gestorben?«

Sie konnte nur noch flüstern. »Ein paar Tage danach.«

Sie vermochte es einfach nicht zu glauben. So etwas lag außerhalb ihres Erfahrungsbereichs. Sie hatte sich damit abgefunden, daß die Zeitungen schreckliche Dinge druckten, aber sie vermied es immer, sie zu lesen. Und Poirot und Konsorten betrachtete sie als leichte Unterhaltung. Wenn im Fernsehen ein Kriminalfilm gezeigt wurde, der wirklichkeitsnäher war, schaltete sie schnell aus.

Dennoch mußte sie sich eingestehen, daß sie ihr letztes Gespräch mit Miss Pettifer korrekt wiedergegeben hatte, nicht ganz vollständig vielleicht, aber sonst zutreffend. Das lag sicher daran, daß die alte Dame so kurz darauf gestorben war. Ihre erste Reaktion war gewesen: »Was? Das kann doch nicht wahr sein – wir haben erst gestern miteinander gesprochen, und da war sie noch putzmunter!«

Arme, unschuldige, vertrauensselige Miss Pettifer. Eine kleine Träne fiel auf die Kiefernplatte des Küchentischs und blieb als glänzender Tropfen auf dem lasierten Holz zurück. Sie war froh, daß Bernard nicht mehr da war.

Wo war er eigentlich? Vermutlich schnüffelte er im Dorf herum, um weitere Beweise für Besuche bei Cottagebesitzern zu finden. Viel Erfolg würde er nicht haben. Ada Lycett hatte eine Reinemachefrau beschäftigt, die vielleicht etwas über die Aktivitäten ihrer Herrin wissen mochte, aber er würde aus den Dorfbewohnern nichts herausbekommen, auch wenn er es noch so raffiniert anstellte. Er war ein »Zugezogener«, »unser Freund« dagegen ein Einheimischer.

Plötzlich überlief sie ein eisiger Schauder und ließ sie ihren Kummer vergessen. Jemand, der fähig war, ein halbes Dutzend alter Damen um die Ecke zu bringen – falls das überhaupt stimmte –, würde ihrem lieben Bernard mehr als gewachsen sein. Ebensogut hätte man eine alte, englische Bulldogge auf einen Rottweiler hetzen können. Man würde ihm übel mitspielen ... ihn vielleicht sogar töten. Sie mußte seinen Nachforschungen ein Ende machen. Es *mußte* sein.

Wie erwartet, kehrte er entmutigt zurück.

»Wie ist es denn gelaufen?« wagte sie zu fragen.

Er zuckte die Achseln. »Die Hilfe von Miss Lycett arbeitet nur vormittags.« Doch dann platzte er heraus: »Ich dachte, in einem Dorf wüßte jeder über jeden Bescheid.«

»Oh, das ist schon richtig«, sagte sie sanft, »aber man hält den Mund, und das solltest auch du tun.«

»Wie kann ich das?«

»Weißt du, es hätte Gift sein müssen, und wie soll das ein gewöhnlicher Mensch in die Finger bekommen?«

»Rede doch keinen Unsinn. Auf dem Land gibt es das Zeug im Überfluß. Es wächst auf den Büschen – wurzelt in der Erde. Du selbst hast es auf dem Fensterbrett stehen.«

Sie warf einen ängstlichen Blick dorthin.

»Aber das ist doch nur Unkrautvernichter.«

»›Nur‹, sagt sie. Wenn ich hier heil herauskomme, will ich in meinem ganzen Leben nie wieder einen Garten haben.«

Er meinte es ernst.

»Aber selbst wenn alles andere wahr ist, was du sagst, und wenn das seine Methode war, um billig an die Häuser zu kommen, brauchte er doch nur abzuwarten. Sie waren alle schon so alt. Er hätte sich doch gewiß noch ein wenig gedulden können.«

»In Limeham geht das Gerücht, daß er vorhat, sich in Spanien niederzulassen. Er hat Freunde in Marbella. Deshalb wollte er noch einen letzten Mord – oder auch mehrere – begehen, und zwar schnell. Da unten ist es nicht mehr so billig wie früher.«

»Dann wird er nicht mehr lange hier sein, du kannst dich also beruhigen.«

»Ich werde mich erst beruhigen, wenn ich herausgefunden habe, wie er es gemacht hat.«

Seine ziemlich vollen Lippen waren ganz schmal geworden. Er hatte auch keinen Appetit. Nach einem schweigsamen Lunch zog er sich, zwischen Verzweiflung und Entschlossenheit schwankend, in das schmucke Wohnzimmer zurück und vergrub sich in seinem Sessel.

Sie ging in den Garten, stellte aber fest, daß ihre Augen ständig zwischen dem Goldregen und dem Eisenhut hin und her wanderten.

Wie viele Pflanzen mit tödlichen Eigenschaften gab es wohl noch, fragte sie sich?

Als die Zeit für den Tee herankam, war er eingenickt und schlief unruhig. Sie zupfte ihn am Ärmel.

»Entschuldige, mein Lieber. Wärst du auch mit Kaffee einverstanden? Ich habe in der ganzen Aufregung die Teebeutel vergessen.«

Er schreckte hoch wie der Teufel aus der Kiste.

Nur der letzte Teil ihrer Aussage war in sein Bewußtsein gedrungen.

»Gütiger Gott, Frau, das ist es! Warum bin ich nicht selbst darauf gekommen? Aber trotzdem, wie hat er es angestellt? Dazu hätte er doch in die Küche gehen müssen.«

Mrs. Brown regte sich nicht, was sie wußte, machte sie ganz starr. Es dauerte einige Sekunden – ihr erschien es noch länger –, ehe sie widerstrebend sagte: »Er wollte ihr absolut beim Abwasch helfen. Er ließ sich nicht davon abbringen. Sie sagte noch, er sei wirklich ein reizender Mensch.«

»Dann hat er es ihnen also selbst überlassen, sich zu vergiften. Wirklich sehr rücksichtsvoll.«

»Man kann doch einen Teebeutel nicht präparieren?«

»Unsinn. Ein kleiner Schlitz genügt. Und dann ein Tropfen Klebstoff drauf. Das würde sogar ich schaffen.«

»Bitte nicht.«

»Es ist einfacher, als eine Praline zu impfen. Oder seinem Opfer mit den Fingern ein Hörnchen zu reichen – wie es Armstrong getan hat.«

»Aber angenommen, genau diesen Beutel hätte eine andere Person bekommen? Adas Hilfe zum Beispiel.«

»Pah. Reinemachefrauen wählen immer Pulverkaffee, weil sie meinen, das wäre etwas Besonderes. Das Risiko ist minimal. Die armen Frauen haben den Beutel einfach in die Tasse gehängt. Du kennst das doch. Du machst es selbst so.«

»Würde der Tee nicht bitter schmecken?«

»Die Sorte, die sie sich leisten konnten, schmeckt immer bitter.«

»Wie sollte er wissen, wann es passieren würde?«

»Nimmst du nicht immer den obersten Beutel aus der Dose?«

»Oh, ich will gar nicht darüber nachdenken. Es ist zu schrecklich.«

»Jetzt muß ich nur noch Beweise finden«, sagte ihr Gatte.

Eine Woche verging, und Bernard war seinem Ziel offenbar keinen Schritt näher gekommen. Wie sollte er auch? Mrs. Brown ging mit völlig überreizten Nerven ihren Haushaltspflichten nach. Jedesmal wenn sie verstohlen einen Teebeutel in eine Tasse hängte, wurde sie wieder an das Vorgefallene erinnert. Sie hatte auch ihre außerhäuslichen Betätigungen wieder aufgenommen, und soweit sie sah, ging das Leben im Dorf weiter wie zuvor. Die McMasters hatten immer noch Platz und Geld übrig und planten, hinter dem Haus ein Schwimmbecken anlegen zu lassen. Das Ehepaar mit den künstlerischen Ambitionen, das Mrs. Hammonds Anwesen gekauft hatte, stritt sich, wo wohl der beste Platz für einen Brennofen sei. Der pensionierte Buchhalter, der jetzt im Honeysuckle Cottage wohnte, ließ einen Teil des Wilden Weins von seinen Mauern entfernen. Er wäre ein denkbarer Freund für Bernard, sie mußten doch sicher einiges gemeinsam haben. Wenn er sich nur aus seiner Lethargie aufrappeln und sich zu ein paar Annäherungsversuchen an die Nachbarschaft überwinden könnte ... Aber seit er in der Außenwelt vergeblich nach Indizien gesucht hatte, rührte er sich kaum noch aus seinem Sessel und vertiefte sich in sein Inneres, um dort Erleuchtung zu finden.

Der einzige Trost für seine Frau war, daß »unser Freund« Limeham offenbar nicht mehr verließ. Vielleicht war er damit beschäftigt, Verbindung mit Maklergenossen in Marbella aufzunehmen, um in den Besitz einer teuren Villa samt Patio und anderen Raffinessen zu gelangen.

Ada Lycetts ehemaliges Heim war bisher noch nicht verkauft worden... sie war als letzte gegangen.

Die nächste ungemütliche Woche war zur Hälfte vorüber, die Browns saßen zusammen beim Frühstück, aber diesmal hatte Mrs. Brown die Lokalzeitung. Sie hatte sie sich geschnappt, sobald sie durch den Briefschlitz fiel. Nun steckte sie die Nase hinein, während Bernard einen letzten Schluck Kaffee nahm – bei ihr gab es nur frisch gemahlenen – und plötzlich vom Tisch aufstand.

»Ich finde einfach kein Belastungsmaterial«, sagte er, als hätten sie eben erst aufgehört, über die Angelegenheit zu sprechen. »Er war einfach zu gerissen. Für jeden Mord – ja, es war Mord – brauchte er nur einen Teebeutel, und jeder dieser Teebeutel landete in der Mülltonne. Aber er wird nicht ungeschoren davonkommen. Ich habe vor, ihm die Verbrechen auf den Kopf zuzusagen, ich werde ihm gegenübertreten und ihn auffordern, meine Überzeugung zu widerlegen.«

Seine Frau blickte von der Zeitung auf.

»Das kannst du nicht machen, Bernard.«

Ihm fielen fast die Augen aus dem Kopf.

»Was, das kann ich nicht? Wer sagt das? Wer soll mich daran hindern?«

»Es geht nicht, Bernard«, wiederholte sie zaghaft, aber entschieden.

»Warum zum Teufel nicht?«

»Weil er tot ist. Ein Ziegel von Miss Lycetts Dach ist ihm auf den Kopf gefallen, als er einem Interessenten das Grundstück zeigen wollte. Es steht in den Letzten Meldungen.«

»Gib mir die Zeitung!«

Mrs. Brown reichte sie ihm wortlos über den Tisch.

Sie beobachtete ihn, während er die wenigen Zeilen verschlang. Sie beobachtete ihn immer noch, als er sich wieder setzte, ohne das Blatt loszulassen. Sein derbes, ziemlich humorloses Gesicht ließ nichts von den Gefühlen erkennen, die in ihm tobten. Der pensionierte Bankdirektor war, wie man so schön sagt, das Opfer widerstreitender Empfindungen. Einerseits war er froh, das doch recht gefährliche Unternehmen nun los zu sein. Andererseits bedauerte er, daß er nun auf die Rolle des Rächers verzichten mußte. Bei diesen alten Katen fielen eben hin und wieder die Ziegel vom Dach, damit mußte man rechnen. Aber dazu mußte ein ziemlich heftiger Wind wehen, und der hatte in diesem Fall offenbar gefehlt.

Miss Lycett war das gewesen, was man im Dorf »einen alten Dragoner« nannte, ein längst aus der Mode gekommener Ausdruck, der hier immer noch gern verwendet wurde. Jedenfalls war sie nicht der Typ, der eine Ungerechtigkeit auf sich beruhen ließ, und das verlieh der ganzen Sache einen Hauch des Übernatürlichen. Diese Vorstellung verdrängte er freilich sofort wieder. Wenn es kein Naturgesetz gab, das eine solche Vergeltungsmaßnahme erklärte, dann mußte es eben Zufall gewesen sein. Reiner Zufall.

Seine Frau war anderer Ansicht. Sie war ein wenig bleich, schien aber von einem gewissen Triumph erfüllt.

»Vielleicht denkst du jetzt ein wenig anders über ein Leben nach dem Tode«, sagte sie. Sie selbst hatte immer daran geglaubt, und jetzt fragte sie sich, nicht zum erstenmal, was man im Jenseits wohl mit einer Ada Lycett anfing.

Genau die gleiche Frage hatte sie sich auch schon in bezug auf ihre Schwiegermutter gestellt.

Den Gartenweg entlang

Tief im Boden stieß der Spaten gegen etwas Hartes und rutschte ab. Mr. Mowbray wiederholte den Versuch.

Da ertönte eine gurrende Stimme von der Terrasse nebenan: »Schon wieder einer von diesen schrecklichen Steinen! Ich kann Sie nur warnen, Mr. Mowbray, diese Gärten sind die reinsten Friedhöfe.«

Mr. Mowbray wandte der Stimme entschlossen seinen schmächtigen Rücken zu und grub unbeirrt weiter. Er wollte nicht beobachtet werden. Es war sein Garten und sein Stein, und er wollte sich ungestört damit auseinandersetzen. Geduldig grub er außen um das Hindernis herum und lockerte den zähen Lehm auf. Dann bückte er sich, um es herauszuholen. Als er erkannte, was er da entdeckt hatte, war seine erste Reaktion Erleichterung darüber, daß er seiner neugierigen Nachbarin den Rücken zukehrte. Er richtete sich auf und betastete den Totenschädel ratlos und verwirrt mit seinen langen, schmalen Händen. Sein nächster Gedanke war, daß er das Ding sofort loswerden müsse. Sorgfältig darauf bedacht, den verräterischen Unterkiefer verborgen zu halten, trat er auf den Gartenweg und warf den Schädel in das Dickicht einer Kamelie, die am Zaun entlang wuchs. Die gerundete, altersbraune Kuppe ragte immer noch hervor und sah aus wie ein großer, gekiester Feuerstein.

»Jetzt weiß ich endlich, was dieser Rose gefehlt hat«,

bemerkte Mrs. Gudgeon gurrend wie eine Taube. »Ich habe mich schon oft gefragt, warum sie nie gedeihen wollte. Alle anderen Sträucher blühen so üppig, dieser war mir immer schon ein Dorn im Auge. Der Vorbesitzer war ganz verrückt nach seinen Rosen. Ich nehme an, Sie lieben sie nicht weniger, Mr. Mowbray?«

»Ja, ich mag sie recht gern«, sagte Mr. Mowbray steif. Niemals hätte er dieser Nervensäge von einer Frau, die nicht nur eine Stimme hatte wie eine schmollende Taube, sondern auch so aussah, eingestanden, daß er das Haus hauptsächlich wegen der Rosenbüsche gekauft hatte.

Mr. Mowbray war ein stiller, schüchterner Beamter im Ruhestand, der nach dem Tod seiner Frau erst vor kurzem hierhergezogen war. Ein kleines Heim, das von einer Zugehfrau in Ordnung gehalten wurde, während er nach Herzenslust im Garten herumwerkelte, war sein einziger Wunsch, jetzt da er alleinstehend war. Aber ausfindig gemacht und schließlich gekauft hatte das Haus für ihn der Bruder seiner Frau, denn der hielt ihn, nicht ganz zu Unrecht, für einen völligen Wirrkopf, dem er sich aus familiären Gründen verpflichtet fühlte. Mr. Mowbray hatte es sich nur anzusehen und seine Einwilligung zu geben brauchen, und das hatte er auch getan, sobald er die Rosen sah. Der Garten war nur taschentuchgroß, wie in den Vororten üblich, doch bei den Rosen handelte es sich um prachtvolle, teure Exemplare. Weder der Schwager noch Mr. Mowbray selbst hatte Mrs. Gudgeon zu Gesicht bekommen, die an dem Tag, an dem sie das Haus inspizierten, zufällig abwesend war. Sie hatten lediglich festgestellt, daß die Nachbarin ihren Garten makellos in

Ordnung hielt und daß aus dieser Richtung wohl kaum Unkrautsamen über den Zaun geweht werden konnten. Eine Frau hätte sicher zuerst an die Nachbarn gedacht, aber sie waren eben nur Männer.

»Was für ein wundervoller Nachmittag«, seufzte Mrs. Gudgeon und sog mit verzückter Miene den Rosenduft ein. »Man fühlt sich an die Zeit erinnert, als man noch jung und verliebt war.«

»Tja, ich muß jetzt gehen, mein Tee wartet«, sagte Mr. Mowbray und trat hastig den Rückzug durch die offene Terrassentür ins Wohnzimmer an, wo ihm die treue Mrs. Harris schon den Servierwagen bereitgestellt hatte. Doch während er sich nur noch das Wasser aufsetzte – die brave Frau war inzwischen gegangen –, spürte er, wie ihm die Knie zitterten. Und als er seine erste Tasse Tee getrunken hatte, merkte er, daß er kaum Appetit auf die köstlichen Gurkensandwiches, das Rosinenbrot, den Sultaninenkuchen verspürte. Jener schreckliche Totenschädel ging ihm nicht aus dem Kopf.

Obwohl Mr. Mowbray nach außen hin wie ein schüchterner Träumer wirkte, war er kein völliger Narr. Keinen Augenblick lang bildete er sich ein, einen archäologisch bedeutsamen Fund gemacht zu haben. Der Schädel hatte zwar offensichtlich schon seit längerem hier in der Erde gelegen, aber ein Relikt aus dem Altertum war er nicht. Auch war er nicht sehr tief vergraben gewesen, was allerdings daran liegen mochte, daß man in diesem eisenharten Boden, der sich so großartig für die Rosenzucht eignete, wohl kein tieferes Loch hatte ausheben können.

Obwohl Mr. Mowbray den Schädel an den Wurzeln der

Hochstammrose gefunden hatte, glaubte er nicht unbedingt, daß das Bäumchen deshalb gekränkelt hatte. Er hatte nicht nach etwas Totem gesucht, sondern nach etwas Lebendigem, und hielt auch jetzt noch irgendeinen Bodenschmarotzer oder Gartenschädling für den Übeltäter. Wie freilich ein solches Tier in diesem intensiv bewirtschafteten Garten hätte überleben sollen, wo jede blühende Rose von sorgfältiger Pflege und Düngung zeugte ...

Unvermittelt legte Mr. Mowbray sein halb aufgegessenes Sandwich beiseite und stieß den Teewagen mit dem Fuß weg. Ihm war soeben ein entsetzlicher Gedanke gekommen. Dann kam die Welt allmählich wieder ins Lot, und er kehrte zu seinen Betrachtungen über den Schädel selbst zurück. Man neigt dazu, Totenschädel als Einzelobjekte zu betrachten, den Piltdown-Schädel etwa, den Neanderthaler-Schädel oder, in einem anderen Zusammenhang, den »Kreischenden Schädel«. Aber man weiß auch, daß jeder noch so isoliert auftauchende Kopf ursprünglich mit Dingen wie einer Wirbelsäule, Schulterblättern, Rippen und all den anderen Knochenteilen verbunden war, die zusammen ein vollständiges Skelett ergeben.

Wäre Mr. Mowbray ein anderer Mensch gewesen, er hätte den Schädel schleunigst wieder im Garten vergraben, die Erde mit den Füßen festgestampft und sich in die nächste Kneipe geflüchtet, um seine Schreckvorstellungen mit einem Glas Bier hinunterzuspülen. Doch als ehemaliger Beamter mußte er erst alle Informationen beisammen, etikettiert und in sauberen Tabellen geordnet haben, ehe er sich in der Lage sah, die Akten zu schließen. Während er seine einsame Teetasse auswusch und gründlich abtrocknete, überlegte er bereits, was er nun unternehmen mußte und zu welcher Zeit er sich am besten daran machte, um nicht gestört zu werden.

Sobald sich Mrs. Gudgeon pünktlich um sieben Uhr zu ihrem täglichen Fernsehabend (sie hatte Mr. Mowbray bereits verschämt vorgeschlagen, doch an diesem Ritual teilzunehmen) in ihre eigene Wohnung zurückgezogen hatte, begab er sich, bewaffnet mit Entschlossenheit und einem großen Weidenkorb, in den Garten. Sein Spaten steckte noch im Boden, ein Zeichen dafür, daß er sehr verstört gewesen sein mußte, denn sonst hätte er ihn nie auf diese Weise zurückgelassen. Er krempelte die Hemdsärmel hoch und begann wie ein richtiger Gärtner gleichmäßig und ohne Hast zu graben. Endlich hatte er ein Loch ausgehoben, das knapp die Größe eines Sarges aufwies, und dabei einen zweiten Rosenbusch und eine Menge einjähriger Pflanzen entwurzelt. In seinem Korb ruhte neben dem Schädel ein ansehnliches Sortiment verschiedener Knochen. Sobald er überzeugt war, sein Ziel erreicht zu haben, schüttete er den Graben wieder zu und pflanzte ein, was er ausgebuddelt hatte. Inzwischen war es nach zehn und fast dunkel. Er säuberte den Spaten, verwahrte ihn im Werkzeugschuppen und kehrte müde ins Haus zurück. Dort verpackte er alles, was er mitgebracht hatte, in einen Karton und versah ihn mit einem sauber beschrifteten Etikett: *Überreste, gefunden im Garten von 56 Acacia Avenue.* Er setzte das Datum darunter und verstaute das Paket sorgfältig in einem Schrank in seinem Schlafzimmer. Dann trank er einen großen Schluck Wasser aus seinem Zahnputzbecher und ging mit schmerzenden Muskeln zu Bett. Schlafen konnte er freilich nicht. Vielleicht ließ ihm die Nähe der schaurigen Funde keine Ruhe, vielleicht hielt ihn auch nur die Stimme seines Gewissens wach. Natürlich hätte Mr. Mowbray in diesem Augenblick ganz einfach die Pflicht gehabt, seine Entdeckung der Polizei zu melden. Doch zwischen der Pflicht und dem, was gut für ihn war, klaffte ein tiefer Abgrund. Er hatte sich schon so lange auf seine Pensionierung gefreut, sie sollte der ruhige Hafen in seinem Leben sein. Dann hatte ihm gleich zu Anfang der Tod seiner Frau einen Strich durch diese Rechnung gemacht, und der Umzug mit allen damit verbundenen Belastungen und Aufregungen und schließlich der Eingewöhnungsprozeß in der neuen Umgebung waren noch dazugekommen. Nun wollte er nur noch seine Ruhe haben. Aber was würde geschehen, wenn er die Polizei alarmierte? Sofort würde es im Garten von Leuten mit Schaufeln wimmeln, und er würde allen möglichen unerträglichen Belästigungen und Schikanen ausgesetzt sein. Selbstverständlich würde er selbst nicht unter Verdacht stehen, aber irgend jemanden würde man schon finden. Und dann würde das Geschrei losgehen. Presse und Öffentlichkeit würden in sein Haus und sein Privatleben eindringen. Dann vielleicht noch der Prozeß... Schon bei dem Gedanken daran brach ihm der Schweiß aus. Und damit nicht genug, würde ihm auch jeder Fluchtweg versperrt sein. Niemals würde er das Haus verkaufen und wegziehen können, es herrschte allgemein eine Abneigung gegen Orte, an denen solche Dinge geschehen waren. Und was würde der ganze Aufruhr diesem armen Päckchen Knochen nützen? Nein, da war es schon am klügsten, wenn er alles für sich behielt. Vor seinem geistigen Auge sah er sich selbst im Zeugenstand, und diese Vorstellung jagte ihm eiskalte Schauer über den Rücken. Warum mußte ausgerechnet er so zum Opfer der Umstände werden, er, der in seinem ganzen ehrbaren Leben noch keinen Schritt vom rechten Wege abgewichen war! Langsam flackerte Zorn gegen den Mann in ihm auf, der ihm das angetan hatte, und verdrängte fast das Bild von sich selbst als Mörder aus seinem Geist. Ehe er in einen unruhigen Schlummer fiel, hatte er, richtig oder falsch, eine Entscheidung getroffen; jetzt mußte er nur noch daran festhalten.

Sein Beruf hatte jedoch sein Wesen geprägt, und er konnte die Sache ebenso wenig auf sich beruhen lassen, wie er es über sich brachte, den offensichtlichen Ausweg aus dem Dilemma zu wählen. So werkelte er, ständig beobachtet von Mrs. Gudgeons funkelnden Vogelaugen, wie zuvor auf seinem Grundstück herum, jätete den Weg, mähte den Rasen und schnitt die verwelkten Rosenblüten ab, aber er hatte keine Freude mehr daran. Die verschwenderische Blütenpracht, die einst sein besonderes Entzükken gewesen war, wurde nun zur Quelle seiner tiefsten Ängste. Am Ende der Woche begann er wieder zu graben, denn er hatte ein Stadium erreicht, in dem er einfach Bescheid wissen mußte, so oder so. Diesmal ging er zum anderen Ende der Rabatte, in der er seinen ersten Fund gemacht hatte. Ein tollkühner Impuls trieb ihn dazu, obwohl Mrs. Gudgeon noch immer draußen auf ihrer Terrasse war. Er hätte durchaus warten können, bis sie hineinging, aber sie schien in ihrem Liegestuhl vor sich hin zu dösen, und ein wenig menschliche Gesellschaft in geringer Entfernung vom Schauplatz seiner Tätigkeit war ihm nicht unlieb und würde ihm, wie er hoffte, einen neuerlichen Schock erträglicher machen. Doch dann vergaß er alles um sich her, und gerade als er sich bückte, um ein im harten Boden festgebackenes Gebilde zu begutachten, das sich als vollständiges Beinskelett herausstellte, sprach sie ihn an. Vor Schreck wäre er fast umgefallen.

»Mr. Mowbray, ich dachte immer, man sollte erst im Herbst umgraben.«

Mit einem Ruck richtete er sich auf und wandte sich ihr zu. Seine langen Hände baumelten hilflos herab.

»Wissen Sie«, gurrte sie weiter, »in dieser Hinsicht schlagen Sie Ihrem Vorgänger nach. Er konnte den Boden auch nie in Ruhe lassen. Er und seine Gräben! Ich habe ihn deshalb immer geneckt. Ihr Werkzeugschuppen muß doch ganz voller Säcke sein.«

»Säcke«, wiederholte Mr. Mowbray verständnislos.

»Bucheckern, Knochenmehl, Kunstdünger, lauter solches Zeug. Er hat es in riesigen Mengen angeschleppt. Für mich gibt es nichts Besseres als Naturdünger. Ich lasse mir einmal im Jahr eine Fuhre von den Ställen bringen, und der alte Bunch gräbt ihn mir ein.«

»Genau«, sagte Mr. Mowbray. Eine passendere Antwort fiel ihm nicht ein.

»Was halten Sie denn von einer kleinen Verschnaufpause? Ich mache Ihnen einen kühlen, erfrischenden Drink mit viel Eis.«

»Danke«, wehrte Mr. Mowbray schroff ab. »Ich halte es

nicht für gut, wenn man trinkt, solange man erhitzt ist. Ich gehe jetzt lieber hinein, um mich abzukühlen.«

Damit verschwand er im Haus und kehrte erst wieder an seine Arbeit zurück, als er sicher sein konnte, daß sie zum Fernsehen hineingegangen war und die Vorhänge zugezogen hatte, um den Bildschirm besser sehen zu können.

In der folgenden Woche begann Mr. Mowbray – stets verfolgt von den interessierten Augen seiner reizenden Nachbarin – seine Blumenbeete Zoll für Zoll mit einer Gründlichkeit zu durchsuchen, die ihm in seiner früheren Position alle Ehre gemacht hätte. Schließlich stellte er fest, daß er in seinem Garten insgesamt sechs Leichen oder vielmehr Gerippe beherbergte.

Nach den ersten beiden hörte er auf, sie mit ins Haus zu nehmen; er hätte keinen Platz mehr dafür gefunden.

Da er nicht über anatomische Kenntnisse verfügte, wußte er nicht einmal, ob es sich um Männer oder Frauen handelte. Manchmal erging er sich in wilden Vermutungen, wer sie gewesen sein könnten, und einmal überlegte er sogar, ob sich wohl auch der selige und tief betrauerte Mr. Gudgeon darunter befand. Für ihn, dachte er, wäre es jedenfalls eine Erlösung gewesen. Doch diesen Verdacht schob er als unbegründet beiseite, denn er sah jetzt ganz deutlich, wie dies alles hatte ausgeführt werden können, ohne daß Mrs. Gudgeon mißtrauisch wurde. Sorgfältige Zeitplanung und ein gerüttelt Maß an Kühnheit hatten es möglich gemacht. Inzwischen stand er kurz vor einem Nervenzusammenbruch. Da er keine Freunde hatte, wußte er auch nicht, wem er sich anvertrauen sollte. Die getreue Mrs. Harris sorgte sich, weil er so wenig aß, und glaubte, er trauere um seine Frau. Übrigens hatten die neuen Entdeckungen Mr. Mowbray dem Gedanken an einen Anruf beim örtlichen Polizeirevier keineswegs nähergebracht, sondern vielmehr seine Entschlossenheit, alles geheimzuhalten, noch verstärkt. Jetzt wäre es bereits eine Sensation ... ein Skelett mochte noch fast unbemerkt durchgehen, sechs dagegen würden die ganze Pressewelt in Aufruhr versetzen. Er konnte, wollte nicht damit in Verbindung gebracht werden.

Als er den letzten Graben zuschüttete, beugte sich Mrs. Gudgeon über die Brüstung ihrer Terrasse und seufzte leise: »Mr. Mowbray, Sie arbeiten wirklich viel zu schwer. Warum gönnen Sie sich nicht ein wenig Ruhe? Die Rosen sind fast verblüht, und Sie haben mich kein einziges Mal besucht. Ihr Vorgänger ist immer wieder einmal auf ein Glas und ein gemütliches Schwätzchen herübergekommen.«

»Was war er eigentlich für ein Mann?« fragte Mr. Mowbray. Die Worte waren ihm unwillkürlich entfahren.

Mrs. Gudgeon schien überrascht und warf ihm einen scharfen Blick zu. »Oh!« gurrte sie dann nach kurzem Überlegen. »In vielen Dingen war er Ihnen sehr ähnlich. Vielleicht habe ich mich deshalb von Anfang an zu Ihnen hingezogen gefühlt. Aber ihn kannte ich natürlich besser. Wir sind beide in diese Häuser eingezogen, als sie gerade neu gebaut waren. Er war ein ruhiger, in sich gekehrter Mensch, ein eingefleischter Junggeselle.«

»Genau wie ich ein eingefleischter Witwer bin«, bemerkte Mr. Mowbray spitz.

»Und ich eine eingefleischte Witwe«, lachte Mrs. Gudgeon leise. »Aber das braucht uns nicht daran zu hindern, gemeinsam ein wenig Glück zu suchen. Er und ich hatten hin und wieder eine sehr schöne Zeit miteinander.«

»Wenn es ihm hier so gut gefallen hat«, sagte Mr. Mowbray wütend, »warum ist er dann überhaupt weggezogen?«

»Er sagte, er wolle einfach einen größeren Garten.«

Mr. Mowbray warf ihr einen gequälten Blick zu und stürmte ins Haus. Mrs. Gudgeon blieb zurück und machte sich ihre Gedanken über die Launen der Männer.

Das veränderte die Sachlage grundlegend. Gleich am nächsten Tag machte sich Mr. Mowbray auf den Weg zu seinem Schwager.

»Hör zu«, sagte er aufgeregt, »wie hieß der Bursche, der dir mein Haus verkauft hat, und wie kann ich mich mit ihm in Verbindung setzen?«

»Ich habe nur über den Makler mit ihm verhandelt, aber er heißt Gaunt, und er sagte mir, er wolle ein Haus in der Redesdale Avenue beziehen. Ich erinnere mich, daß es die Nummer dreizehn war, weil wir darüber lachten und weil er sagte, das sei hoffentlich kein schlimmes Omen. Ich habe ihm noch geraten, er solle einfach 12 a daraus machen wie in den Hotels. Warum, ist etwas nicht in Ordnung?«

»Ich möchte ihn nur sprechen, das ist alles.«

»Ich hoffe doch, daß dir nicht das Haus über dem Kopf zusammenfällt? Dürfte eigentlich nicht sein. Für ein Objekt dieses Alters war der Sachverständigenbericht sehr günstig.«

»Wie alt ist es denn?«

»Etwas über zwanzig Jahre.«

Mr. Mowbray teilte diese zwanzig hastig durch sechs. Das hieß also, einmal etwa jedes dritte Jahr. Vielleicht kam er noch zur rechten Zeit.

»Was willst du nun eigentlich von ihm?«

»Ach, ich möchte ihn nur etwas fragen. Hauptsächlich wegen des Gartens.«

Nicht einmal in dieser Situation war Mr. Mowbray zu einer Lüge fähig.

»Wenn das alles ist, wirst du feststellen, daß er ein recht sympathischer Bursche ist. Allerdings glaube ich, daß er ziemlich unangenehm werden kann, wenn er will. Undurchsichtig, weißt du. Redet nicht viel. Lade ihn doch zu dir ein, dann könnt ihr alles bei einem Gläschen besprechen. Die Nummer findest du im Telefonbuch. Oder soll ich Miss Jones bitten, sie dir herauszusuchen?«

»Nein, danke, das kann ich selbst«, wehrte Mr. Mowbray ab. Die Art seines Schwagers, ihn wie einen hochgradig Schwachsinnigen zu behandeln, hatte ihn schon immer gereizt, und jetzt hinderte sie ihn sogar daran, diesen ins Vertrauen zu ziehen, obwohl ihm das noch durchaus möglich erschienen war, als er von zu Hause aufbrach.

Sofort nach seiner Rückkehr, ehe er noch Zeit hatte, vollends den Mut zu verlieren, rief er Gaunt an. Der Mann schien etwas verwundert, erklärte sich aber bereit, am Abend vorbeizukommen. Dann setzte sich Mr. Mowbray und überlegte sich, wie er vorgehen wollte.

Je näher der Zeitpunkt heranrückte, zu dem Gaunt eintreffen sollte, um so zappeliger wurde sein Gastgeber. Immer wieder ging er im Zimmer auf und ab, nahm Dinge in die Hand und stellte sie wieder an ihren Platz zurück. Da er keine andere Waffe besaß, mit der er sich eventuell verteidigen konnte, stellte er den Schürhaken griffbereit in den Kamin. Als er sich danach wieder aufrichtete, sah ihm aus dem ovalen Spiegel sein Gesicht entgegen, mit wildem Blick und verhärmten Zügen. Doch als es klingelte und er Mr. Gaunt die Tür öffnete, stellte er zu seiner Überraschung fest, daß Mrs. Gudgeon recht gehabt hatte und er ein Mann seines eigenen Schlages war, er trug sogar fast die gleiche Hornbrille.

Seine langen Hände zitterten, als er Mr. Gaunt aus der Karaffe, die Mrs. Harris bereitgestellt hatte, ehe sie ging, Sherry einschenkte. Mr. Gaunt nahm das Glas vom Tablett, setzte sich in einen Sessel und schaute in den Garten hinaus, sagte aber nichts. Mr. Mowbray hatte zu der Party eingeladen, mochte er doch den Tanz eröffnen.

Immer noch stehend, nahm Mr. Mowbray einen tiefen Schluck, um sich zu stärken, und dann platzte er aufgeregt heraus: »Ich habe lange darüber nachgedacht, und es gibt nur eine Möglichkeit. Sie werden das Haus von mir zurückkaufen müssen.«

Sein Besucher regte sich nicht. Ein Strahl der Spätnachmittagssonne ließ seine Brillengläser aufblitzen und verlieh ihm ein bösartiges Aussehen.

»Mein lieber Mann«, sagte er schließlich. »Sie haben offenbar den Verstand verloren. Warum zum Teufel sollte ich das tun?«

»Sie wissen ganz genau, warum«, schrie Mr. Mowbray mit überschnappender Stimme.

»Was stimmt denn nicht mit dem Haus? Schwamm?

Feuchte Stellen? Sie hatten doch einen Gutachter zugezogen, wenn ich mich nicht irre?«

»Das ist es nicht.«

»Der Preis, den ich verlangt habe, war in Ordnung. Er lag noch unter dem Marktwert. Ich habe Sie nicht übers Ohr gehauen.«

»Es geht überhaupt nicht um das Haus. Ich habe nämlich herausgefunden, was mit dem Garten nicht stimmt.«

Ein unheilvolles Schweigen senkte sich über den Raum.

»Der Garten ist Ihnen also ein Dorn im Auge«, sagte Gaunt schließlich, und wieder ließ die Sonne seine Brillengläser aufblitzen. »Ich weiß gar nicht, worüber Sie sich eigentlich beklagen. Sie haben doch die schönsten Rosen in der ganzen Nachbarschaft.«

Diese kaltschnäuzigen Worte lösten in Mr. Mowbrays überreiztem, zerquältem Gehirn einen Kurzschluß aus. Mit einem Satz sprang er zum Kamin, bückte sich, griff nach dem Schürhaken und ließ ihn in hemmungslosem Jähzorn auf Gaunts Schädel niedersausen. Er traf ihn an der rechten Schläfe.

Mr. Gaunt blieb in seinem Sessel sitzen und sagte kein Wort, was überraschend war. Immerhin waren seine Brillengläser zerbrochen, und das Gestell hing ihm schwankend an der Nasenspitze. Jetzt, da seine Augen nicht mehr verborgen waren, blickten sie sanft und etwas verständnislos drein. Der Mann wirkte vollkommen unverändert, und Mr. Mowbray konnte lange Zeit nicht glauben, daß er tot war. Doch schließlich trat er an ihn heran, um ihm die Brille abzunehmen, und dabei fiel der Kopf nach vorne und sackte auf die Brust, der Körper dagegen wurde durch die auf den Armlehnen des Sessels ruhenden Ellbogen weiter aufrecht gehalten.

Mr. Mowbray hob den Schürhaken auf, der an der Spitze ein wenig blutig war, und ging hinaus in die Küche, um ihn unter dem Wasserhahn abzuwaschen. Als er zurückkehrte, murmelte er mit tränenerstickter Stimme vor sich hin. »Hat nur bekommen, was er verdient ... einen Löffel voll von seiner eigenen Medizin ... er hat es anderen angetan, und jetzt ist er selbst an der Reihe ...«

Nach einer Weile faßte er sich ein wenig und trank zwei Gläser Sherry, um seine Nerven zu beruhigen. Was jetzt zu tun war, wußte er genau, gerade so, als habe ihm jemand die Anweisungen aufgeschrieben. Er brauchte sie nur genau zu befolgen, und alles würde in Ordnung sein.

Er ging nach hinten zum Werkzeugschuppen und holte einen der riesigen Säcke, von denen Mrs. Gudgeon gesprochen hatte. Sie lagen, zusammengefaltet und säuberlich aufeinandergestapelt, ganz hinten an der Rückwand auf dem Zementboden.

Da hinein beförderte er mit unendlicher Mühe den wenig kooperativen Körper des Mannes, der noch vor kurzem sein Gast gewesen war. Nur gut, daß Mr. Gaunt klein und zartgliedrig war. Trotzdem war es eine Aufgabe, die fast seine Kräfte überstieg.

Dann überließ er Mr. Gaunt eine Weile sich selbst, ging mit seinem Spaten in den Garten und öffnete von neuem den Graben, den er erst gestern zugeschüttet hatte. So schwierig wie beim erstenmal war es nicht mehr, denn der Boden war nun bereits gelockert. Ein hastiger Blick zu Mrs. Gudgeons Fenster zeigte ihm zu seiner Beruhigung, daß sie sicher hinter ihren geschlossenen Gardinen saß und sich fröhlich in einer siebzehn Zoll breiten Scheinwelt tummelte. Außerdem war er ein Gewohnheitsmensch; die Wühlerei war ihm inzwischen wohlvertraut, und selbst unter diesen besonderen Umständen betäubte ihn die körperliche Betätigung wie eine Droge. Er grub stetig weiter. Der Neuankömmling würde auf seinem früheren Opfer liegen müssen. Gleichviel, es war genügend Platz vorhanden. Als er das Grab fertig hatte, begann es zu dämmern. Er kehrte ins Haus zurück, um den Sack zu holen. Der tote Mr. Gaunt hatte ein ganz beachtliches Gewicht. Er hievte den Sack wieder auf den Sessel, dann kniete er nieder und zog ihn sich auf den Rücken. Alle Kraft zusammennehmend, taumelte er damit in den Garten hinaus, nahm eine Abkürzung über den Rasen und warf die Leiche in die vorbereitete Grube. Gerade hatte er sie zu seiner Zufriedenheit zurechtgelegt, als nebenan plötzlich ein Lichtschein in den Garten fiel. Jemand hatte einen Vorhang aufgezogen. Eine Tür wurde geöffnet, und eine weibliche Gestalt erschien auf der Terrasse. Zitternd wie Espenlaub kehrte Mr. Mowbray ihr den Rücken zu. Der Schweiß lief ihm über das Gesicht, sein Herz hämmerte wild.

»Also wirklich!« ertönte Mrs. Gudgeons gurrende Stimme. »Ich habe Sie für einen Einbrecher gehalten. Du lieber Himmel, Ihr Vorgänger war ja nun wirklich ein leidenschaftlicher Gärtner, aber nicht einmal bei ihm habe ich jemals erlebt, daß er dasselbe Stück zweimal umgegraben hätte!«

Mr. Mowbray fuhr zu ihr herum und fauchte sie an wie ein wildes Tier.

»Hören Sie, erwähnen Sie in meiner Gegenwart nie wieder Gaunts Namen!«

»Wer redet denn von Mr. Gaunt?« gurrte Mrs. Gudgeon tief gekränkt. »Er hat doch nur ein Jahr hier gewohnt. Ein Zugvogel. Ich meinte den ursprünglichen Besitzer, Mr. Humperdinck.«

Nun ja

Mrs. Hart war eine Seele von einem Menschen, aber sie hätte sicher nicht sagen können, worin der Unterschied zwischen einem Placet und einem Placebo bestand. Eine kranke und eine gesunde Frau konnte sie freilich unterscheiden, ohne auch nur einen Augenblick überlegen zu müssen. Um so mehr, als sie ein und dieselbe Person in dem einen wie in dem anderen Zustand erlebt hatte.

Mrs. Hart arbeitete bereits seit etwas mehr als einem Jahr an jedem Vormittag außer an Sonn- und Feiertagen für Miss Chisholm, als die Dame ihr eine Überraschung bescherte. Miss Chisholm war eine hochgradig nervöse, ledige Frau ungewissen Alters, aber in sehr gesicherten Verhältnissen.

Miss Chisholm wollte heiraten.

»Hat mich wirklich schockiert«, vertraute Mrs. Hart ihrem eigenen Ehemann an jenem Abend von ihrer Bettseite aus an. »Sie kennt ihn höchstens seit ein paar Monaten, wenn überhaupt so lange. Da steht er vor mir und schaut mich unverschämt an, und sie sagt: ›Das ist mein künftiger Gatte, Mrs. Hart.‹ Ein einziger Blick hat mir schon gereicht. Ein Kind isser grade nicht mehr, aber im Alter und auch sonst kann er's nicht mit ihr aufnehmen. Sexy, aber brutal, das isser!«

»Also genau wie ich«, grinste Bill Hart. Seine Frau schnaubte verächtlich. »Höcker auf der Stirn, Hornbrille, und eine Haut, wie man sie kriegt, wenn man nur aus der Bratpfanne lebt«, setzte sie die Beschreibung fort. »Forschungschemiker unten in den neuen Labors isser, hat sie mir gesagt. Mag ja sein, daß er intelligent ist, aber ich würd' mir lieber 'nen unbekannten Virus einfangen als den.«

»Wo hat sie ihn kennengelernt?«

»Frag mich was Leichteres. Auf'm Wohltätigkeitsbasar jedenfalls nicht.«

»Wann soll das Fest denn stattfinden?«

»Freitag in vierzehn Tagen auf'm Standesamt. Wenn sie schon dabei waren, hätten sie's auch gleich auf den dreizehnten legen können.«

»Wieviel, schätzt du, verdient er?« fragte Bill, der dazu neigte, die ganze Menschheit nach diesem einfachen Maßstab zu beurteilen.

»Mehr als du und weniger als der Premierminister«, gab Mrs. Hart schlagfertig zurück. »Ich mach' mir jedenfalls Sorgen. Wer weiß, was einem die Ehe alles antut, wenn man so alt ist wie sie.«

»Du wirst doch wohl nicht deine Stelle verlieren, oder?«

»Nein. Er zieht bei uns ein. Wie schön für ihn.«

»Dich geht die ganze Sache nichts an, Schätzchen. Wer weiß, vielleicht bekommt's ihr sogar. Überleg doch bloß mal, was ihr bisher alles entgangen ist.«

Mrs. Harts Gesichtsausdruck hätten die Leute von der *Versteckten Kamera* in helles Entzücken versetzt.

Anfangs sah es so aus, als würde Mr. Hart recht behalten. Miss Chisholm blühte als Mrs. Miller regelrecht auf. Vielleicht ist aufblühen auch etwas zuviel gesagt, aber jedenfalls trieb sie ein paar Knospen. Sie ging oft zum Friseur, machte sich ihre Tweedröcke kürzer und kaufte sich mehrere Spitzenpullover. Trotz der düsteren Vorahnungen ihrer Putzhilfe schien sie kerngesund zu sein und vor Energie nur so zu sprühen, außerdem entwickelte sie eine affektierte Art, die freilich nicht besonders gut zu ihr paßte. Was den Bräutigam anging, so bekam Mrs. Hart ihn nicht oft zu sehen, da er weiterhin die Labors mit seiner Anwesenheit beglückte, am Morgen vor ihrem Eintreffen schon wegfuhr und erst wiederkam, nachdem sie mit ihrer Arbeit fertig war. Aber er hinterließ Spuren männlicher Aufmerksamkeiten in Form von Pralinenschachteln, Sträußen aus dem Blumenladen und prächtig aufgemachten Frauenzeitschriften. Ihn als Herrn des Hauses zu bezeichnen wäre nicht zutreffend gewesen. Mrs. Miller hatte immer noch alles unter Kontrolle, daran hatten auch ihre neuen Gefühle nichts geändert.

Die Zerrüttung dieser Harmonie vollzog sich fast unmerklich, bis es Ende Oktober mit Mrs. Millers Ehe und gleichzeitig auch mit Mrs. Miller selbst mit halsbrecherischer Geschwindigkeit bergab ging. Mrs. Hart machte sich zwar Sorgen um ihre Arbeitgeberin, aber sie liebte sie nicht. Miss Chisholm war stets gerecht, aber niemals großzügig gewesen, und auch als Mrs. Miller änderte sie sich in dieser Beziehung nicht. Mrs. Harts Zuneigung gehörte eigentlich mehr der Einrichtung des Hauses. In ihrem eigenen Heim galt alles, was vier Beine hatte, als Stuhl oder

Tisch, insgeheim aber hatte sie eine Schwäche für das, was sie »hübsche Dinge« nannte. Und davon gab es bei ihrer Brotherrin mehr als genug.

»Und *die* haben es ihm angetan«, sinnierte Mrs. Hart aufgebracht und verwendete ihre überschüssige Energie darauf, die wunderschöne, dezente Patina einer elegant geschwungenen Sheratonanrichte noch mehr auf Hochglanz zu bringen.

In Dr. Deans Praxis waren, von ihm selbst einmal abgesehen, keinerlei »hübsche Dinge« zu finden. Mrs. Hart hatte gewartet, bis sie die letzte war, sie hatte sogar eine Patientin vorgelassen, die nach ihr gekommen war und gedacht hatte, sie treffe der Schlag. Nun sah sie zu ihrer Erleichterung den weißen Kittel der Arzthelferin in der Medikamentenausgabe verschwinden. Für das, was sie zu sagen hatte, genügte ein einziger Zuhörer.

»Hallo, Mrs. Hart. Was kann ich für Sie tun? Sie sehen prima aus.«

Dr. Dean, ein Mann in mittleren Jahren, lehnte sich in seinem Drehstuhl zurück. Wie immer am Ende der Sprechstunde fühlte er sich wie von einer schweren Last befreit, wobei er vergaß, daß das Elend am nächsten Abend um die gleiche Zeit wieder von vorn beginnen würde. Er hatte Mrs. Harts Kinder von den ersten Zähnen bis zur Pubertät durch alle Unpäßlichkeiten begleitet und sich nie lange um einen Hausbesuch bitten lassen, selbst wenn er den Verdacht hegte, es könne blinder Alarm sein. Mrs. Hart revanchierte sich, indem sie seiner Haushälterin beim Frühjahrsputz half. Die beiden waren alte Freundinnen, und ihr Respekt voreinander gründete darauf, daß sie auch schon schlimme Zeiten miteinander durchgestanden hatten.

»Es geht nicht um mich«, murmelte Mrs. Hart verlegen.

»Hören Sie! Wenn Bill wieder Schwierigkeiten mit seinem Bein hat, muß er schon selbst kommen. Ich behandle meine Patienten nicht per Ferndiagnose. Das habe ich Ihnen aber schon einmal gesagt.«

»Es geht auch nicht um meinen Mann«, gab Mrs. Hart etwas trotzig zurück, »sondern um die Frau, bei der ich regelmäßig saubermache.«

»Du meine Güte! Ich kenne nicht einmal ihren Namen.«

»Mrs. Miller. Oben auf dem Berg. Staveley Place.«

»Sie ist keine Patientin von mir.« Er gähnte, streckte die Beine und fragte ziemlich desinteressiert: »Was fehlt ihr denn?«

»Sie wird vergiftet, das fehlt ihr«, platzte Mrs. Hart heraus. »Von *ihm*.«

»Du lieber Himmel, gute Frau!« rief der Arzt erschrocken. Seine Gleichgültigkeit war wie weggeblasen. »Wenn das keine Verleumdung ist, dann weiß ich nicht mehr.«

»Wenn es wahr ist, ist es keine Verleumdung.«

»Wenn Sie eine solche Anschuldigung erheben wollen, sind Sie bei mir an der falschen Adresse. Dann gehen Sie besser zur Polizei.«

»Ich doch nicht. Bill würde mich umbringen.«

Das war nicht von der Hand zu weisen, dachte der

Arzt. Bill Hart hatte gewisse Vorurteile und war bekannt für seine Impulsivität. Er wählte seine nächsten Worte mit mehr Vorsicht.

»Wie kommen Sie darauf, daß etwas nicht in Ordnung sein könnte?«

»Wegen der Anfälle, die sie ständig hat.«

»Was für Anfälle?«

»Magenbeschwerden.«

»Pah! Vielleicht hat sie sich überessen ... oder sie nimmt Abführmittel. Vielleicht macht sie auch eine Abmagerungskur mit Zitrusfrüchten. Gift muß nicht immer aus einer Flasche kommen, glauben Sie mir.«

»Ich hab' zu viele Kinder gehabt, um den Unterschied zwischen gewöhnlichen Magenschmerzen und dem, was sie hat, nicht zu kennen.«

»Nun, dann ist es vielleicht etwas Ernsteres. Ein Magengeschwür oder noch schlimmer. Sie sollte mal mit ihrem Hausarzt sprechen.«

»Sie hat gar keinen. Als sie mal einen Ausschlag auf der Stirn hatte, hab' ich sie dabei erwischt, wie sie in einem Buch nachgeschaut hat. Sie hat 'ne ganze Sammlung davon, in Leder gebunden.«

»So eine ist sie also?«

»Ehe sie *ihn* geheiratet hat, hat ihr so gut wie nie was gefehlt. Auch danach nicht, bis er angefangen hat, im Labor Überstunden zu machen.«

Der Arzt stöhnte. »Jetzt aber mal langsam! Wenn Sie's schon nicht für sich behalten können, dann erzählen Sie der Reihe nach und halten Sie sich an die Tatsachen. Mit *ihm* meinen Sie vermutlich den Ehemann.«

»Wen sonst?«

Dr. Dean griff nach seinem Notizblock. »Wie, sagten Sie, war der Name?«

»Miller. Er ist Forschungschemiker drüben im Zentrum. Aber keiner von den ganz Großen.«

Nachdem sich der Doktor den Namen notiert hatte, begann er zu kritzeln, bis er feststellte, daß er Reagenzgläser zeichnete. Er übermalte sie hastig.

»Wie lange sind die beiden schon verheiratet?«

»Fast zehn Monate.«

»Es könnte doch auch ...«

»Sie ist mindestens fünfzig«, erklärte Mrs. Hart verächtlich und machte derartigen Spekulationen damit ein Ende. »Und er muß Anfang Dreißig sein. War doch von vornherein klar, daß das nicht funktionieren konnte.«

»Hm. Das hat sie sich doch wohl selbst zuzuschreiben.«

»Aber daß sie jetzt vergiftet wird, das hat sie nicht verdient.«

«Sprechen Sie doch um Himmels willen nicht so laut«, flehte der Arzt mit einem nervösen Blick auf die Medikamentenausgabe. »Wenn ich Sie nicht kennen würde, hätte ich Sie gar nicht erst soweit kommen lassen. Das Beste, was Sie tun können, ist, den Mund zu halten. Es sei denn, Sie möchten Mrs. Miller empfehlen, wegen ihrer Beschwerden doch lieber einen richtigen Arzt zu Rate zu ziehen, anstatt sich auf das zu verlassen, was irgendein alter Quacksalber in der Zeit der Königin Victoria einmal zu Papier gebracht hat.«

»Oh, sie wird ja inzwischen behandelt. Von *ihm*.«

»Tatsächlich?«

»Tabletten in einem Fläschchen ohne Etikett darauf«, zischte Mrs. Hart in einem verschwörerischen Tonfall, der dem Arzt sogar noch mehr durch Mark und Bein zu gehen schien als ihre normale Stimme.

»Vermutlich nur ein Beruhigungsmittel«, beeilte er sich sie zu beschwichtigen. »Eigentlich sollte er das nicht machen, aber wenn er Chemiker ist, liegt die Versuchung natürlich nahe. Ein Verbrechen ist es nicht. Ist sie ein nervöser Typ?«

»Ein bißchen zappelig. Zur Zeit allerdings mehr als nur ein bißchen.«

»Da haben wir es doch schon. Sie sind jetzt ganz vernünftig und gehen nach Hause, und wir werden beide vergessen, daß Sie jemals hier gewesen sind. Helfen kann ich Ihnen leider nicht.«

Mrs. Hart baute sich in einer Weise vor ihm auf, die ihn an Königin Victoria persönlich erinnerte. Dickköpfig, stur, und doch irgendwie bewundernswert. Ihre Unterlippe schob sich vor.

»Sie wollen sie also sterben lassen?«

»So weit wird es nicht kommen.«

»Ach, was Sie nicht sagen? Und was ist mit Ihrem hypokritischen Eid?«

Der Doktor begann zu lachen, beherrschte sich aber angesichts ihrer verständnislosen Miene.

»Na schön, Mrs. Hart, Sie haben gewonnen. Rufen Sie mich, wenn die Dame den nächsten Anfall hat. Falls sie wirklich krank ist, wird sie nichts dagegen haben. Ich komme dann und sehe mir die Sache mal an.«

»Ich danke Ihnen, Doktor.«

Mrs. Hart hatte die Schlacht gewonnen und räumte befriedigt das Feld.

Dr. Dean blieb noch sitzen, doch das Gefühl der Befreiung war verschwunden. Für einen vielbeschäftigten Hausarzt ist der Verdacht, ein Patient werde langsam vergiftet, die reine Hölle. Solange er sich seiner Sache nicht völlig sicher ist, wagt er verständlicherweise nicht, etwas zu unternehmen. Doch während er noch zögert, kann eine extra große Dosis alle Zweifel, aber gleichzeitig auch den Patienten beseitigen. Die medizinische Wissenschaft schreitet immer weiter fort, aber die toxischen Möglichkeiten auch, dachte der Arzt. Und ständig tauchen neue Krankheiten auf. Doch bei diesen undurchsichtigen Fällen gibt es immer irgendeinen Besserwisser, der vor oder auch nach dem Tod in mehr oder weniger guter Absicht mit schlauen Vermutungen daherkommt. Ob man solchen Andeutungen dann ernsthaft nachgehen soll, hängt fast in gleichem Maße von den Begleitumständen ab wie vom Charakter der fraglichen Person.

Zum Beispiel Mrs. Hart. Eine durch und durch zuverlässige Frau, könnte man meinen. Aber fühlte sie sich durch die unerwartete Erweiterung des Haushalts in Gestalt eines Ehemannes nicht ein wenig auf den Schlips getreten? Möglicherweise hatte sie ein paar Vergünstigungen eingebüßt – hatte festgestellt, daß zwei mehr Arbeit machten als einer – hatte mit Miller Streit gehabt. Normalerweise hätte er ihrem Gefasel nur sehr bedingt Glauben geschenkt. Allerdings gab es da eine Sache – ohne jeden Zusammenhang damit. Wirklich ohne jeden Zusammenhang?

Erst an diesem Vormittag hatte er das zweifelhafte Vergnügen gehabt, einer neuen, unverheirateten Patientin mitzuteilen, daß ihr Schwangerschaftstest positiv war.

Sie machte sich deshalb offensichtlich keine Sorgen, warum auch?

Vielleicht hatte es eine gewisse Bedeutung, daß sie bei ihrem letzten Besuch ihren Namen als Miss Hendricks angegeben und ziemlich nachdrücklich darauf hingewiesen hatte, sie arbeite als persönliche Assistentin eines gewissen Mr. Miller im Forschungszentrum.

Er war überzeugt davon, daß er gewiß nicht das letztemal von Mrs. Millers Problemen gehört hatte, und schon am folgenden Tag erwies sich sein Pessimismus als gerechtfertigt.

Mrs. Hart ging mit dem Telefon um, als sei es als Kommunikationsmittel eben erst erfunden worden.

»Hallo ... hallo ... hallo«, schrie sie in den Hörer. »Sind Sie das, Doktor?«

Er erkannte ihre Stimme sofort. »Was ist los?« fragte er gereizt, denn er wußte es nur zu genau.

»Hier spricht Maud Hart. Es geht ihr wieder schlecht ... Sie wissen schon, wen ich meine. Ich hatte alle Hände voll zu tun, deswegen konnte ich nicht früher anrufen.«

»Schön. Ich komme, so schnell ich kann. Bringen Sie sie zu Bett.«

»Sie liegt schon.«

Als er jedoch am Krankenlager stand, war der Anfall oder was immer es gewesen war, bereits vorüber. Vor Schwäche zitternd, blaß wie saure Milch, starrte Mrs. Miller aus zerwühlten Kissen zu ihm auf und klagte kraftlos: »Ich habe Sie nicht rufen lassen.«

Dr. Dean schüttelte die schlaffe Hand, die auf dem Laken lag, und seine Finger tasteten sich weiter, um ihren Puls zu fühlen.

»Mrs. Hart ist eine alte Patientin von mir. Ich fürchte, sie war etwas voreilig. Mein Name ist Dean. Sie brauchen einen Arzt – wenn nicht mich, dann einen anderen. Aber ich kann Sie natürlich nicht behandeln, wenn Sie nicht damit einverstanden sind.«

Seine Stimme klang sanft. Mrs. Miller bot keinen reizvollen Anblick, aber dergleichen war er gewöhnt. Diese Frau wäre freilich nie, unter keinen Umständen attraktiv gewesen. Ein längliches Gesicht unter ergrauendem Haar, scharfe Züge, schmale Lippen – weit entfernt von den unübersehbaren Reizen einer Miss Hendricks.

»Warum nicht Sie, wenn Sie schon einmal hier sind«, fügte sie sich widerstrebend, »und wenn es denn sein muß.« Die Stimme versagte ihr, und ihre Lider sanken herab.

Er tastete sich mit ein paar gezielten Fragen vor, die nur ein »Ja« oder »Nein« als Antwort verlangten.

Dann erkundigte er sich: »Haben Sie diese Beschwerden schon lange?«

Sie schien einen Moment zu zögern. »Erst in letzter Zeit.«

»Was löst die Anfälle aus? Irgendein Verdacht?«

»Nein.«

»Sie essen keine Konserven? Probieren keine raffinierten Gerichte aus?«

Sie würdigte die Frage keiner Antwort, sondern bewegte nur verneinend den Kopf von einer Seite auf die andere.

»Nun bleiben Sie bitte ganz ruhig liegen. Ich möchte Sie untersuchen.«

Ihm fiel ein, was man ihm über ihre Nerven gesagt hatte, und er fügte hinzu: »Möchten Sie, daß Mrs. Hart dabei ist?«

Aber das fand sie nicht nötig. Die schmalen Lippen preßten sich zusammen, und er konnte sich denken, daß die arme Hart früher oder später einiges zu hören bekommen würde.

Auf einer antiken Kommode neben ihrem Bett (Einzel- nicht Doppelbett, wie er registrierte) befanden sich eine Leselampe, ein robuster Wecker und ein Roman von Thackeray. Keine Spur von irgendwelchen Medikamenten. Die hätte man in diesem makellos sauberen Zimmer auch nicht erwartet.

»Nehmen Sie gegen Ihre Beschwerden irgend etwas ein?« fragte er. »Tabletten aus der Apotheke vielleicht?«

Ein winziges Zögern ließ die Verneinung nicht ganz glaubwürdig erscheinen.

»Dann tun Sie es auch weiterhin nicht«, riet er ihr.

»Ich werde Mrs. Hart sagen, sie soll zu mir in die Praxis kommen und ein Rezept abholen. Morgen schaue ich noch einmal vorbei. Und jetzt schlafen Sie.«

Arsenvergiftung ist in unseren fortschrittlichen Zeiten eine Seltenheit geworden. Der Arzt war außer in den

Lehrbüchern nie damit in Berührung gekommen. Bis jetzt. Aber das war doch lächerlich! Wenn Mrs. Hart Gift hätte verwenden wollen, wäre sie vielleicht genau darauf verfallen, aber einem Chemiker so etwas zuzutrauen, erschien ebenso absurd, als nähme man an, ein Raumfahrer würde sich als Transportmittel einer Pferdekutsche bedienen.

Als Dr. Dean sich im Badezimmer die Hände wusch, riskierte er einen kurzen Blick in den Spiegelschrank, der an der Wand befestigt war. Mundwasser, Zahnpasta, Heftpflaster ... das übliche. Ach ja, und ein Tablettenfläschchen ohne Etikett, zu drei Vierteln voll. Blitzschnell schraubte er den Deckel ab und ließ zwei Pillen in seine Hand gleiten. Dann schob er sie in seine Westentasche.

Auf dem Weg nach draußen fing ihn Mrs. Hart ab, und er gab ihr seine Anweisungen.

»Ich komme noch einmal zurück und sorge dafür, daß sie ihre Medizin nimmt. Dann muß ich nach Hause. Kann man sie allein lassen?«

»Ja, ich glaube schon. Sie ist völlig erschöpft und wird bald einschlafen. Falls sie schläft, wenn Sie kommen, wekken Sie sie nicht auf. Ruhe braucht sie dringender als Medizin.«

»Ich habe alles saubergemacht.« Mrs. Hart schlug sich mit der Hand auf den Mund. »O je! Daran habe ich gar nicht gedacht. Wollten Sie Proben haben?«

»Noch ein Wort, und ich bringe Sie um«, drohte der Arzt. Er war besonders wütend, weil die entwendeten Tabletten ihn zu ihrem Komplizen machten. Doch das war ungerecht, sagte er sich einen Augenblick später und fügte beschämt hinzu: »Sie sollten Ihre Phantasie nicht mit sich durchgehen lassen. Sympathie ist nicht alles.«

»Wie kommen Sie darauf, daß sie mir sympathisch ist?« murrte Mrs. Hart. »Ich kann keinen von beiden leiden. Aber Gerechtigkeit muß sein, finde ich.«

Er unternahm nichts wegen der Tabletten, denn am nächsten Tag wurde er von Mrs. Miller, die wieder auf den Beinen und offensichtlich genesen war, ohne große Begeisterung empfangen. Und dann erfaßte plötzlich der diesjährige Grippevirus die Stadt, und er hatte alle Hände voll zu tun. Aber er vergaß den Fall nicht, die Epidemie verstärkte sein Unbehagen sogar noch, denn die Symptome hatten so viel Ähnlichkeit mit denen von Mrs. Miller, daß jemand, der dies ohnehin im Sinn hatte, durchaus auf die Idee kommen konnte, sie von dieser Flut mit fortspülen zu lassen. Während er in seiner Familienkutsche von einem Krankheitsfall zum nächsten hetzte, ging ihm durch den Sinn, es wäre doch ganz interessant zu erfahren, welche neuen Substanzen man im Moment im Forschungszentrum untersuchte und ob vielleicht etwas dabei sei, was die toxischen Wirkungen von Arsen besaß, ohne dessen Spuren zu hinterlassen. War Miller wirklich gefährlich? War die tüchtige, praktische Miss Hendricks wegen ihres Schwangerschaftstests, den sie ebensogut anderswo hätte durchführen lassen können, zu ihm gekommen, um sich eine Art von Rückversicherung zu verschaffen? Warum hatte sie Miller überhaupt erwähnt? Eigentlich hatte es keinen Anlaß dazu gegeben. Und wenn schon sie das Gefühl hatte, Schutz vor ihrem Geliebten zu brauchen, vorausgesetzt, Miller stand überhaupt in diesem Verhältnis zu ihr, wie viel mehr hatte dann seine so wenig anziehende, aber wohlhabende Ehefrau diesen Schutz nötig? Es war eine hübsche ... oder eine häßliche Frage.

Der nächste Hilfeschrei ließ nicht lange auf sich warten, und diesmal war Mrs. Miller selbst am Telefon. Es mußte ihre letzte, vernünftige Handlung vor dem Zusammenbruch gewesen sein, danach war sie nur noch eine leidende, von heftigen Schmerzen, Würgekrämpfen und Durchfall gequälte Kreatur. Als Dean herbeigeeilt kam, fand er sie allein, denn es war Nachmittag, und Mrs. Hart hatte ihre Arbeit bereits beendet. Zum Glück war die Tür nur eingeklinkt – Mrs. Miller wäre nicht in der Verfassung gewesen, ihm aufzumachen. Dean mußte gleichzeitig Arzt und Krankenschwester spielen, und an diesem Tag hätte er gerne ohne die geringsten Hemmungen Proben genommen, wäre für solche Spitzfindigkeiten nur Zeit gewesen. Bei einem seiner häufigen, hastigen Besuche im Badezimmer brachte er jedoch das bewußte Fläschchen, das jetzt nur noch wenige Tabletten enthielt, in seinen Besitz. ›Und falls jemand sich fragt, wo es hingekommen ist, dann soll er sich nur den Kopf zerbrechen‹, dachte er erbost. ›So ein verdammter Chemiker wird mich nicht austricksen, da muß schon ein anderer kommen.‹ Dabei fiel ihm gar nicht auf, daß er sich in diesem Augenblick ohne weitere Beweise, ohne neuen Grund mit Mrs. Hart verbündet hatte. Das kam ihm erst zu Bewußtsein, als die Anfälle in ihrer Heftigkeit nachließen, er Zeit zum Überlegen fand und sich eingestand, daß Mrs. Millers Beschwerden trotz allem auch eine tiefere Ursache haben konnten, die bei einer routinemäßigen Untersuchung am Krankenbett nicht aufzudecken war. In einem vergleichsweise lichten Moment rief er das Forschungszentrum an, verlangte nach Miller und wurde schließlich von einer elektronisch klingenden Stimme, die er als die von Miss Hendricks erkannte, mit ihm verbunden. Er bat Miller, sofort nach Hause zu kommen, da seine Frau sehr krank sei und nicht allein gelassen werden könne. Als Millers Sportwagen die Auffahrt erreichte und das bescheidenere Gefährt des Arztes mit seiner Pracht in den Schatten stellte, war Mrs. Miller bereits über das Schlimmste hinweg, und ihr medizinischer Betreuer hatte Zeit und Muße, sich mit dem Ehemann zu beschäftigen.

Dean gab sich nicht lange mit irgendwelchen Höflichkeitsfloskeln ab, sondern teilte ihm ohne Umschweife mit, er wolle Mrs. Miller zur Beobachtung ins Krankenhaus einweisen. Zu seiner Überraschung war Miller sofort einverstanden.

»Ich habe sie selbst schon dazu gedrängt«, erklärte er schlicht. »Die Schwierigkeit ist, daß meine Frau eine starke Abneigung gegen Ärzte hat, wahrscheinlich, weil sie bisher nie einen brauchte. Es scheint, als kämen diese Anfälle immer nur, wenn ich außer Haus bin, aber man muß der Sache zweifellos nachgehen. Ich wäre Ihnen sehr dankbar, wenn Sie sie überreden könnten, sich im Krankenhaus gründlich untersuchen zu lassen.«

Er hatte sich geschickt aus der Affäre gezogen, aber damit provozierte er bei Dr. Dean eine ganz andere Reaktion, als er beabsichtigt hatte. Der Arzt sah sich Mrs.

Millers Ehemann nun sehr genau an, und seine Diagnose fiel ähnlich ungünstig aus wie die von Mrs. Hart. Scharfer Verstand, aber keine Skrupel, dachte er. Merkwürdig... so ein Gesicht habe ich doch schon öfter gesehen. Warum zieht es die Frauen nur immer so unwiderstehlich an? Crippen, der Mann mit den Frauen in der Badewanne, Christie... hatten sie in ihrem äußeren Erscheinungsbild nicht alle etwas gemeinsam?

»Ich werde dafür sorgen, daß sie so schnell wie möglich aufgenommen wird«, sagte er brüsk. »Die Schwierigkeit besteht darin, daß wir durch die schweren Grippefälle überbelegt sind. Aber wie auch immer, ich werde sehen, was ich tun kann.«

»Haben Sie mit meiner Frau schon darüber gesprochen?«

»Das werde ich gleich anschließend tun. Sie hat eine so unangenehme Erfahrung hinter sich, daß sie sich wohl nicht allzusehr sträuben wird!« bemerkte der Arzt grimmig.

Letztlich stieß er bei der Oberschwester auf größeren Widerstand als bei Mrs. Miller. Die Betten waren knapp, die Schwestern liefen sich die Füße wund... aber sie hatte eine Schwäche für Dr. Dean, und deshalb...

Mrs. Miller konnte ihre Zuneigung jedoch nicht gewinnen. Man unterzog sie sämtlichen Tests von A bis Z, und sie protestierte bei allem und jedem. Nach Abschluß der Untersuchungen blieb sie auf Anweisung des Arztes noch zwei Wochen im Krankenhaus. Die Spitalkost war grauenhaft, und sie hätte allen Grund zur Übelkeit gehabt, aber nichts geschah. Mr. Miller besuchte sie nicht (er hatte interessantere Dinge zu tun), aber er schickte ihr Obst und Pralinen, die auf Befehl des Arztes sofort konfisziert wurden. Dean hatte niemals den vergifteten Obstkuchen vergessen, der, von einem liebenden Ehepartner ins Krankenhaus gebracht, irgendwo das Hinscheiden eines Patienten beschleunigt hatte. Aber insgeheim machten sich die Schwestern über die Süßigkeiten her, ohne dadurch Schaden zu leiden. Sie glaubten nämlich, außer mangelnder Kooperationsbereitschaft und gelegentlichen Ausbrüchen von Gereiztheit hätten sie von Mrs. Miller für ihre Bemühungen sonst ohnehin nichts zu erwarten, und sie wurden in dieser Annahme nicht enttäuscht. Am Tag vor ihrer Entlassung besprach die Oberschwester die Testergebnisse mit Dr. Dean, und obwohl sie ihn gern hatte, konnte sie sich ein paar offene Worte nicht verkneifen.

»Organisch ist sie kerngesund, viel gesünder als die meisten Leute in ihrem Alter. Keine Exzesse, und offensichtlich hat sie sich immer geschont. Sie ißt alles, was man ihr vorsetzt, und obwohl sie sich bitter beklagt, hat niemand jemals die geringsten Anzeichen eines Gallenleidens bei ihr festgestellt. Ich glaube, sie führt Sie an der Nase herum, mein Junge.«

»Soll das etwa heißen, ich darf meinen eigenen Augen nicht mehr trauen?«

»Sie wird es doch wohl nicht selbst hervorrufen, oder?«

»Sie hat die Anfälle nicht etwa zur Schau gestellt, sondern sich eher bemüht, sie geheimzuhalten.«

»Na, ich weiß nicht. Mag ja sein, daß sie verheiratet ist, aber für mich ist sie nichts anderes als eine verbitterte alte Jungfer«, erklärte die Oberschwester, die zwar selbst ledig, aber alles andere als verbittert war. »Die Nerven und die Veränderung der Lebensumstände können vieles erklären. Wir sind jedenfalls herzlich froh, daß sie nach Hause geht. Schicken Sie mir nächstesmal den Ehemann. Er ist derjenige, dem mein Mitgefühl gehört.«

Irre ich mich oder nicht? fragte sich der Arzt, und während er über das Krankenhausgelände fuhr, faßte er einen Entschluß, wendete seinen Wagen und steuerte die Labors an der Rückseite des Gebäudes an, um etwas zu erledigen, was er bisher versäumt hatte.

Einer der Laborgehilfen im weißen Overall eilte ihm entgegen.

»Oh, Doktor, es tut mir leid. Ich wollte Ihnen das Ergebnis der Analyse Ihrer Tabletten zukommen lassen. Aber wir sind wegen dieser verdammten Grippeepidemie völlig unterbesetzt. Sie haben auch nicht gesagt, daß es dringend sei, und außerdem – wenn man bedenkt, was sie enthalten ...«

»Und was ist das?«

Der junge Mann grinste. »Stärke und Milchzucker, eine Spezialanfertigung. Nur ein Placebo.«

»Haben Sie alle Tabletten überprüft?«

»Ja, um ganz sicherzugehen. Ich weiß, daß manche Ärzte sie nicht gerne sehen, aber ich war immer der Ansicht, daß sie nicht viel Schaden anrichten können.«

»Jeder hat ein Recht auf seine eigene Meinung. Solange sie zur Kontrolle von Experimenten eingesetzt werden, wofür sie ja schließlich bestimmt sind, ist nichts dagegen einzuwenden. Einem Patienten habe ich sie allerdings noch nie verschrieben.«

»Aber es besteht doch sicher nicht viel Unterschied zwischen einem solchen Präparat und der herkömmlichen Flasche mit gefärbtem Wasser. Placebo bedeutet doch: ›Ich werde zufriedenstellen‹, nicht wahr?«

»Das Zeug kann auch noch mehr als zufriedenstellen.«

»Sie müssen es wissen, Sir. Sie sind der Arzt.«

Und du bist ein ziemlich vorlauter, junger Laborgehilfe, dachte der Doktor und stieg wieder in seinen Wagen. Merkwürdig, daß einem die Leute immer jünger vorkamen, je älter man wurde. Mittlerweile betrachtete er schon die Oberschwester als Altersgenossin, und dabei würde sie nächstes Jahr in Pension gehen. Dr. Dean war so damit beschäftigt, seiner verlorenen Jugend nachzutrauern, daß er blind auf das Tor zum Gelände zuschoß und beinahe Mrs. Hart überfahren hätte, die eben mit einem großen Paket hereinkam. Er stieg heftig auf die Bremse, kurbelte das Fenster herunter und entschuldigte sich.

»Es tut mir wirklich leid. Übrigens wird man Sie nicht reinlassen. Es ist keine Besuchszeit, und Mrs. Miller steht nun ganz bestimmt nicht auf der Liste der kritischen Fälle.«

»Ich wollte nur dieses Paket abgeben. Es sind ein paar Nachthemden, die ich für sie gewaschen habe.«

»Den Weg können Sie sich sparen. Sie wird morgen entlassen. Steigen Sie ein, dann fahre ich Sie nach Hause.«

»Das ist aber sehr nett von Ihnen«, bemerkte Mrs.

Hart, die gern Auto fuhr und es außerdem genoß, neben dem Doktor zu sitzen. »Wie geht's ihr denn?«

»Ausgezeichnet. Und sie ist liebenswürdig wie immer. Sie brauchen sich keine Sorgen mehr zu machen. Ich habe den Fall unter Kontrolle.«

»Dann ist es ja gut. Und zu Hause ist alles in bester Ordnung. Von *ihm* ist weit und breit nichts zu sehen.«

Dr. Dean verstummte und schien sich auf das Fahren zu konzentrieren. Aber in Wirklichkeit war er mit seinen Gedanken weit weg. Nun war alles klar. So fühlte er sich sonst nur, wenn er endlich eine rätselhafte Krankheit richtig diagnostiziert hatte, was hier ja tatsächlich zutraf. Zum einen war da eine Frau, die wußte, daß sie betrogen wurde, die erkannte, daß ihr Leben das einzige war, was für ihren Mann zwischen der Erbschaft und einer neuen Liebe stand, und die einfach deshalb, weil er Chemiker war, erwartete – ja, erwarten war das richtige Wort –, vergiftet zu werden. Zum anderen stand Band A bis D einer veralteten medizinischen Enzyklopädie bereit, und darin waren mit pedantischer Genauigkeit die Symptome einer Arsenvergiftung beschrieben. Ihr Nervensystem brauchte sie nur noch zu imitieren. Warum gerade Arsen? Weil es wahrscheinlich das einzige Gift war, das ihr eingefallen war. Und zum dritten hatte er auch den wahren Schurken in dem ganzen Drama entdeckt, ein eiskalt berechnendes Ungeheuer, das, wie es wohl auch sonst seine Art war, ein Zusammentreffen günstiger Umstände nutzte und daraus den Plan entwickelte, mit einer Flasche vollkommen harmloser Tabletten einen Mord zu begehen.

Mord? Wäre Mrs. Miller wirklich an ihrer eigenen,

chronischen Angst gestorben? Tatsächlich gestorben? Aber sterben Angehörige primitiver Stämme nicht genau auf diese Art durch die Hand von Hexendoktoren und Leuten, die ihnen Böses wünschen? Und war Mrs. Miller, trotz ihrer »hübschen Dinge« auf ihre Weise nicht auch primitiv?

Nun, er hatte nicht vor, es darauf ankommen zu lassen. Das hätte nun wirklich nicht im Einklang mit seinem hippokratischen Eid gestanden. Eines war ihm immer noch unklar. Hatte er ihr die Tabletten aufgezwungen? Hatte er sie hypnotisiert, damit sie sie schluckte, so wie G.J. Smith angeblich seine Ehefrauen hypnotisiert hatte?

Vielleicht konnte Mrs. Hart ihm diese Frage beantworten, immerhin war es ihr zu verdanken, daß überhaupt etwas unternommen worden war. Sie wußte schon so viel, da konnte es nichts schaden, wenn sie noch ein wenig mehr erfuhr. Spontan sagte er: »Diese Tabletten, die Miller seiner Frau verabreichte, waren das, was man ein Placebo nennt – sie enthielten nur Stärke und Milchzucker. Aber sie dachte, sie könnten irgendwie gefährlich sein, und das hat sie krank gemacht. Die Nerven, Sie wissen schon. Sie sagten ja selbst, daß sie nervös war. Aber eines würde mich doch interessieren. Warum zum Teufel hat sie das Zeug genommen, obwohl sie es für schädlich hielt?«

»Aus dem gleichen Grund, aus dem ich alles nehmen würde, was mein Bill mir gäbe, selbst wenn ich den Verdacht hätte, daß er an den Unkrautvernichter gegangen ist. Vertrauen, verstehen Sie? Sie sind Junggeselle, und deshalb wissen Sie das nicht. Aber ohne das kann man keine Ehe führen.«

Bewußtes Vertrauen, dachte der Arzt. Aber was ist mit dem guten alten Unterbewußtsein?

An dem Tag, als Mrs. Miller nach Hause kam, überreichte der Arzt ihr eine Flasche mit Tabletten. Sie war in jeder Hinsicht, einschließlich des fehlenden Etiketts, identisch mit jener anderen, die er an sich genommen hatte. Sie sah sich erst die Flasche an, und dann warf sie ihm einen sehr merkwürdigen Blick zu. Er wurde nicht klug aus ihr.

»Sobald Sie spüren, daß ein Anfall bevorsteht, lösen Sie eine davon in zwei Teelöffeln Wasser auf, und dann runter damit«, riet er ihr mit ernster Miene. »Glauben Sie mir, es ist das perfekte Gegenmittel. Wenn Sie wollen, können Sie sie auch ihrem Mann zeigen. Er ist sicher sehr besorgt um Sie.«

»Meinen Sie nicht, Sie sollten selbst mit ihm sprechen?«

»Ich glaube, das ist nicht nötig, solange er weiß, wie ich Sie behandle. Als Chemiker interessiert ihn das natürlich. Ich schaue Anfang nächster Woche noch einmal vorbei.«

Nimm die Dinger ruhig mit in dein Labor, mein Junge, dachte er mit galligem Humor. Dann wirst du bald merken, daß ich nicht der Einfaltspinsel bin, für den du mich hältst!

Er wußte nicht, welche Wirkung die Tabletten auf Mrs. Miller haben würden, aber er war überzeugt davon, daß sie für Mr. Miller ein starkes Abschreckungsmittel darstellen würden.

Bei seinem nächsten Besuch kam ihm Mrs. Miller etwas blaß, aber sehr gefaßt vor, und sie versicherte ihm, es habe keine weiteren Anfälle von Übelkeit gegeben. Doch sie hatte ihm noch etwas zu berichten... »Mein Mann hat mich um die Scheidung gebeten«, sagte sie und sah ihn dabei fest an.

Er brachte ein unverbindliches »Ach?« heraus.

»Er möchte frei sein, um seine Sekretärin heiraten zu können, eine gewisse Miss Hendricks, die von ihm guter Hoffnung ist.«

Ein etwas altmodischer Ausdruck, aber schließlich war es ja auch ein altmodischer Sachverhalt.

»Lassen Sie ihn laufen«, empfahl Dr. Dean ihr eindringlich. »Er ist nichts für Sie, und so kommen Sie am einfachsten aus der Sache heraus.«

Kein sehr professioneller Ratschlag, aber manchmal ist die Wahrheit das beste.

»Das kann ich nicht«, antwortete sie steif. Das längliche Gesicht mit den scharfen Zügen und dem zimperlichen Mund wurde ganz starr vor Entschlossenheit.

Dem Doktor stieg langsam das Blut zu Kopf.

Da war Miller nun in der Anfangsphase eines teuflischen, aber völlig unbeweisbaren Verbrechens gestoppt worden, hatte seine ursprünglichen Absichten aufgegeben und zeigte sich nun, zweifellos auf Betreiben seiner Geliebten, bereit, sich mit seiner Befreiung zu begnügen. Und diese dumme, in Konventionen verhaftete Frau, die seine Pläne nur halb durchschaute, wollte ihn mit allen Mitteln an sich fesseln, bis er sich in seiner Verzweiflung die nächste Schandtat ausdachte.

»Warum können Sie das nicht?« fragte Dean zutiefst verärgert.

Der zimperliche Mund öffnete sich und spuckte drei

Worte aus, dann preßte er sich wieder zu einer harten Linie unerschütterlicher Überzeugung zusammen.

»Ich liebe ihn.«

Dr. Dean zuckte die Achseln und wandte sich zur Tür. Gegen diese Krankheit gab es kein Heilmittel. Und selbst wenn, wer von uns würde danach verlangen?

Bitte beachten Sie auch die folgenden Seiten

Guy Cullingford im Diogenes Verlag

Constance Lindsay Taylor, geboren 1907, publizierte jahrelang unter dem Namen Guy Cullingford erfolgreiche Kriminalromane, bis sie ihr sorgfältig gehütetes Pseudonym preisgab. Die Schriftstellerin lebt in der Nähe von London.

»Guy Cullingford hat interessante, ungewöhnliche Kriminalromane geschrieben, deren typisch englische Atmosphäre jeden, sogar jeden Engländer, überzeugt. Wenn man Guy Cullingford etwas als Fehler anlasten wollte, dann höchstens, daß ihre Schilderungen so unterhaltend sind, daß man über ihnen Verbrechen und Opfer aus den Augen verlieren kann…«
Twentieth Century Crime and Mystery Writers

Post mortem
Roman. Aus dem Englischen von
Helmut Degner und Peter Naujack

Wenn Wünsche töten könnten
Roman. Deutsch von Irene Holicki

Der Zauberer von Soho
Roman. Deutsch von Irene Holicki

Frauen gemeinsam sind stark
Roman. Deutsch von Nikolaus Stingl

My Unfair Lady
und andere Geschichten
Deutsch von Irene Holicki

Magdalen Nabb im Diogenes Verlag

Tod im Frühling

Roman. Aus dem Englischen von Matthias Müller. Mit einem Vorwort von Georges Simenon

Schnee im März – in Florenz etwas so Ungewöhnliches, daß niemand bemerkt, wie zwei ausländische Mädchen mit vorgehaltener Pistole aus der Stadt entführt werden. Eine davon wird fast sofort wieder freigelassen. Die andere, eine reiche Amerikanerin, bleibt spurlos verschwunden. Die Suche geht in die toskanischen Hügel, zu den sardischen Schafhirten – schon unter normalen Umständen eine sehr verschlossene Gemeinschaft. Aber es war keine gewöhnliche Entführung. Die Lösung ist so unerwartet wie Schnee im März – oder *Tod im Frühling*.

»Nie eine falsche Note. Es ist das erste Mal, daß ich das Thema Entführung so einfach und verständlich behandelt sehe. Bravissimo!« *Georges Simenon*

Terror

mit Paolo Vagheggi

Roman. Deutsch von Bernd Samland

Italien 1988 – Zehn Jahre sind vergangen, seit die Entführung und Ermordung des christdemokratischen Politikers Carlo Rota die Weltöffentlichkeit erschütterte. Die Hintergründe des Verbrechens sind ungeklärt geblieben, die Führer der Roten Brigaden ungestraft. Viele in Italien zögen es vor, die Ereignisse in Vergessenheit geraten zu lassen. Doch der Kampf gegen den Terrorismus geht weiter – Lapo Bardi, stellvertretender Staatsanwalt in Florenz, führt ihn unerbittlich.

Der Fall Aldo Moro, mit großer Könner- und Kennerschaft in einen glänzenden politischen Krimi umgesetzt.

»Fesselnd ist nicht allein die feingesponnene Kriminalhandlung sondern auch das sie umgebende Geflecht menschlicher Beziehungen. Der Leser wird mit jeder Seite aufs neue gepackt.«
The Guardian, London

Tod im Herbst

Roman. Deutsch von Matthias Fienbork

Die Tote, die an einem nebligen Herbstmorgen aus dem Arno gefischt wurde, war vielleicht nur eine Selbstmörderin. Aber wer schon würde, nur mit Pelzmantel und Perlenkette bekleidet, ins trübe Wasser des Flusses springen? Überall hieß es, die Frau habe sehr zurückgezogen gelebt. Was für eine Rolle spielten dann die ›Freunde‹, die plötzlich auftauchten?
Wachtmeister Guarnaccia in seinem Büro an der Piazza Pitti in Florenz ahnte, daß der Fall schwierig und schmutzig war – Drogen, Erpressung, Sexgeschäfte –, aber daß nur weitere Tote das Dickicht der roten Fäden entwirren sollten, konnte er nicht wissen…

»Simenon hat Magdalen Nabb gepriesen, und mit *Tod im Herbst* kommt sie einem Florentiner Maigret ohne Zweifel am nächsten.« *The Sunday Times, London*

Tod eines Engländers

Roman. Deutsch von Matthias Fienbork

Florenz, kurz vor Weihnachten: Wachtmeister Guarnaccia brennt darauf, nach Sizilien zu seiner Familie zu kommen, doch da wird er krank, und es geschieht ein Mord. Carabiniere Bacci wittert seine Chance: Was ihm an Erfahrung fehlt, macht er durch Strebsamkeit wett! Betrug und gestohlene Kunstschätze kommen ans Licht, aber sie sind nur der Hintergrund zu einer privaten Tragödie. Zuletzt ist es doch der Wachtmeister, der (wenn auch eher unwillig) dem

Mörder auf die Spur kommt – und an Heiligabend gerade noch den letzten Zug nach Syrakus erwischt.

»Unheimlich spannend und gleichzeitig von goldener, etwas morbider Florentiner Atmosphäre.«
The Financial Times, London

Tod eines Holländers

Roman. Deutsch von Matthias Fienbork

Es gab genug Ärger, um die Polizei monatelang in Atem zu halten. Überall in Florenz wurden Touristen beraubt, Autos gestohlen, und irgendwo in der Innenstadt gingen Terroristen klammheimlich ans Werk. Dagegen sah der Selbstmord eines holländischen Juweliers wie ein harmlos klarer Fall aus. Es gab zwar ein paar Unstimmigkeiten. Aber die einzigen Zeugen waren ein Blinder und eine alte Frau, die bösartigen Klatsch verbreitete. Trotzdem war dem Kommissar nicht wohl in seiner Haut – es war alles ein bißchen zu einfach...

»Eine gut ausgefeilte Mystery-Story, bestens eingefangen.« *The Guardian, London*

Tod in Florenz

Roman. Deutsch von Monika Elwenspoek

Sie ist auf dem Revier, um ihre Freundin vermißt zu melden. Beide sind Lehrerinnen und ursprünglich zum Italienischlernen aus der Schweiz nach Florenz gekommen und dann geblieben, um illegal zu arbeiten, – die eine in einem Büro, die andere bei einem Töpfer in einer nahen Kleinstadt. Seit drei Tagen ist die bildhübsche Monika Heer spurlos verschwunden...

»Magdalen Nabb muß als die ganz große Entdeckung im Genre des anspruchsvollen Kriminalromans bezeichnet werden. Eine Autorin von herausragender internationaler Klasse.« *mid Nachrichten, Frankfurt*

Cyril Hare im Diogenes Verlag

Mörderglück

und andere Detektivgeschichten

Ausgewählt und eingeleitet von
Michael Gilbert und Peter Naujack

»...Ich jedenfalls gebe für jede dieser kleinen Geschichten den ganzen Edgar Wallace.«
Richard Kirn/Frankfurter Neue Presse

Tragödie im Gerichtssaal

Roman. Aus dem Englischen von Robert Picht

Anonyme Drohbriefe, Pakete mit toten Mäusen, seltsames Konfekt werden Sir William Barber, dem Strafrichter, ins Haus geschickt, Gas strömt plötzlich in sein Schlafzimmer, und schließlich wird im Dunkeln seine Frau mit ihm verwechselt und niedergeschlagen.

Selbstmord ausgeschlossen

Roman. Deutsch von Karin Polenz

Leonard Dickinson wird tot in seinem Zimmer im Pendlebury Old Hall Hotel aufgefunden; er starb an einer Überdosis Schlaftabletten. War es Selbstmord? Oder war es Mord, wie Dickinsons Familie nachweisen will, weil sonst ihr Anspruch auf das Geld von der Lebensversicherung erlischt?

Solo für Lucy

Roman. Deutsch von Kurt Bracharz

Wer ermordete die Sologeigerin Lucy Carless? Ihr erster Ehemann? Oder ihr zweiter? Oder der Frauenheld Bill Ventry? Oder gar ihr Kollege, der polnische Klarinettist Zbartorowski, mit dem sie eine harsche Auseinandersetzung hatte?

»Die Handlung ergibt sich aus musikalischer Sachkenntnis, einer Dickinson-Anspielung, verwoben mit einer delikaten Rechtsfrage. Das alles wird mit erfreulich dezentem Intellekt, mit viel Wärme und Stilgefühl bearbeitet.« *The New York Times*

Mit einer Nadel bloß

Roman. Deutsch von Jobst-Christian Rojahn

Francis Pettigrew wird im Zweiten Weltkrieg einer obskuren Verwaltungsbehörde namens Pin Control als Rechtsberater zugeteilt. Ein Mörder schlägt zu, und unweigerlich ist Pettigrew nicht nur in das rätselhafte Geschehen verwickelt, sondern sorgt auch mit der ihm eigenen Mischung aus angeborener Klugheit und juristischer Erfahrung für die Lösung.

»Selbst die berühmtesten Autoren schreiben manchmal Geschichten, die ungeheuer erfindungsreich, aber auch ungeheuer unwahrscheinlich sind. Cyril Hare ist zwar ungewöhnlich erfindungsreich, aber seine Geschichte ist ganz und gar nicht unwahrscheinlich.«
The Spectator, London

Mord made in England

Roman. Deutsch von Klaus Prost

Weihnachten in Warbeck Hall. Ein ungewöhnlich heftiger Schneefall schneidet Bewohner und Gäste des alten Adelssitzes von der Außenwelt ab. Um Mitternacht, als gerade beim Klang der Weihnachtsglocken die Gläser erhoben werden, bricht einer der Gäste plötzlich zusammen: in seinem Sektglas war Zyankali. Da die Telefonverbindung unterbrochen ist, kann die Polizei nicht verständigt werden. So übernimmt ein anwesender Beamter von Scotland Yard widerstrebend die Untersuchung.

»So schön geschrieben wie eine Dorothy Sayers – so schlau ersonnen wie eine Agatha Christie.«
Yorkshire Evening Post

Joan Aiken im Diogenes Verlag

Die Kristallkrähe

Roman. Aus dem Englischen von Helmut Degner

Kleine alltägliche Schrecknisse steigern sich in der *Kristallkrähe* über große Verwirrungen zu einem finsteren Ende. Da ist die junge Schriftstellerin, die mit ihrer entsetzlich eifersüchtigen Freundin zusammenlebt, die Ärztin und ihr Bruder, dem sie eine tödliche Krankheit bescheinigt, dazu kommen diverse Schizophrene und Depressive und – ein entwichener Leopard.

»Als ihr Krimi *Die Kristallkrähe* erschien, verglichen die Kritiker sie mit Patricia Highsmith, Celia Fremlin und Margaret Millar. Wenn eine Bezeichnung auf sie paßt, dann wäre das: Storyteller, Geschichtenerzählerin.« *Titel, München*

Das Mädchen aus Paris

Roman. Deutsch von Nikolaus Stingl

Wohin sie geht, zieht Ellen Paget Liebhaber an: den ambivalenten Professor Bosschère in Brüssel, den unberechenbar-eigenwilligen Comte de la Ferté in Paris, ihren Stiefbruder Bénédict. Ihre gebieterische Patin, Lady Morningquest, bereitet einer zarten Romanze ein rasches Ende und schickt Ellen nach Paris…

»Wieder einer der bestrickenden, aufregenden Romane, die Joan Aiken seit zwanzig Jahren zu einem Publikumsliebling machen.«
Publishers Weekly, New York

Tote reden nicht vom Wetter

Roman. Deutsch von Nikolaus Stingl

Jane, Graham und die beiden Kinder sind eine ganz normale Familie. Graham ist Architekt, Jane hat ihre

Arbeit bei einer Londoner Filmfirma aufgegeben, seit sie in das neue, teure Haus auf dem Land gezogen sind. Geldprobleme zwingen Jane bald dazu, ihren alten Job wieder anzunehmen und dem finsteren Ehepaar McGregor tagsüber Haus und Kinder anzuvertrauen…

»Joan Aiken präsentiert uns rabenschwarze, schaurigschöne Geschichten.« *Die Welt, Bonn*

Der eingerahmte Sonnenuntergang

Roman. Deutsch von Karin Polz

Lucy reist nach England, um herauszufinden, was mit ihrer alten Tante Fennel und deren Freundin geschehen ist. Die beiden alten Damen lebten im High Beck Cottage am Rand des Hochmoors von Yorkshire. Nun scheinen sie verschwunden zu sein. Was wie ein ganz normaler Verwandtenbesuch beginnt, entwickelt sich rasch zu einem gefährlichen Abenteuer für Lucy… »Das Beiwort ›unterhaltsam‹ ist für den Psycho-Thriller *Der eingerahmte Sonnenuntergang* von Joan Aiken schlichte Tiefstapelei. Die Lektüre dieses Buches ist ein hochgradiges Vergnügen.« *Martina I. Kischke/Frankfurter Rundschau*

Ärger mit Produkt X

Roman. Deutsch von Karin Polz

Als Martha Gilroy den Auftrag bekam, eine Werbekampagne für ein aufregendes neues Parfüm zu starten, hatte sie keine Ahnung, worauf sie sich da einließ. Eine Reise nach Cornwall, wo sie einige Werbeaufnahmen machen wollte, geriet zu einem Horrortrip.

»*Ärger mit Produkt X* ist der Titel eines herrlich spannenden Krimis, dessen Autorin einen Hang zur Satire hat. Dies macht die Lektüre so amüsant.«
Martina I. Kischke/Frankfurter Rundschau

Haß beginnt daheim

Roman. Deutsch von Nikolaus Stingl

Nach einem Nervenzusammenbruch ist Caroline zur Erholung bei ihrer Familie: der Mutter Lad, Trevis, der älteren Schwester Hilda und einer alten Tante. Doch statt zu genesen, wird sie immer verwirrter...

»Das Quartett der vier bösen Damen – Patricia Highsmith, Margaret Millar, Ruth Rendell [d.i. Barbara Vine] und Joan Aiken – ist auf dem Gebiet des Psycho-Krimis nicht zu schlagen. Die Damen verbreiten jenen sanften Schrecken, dem Thriller-Fans nicht widerstehen können.« *Martina I. Kischke / Frankfurter Rundschau*

Der letzte Satz

Roman. Deutsch von Edith Walter

Willkommen in Helikon, dem eleganten Insel-Sanatorium, das seine Gäste vor allen Bedrohungen schützen kann. Außer vor sich selber...

»Dieses Buch ist eine Wonne!« *The Times, London*

Du bist Ich

Die Geschichte einer Täuschung
Deutsch von Renate Orth-Guttmann

Man schreibt das Jahr 1815. In einem feinen Mädchenpensionat in England stellen Alvey Clement und Louisa Winship fest, daß ein einzigartiges Band sie eint. Zwar stammen sie aus sehr unterschiedlichen Gesellschaftsschichten und sind vom Temperament her ganz verschieden, aber vom Aussehen her *sind sie sich völlig gleich*. Dieser überraschende Zufall paßt der verwöhnten Louisa sehr gut ins Konzept.

»Wie Patricia Highsmith versteht es Joan Aiken, eine Geschichte langsam anlaufen zu lassen und sie mit unerbittlicher Hand zum dramatischen Knoten und dessen Auflösung zu führen.« *Die Presse, Wien*

Fanny und Scylla oder Die zweite Frau

Roman. Deutsch von Brigitte Mentz

»In ein englisches Spukhaus des 18. Jahrhunderts und das bunt-grausame Indien der Maharadschas führt Publikumsliebling Joan Aiken in ihrem neuen aufregenden Roman *Fanny und Scylla*...
Joan Aiken verfügt, wenn man so will, über eine fast ausgestorbene Meisterschaft: Die Kunst, ungetrübtes Lesevergnügen zu bereiten.« *buch aktuell*

»Joan Aiken besitzt ein seltenes Erzähltalent, in dem sich psychologischer Scharfblick mit der Gabe vereinigt, den heutigen Leser in Spannung zu halten, obwohl die Handlung in eine ferne Vergangenheit führt.« *Die Furche, Wien*

Schattengäste

Roman. Deutsch von Irene Holicki

»Eine Meisterin der Schauerromantik? Mehr noch, eine begnadete Erzählerin, die das Un-Begreifliche, das Un-Faßbare aus vergangenen und modernen Zeiten in mitreißende Geschichten packt, die ohne große Sentimentalität und falsches Spektakel auskommen. Joan Aikens *Schattengäste* ist ein wunderbares Buch über die unheimlichen Dinge des Lebens und wie man über einen Verlust zurück ins Leben findet.«
science fiction media, München

Wie es mir einfällt

Geschichten. Aus dem Englischen von Irene Holicki

Ein Reihe gruseliger, romantischer und phantastischer Erzählungen sind mit der gewohnt sicheren Hand und dem makabren Sinn für Humor geschrieben, die man an Joan Aiken so schätzt. Riesenfalter und dreieckige Risse in einem grünen Himmel... ein unsichtbarer

Tempeltiger, der Menschen verspeist... ein verkannter Schriftsteller, der noch aus dem Jenseits seine eigene Publicity betreibt... oder der Alptraum eines Nähmaschinenvertreters, der sich von einer Riesennähmaschine verfolgt und aufgespießt sieht. Oder die Titelgeschichte: Ein Mann leidet an nervöser Erschöpfung und merkt plötzlich, daß seine Wunschgedanken im Handumdrehen in Erfüllung gehen. Er bringt so eine Stadt an den Rand des Chaos.
Eine verblüffende Sammlung für Kenner und alle, die es genießen, wenn ihnen ein leichter Schauer über den Rücken läuft.

»Sie besitzt fürwahr die Fähigkeit, ihre Leser das Gruseln zu lehren.« *Irish Times, Dublin*

»Joan Aiken erweist sich als Meisterin im Darreichen süßer Pralinen, die mit Arsen gefüllt sind.«
Frankfurter Rundschau

Angst und Bangen

Roman. Deutsch von Renate Orth-Guttmann

Die Schauspielerin Cat bekommt eine Rolle in einer TV-Serie. Bei Außenaufnahmen auf einem Landsitz in Dorset lernt sie den Besitzer kennen. Die beiden verlieben sich, heiraten und machen eine Hochzeitsreise nach Venedig. Die Idylle scheint perfekt. Doch als Cat ihrem Mann sagt, daß sie sich erinnert, ihn vor vielen Jahren als liebevollen Begleiter eines dahinsiechenden Greises gesehen zu haben, ändert er plötzlich sein Verhalten ihr gegenüber. Die Love-Story wird zur Suspense-Story

»Joan Aikens *Angst und Bangen* handelt von geheimen Untaten, von Habsucht, Verrat und Mord. Es kombiniert geschickt das Genre Liebesgeschichte und Thriller.« *London Review of Books*